G000067189

NATURES MORTES AU VATICAN

Membre du conseil scientifique de *Slowfood France* (mouvement pour la sauvegarde du patrimoine culinaire mondial), Michèle Barrière fait partie de l'association *De Honesta Voluptate*, fondée sur les travaux de Jean-Louis Flandrin. Journaliste culinaire, elle est l'auteur pour Arte de la série *Histoire en cuisine*.

MICHÈLE BARRIÈRE

Natures mortes au Vatican

Roman noir et gastronomique
en Italie à la Renaissance

AGNÈS VIÉNOT ÉDITIONS

AVERTISSEMENT

Cette histoire purement imaginaire fait apparaître des personnages qui ont bel et bien existé dans l'Europe créative et tourmentée de la fin du XVIe siècle : Giuseppe Arcimboldo, Bartolomeo Scappi, Bartolomeo Passeroti, Pirro Ligorio, Pie V, le cardinal de Granvelle, Torquato Tasso, Giambattista Della Porta, Giordano Bruno, Marc-Antoine Muret, Federico Zuccari, Lavinia Fontana, Henri Estienne, Giacomo Castelvetro.

*À Valérie qui m'a fait rencontrer
Passeroti et les peintres maniéristes.
Aux amis italiens et suisses de la rue
Cauchois et d'ailleurs !*

1

À quelques toises du palais Orsini, un homme tout de noir vêtu l'aborda en s'inclinant courtoisement.

– François Savoisy? Mon maître, le cardinal de Granvelle, souhaite vous parler.

François pressa le pas.

– Je n'ai pas l'honneur de le connaître.

En ces temps où le pape s'évertuait à faire régner l'ordre moral sur Rome et où l'Inquisition avait repris du poil de la bête, toute convocation d'un prélat n'était pas à prendre à la légère.

L'homme ajouta :

– Le cardinal connaît vos talents culinaires et a des propositions à vous faire.

François s'arrêta. Voilà qui était mieux, même s'il n'avait jamais entendu parler de ce cardinal au nom à consonance française.

L'homme, voyant son hésitation, déclara :

– Il s'agit d'une conversation privée, sans lien avec les fonctions du cardinal à la cour du pape. Il ne sera question que de l'art de la cuisine et de votre savoir-faire.

L'attitude courtoise de l'homme en noir convainquit François. Il fit signe qu'il acceptait l'invitation et le sui-vit. Quinze minutes plus tard, ils s'arrêtaient devant un palais tout neuf du Borgo Nuovo, à deux pas du Vatican.

L'entrée monumentale était ornée de caryatides soutenant un balcon aux incrustations de porphyre. Le cardinal l'attendait dans une petite pièce lambrissée de bois sombre. Les murs étaient couverts de tableaux, deux tables croulaient sous les objets précieux. Il portait une longue robe d'un bleu presque noir. Grand, très maigre, il devait avoir une cinquantaine d'années. Son teint grisâtre, ses yeux profondément enfoncés dans leurs orbites ne le signalaient en rien comme un amateur de bonne chère. Deux grandes rides verticales lui barraient le front et auguraient un caractère volontaire. François fut surpris d'entendre une voix fluette sortir de ce grand corps. Le cardinal l'invita aimablement à prendre place sur une chaise haute en face de lui et de se servir, s'il le souhaitait, de vin d'Avellino. François ne se fit pas prier. Il attendit, son verre à la main, que son hôte veuille bien lui expliquer les raisons de sa présence. Le cardinal, observant longuement son invité, ne semblait pas pressé de prendre la parole. Son silence finit par mettre François mal à l'aise. Ne sachant que faire, il but une gorgée de l'excellent vin rouge, inclina la tête, esquissa un sourire. L'autre continuait son examen, se frottant les mains avec ce geste machinal des gens d'Église. François se sentit rougir. Il était sur le point de déguerpir quand la voix sans timbre se fit de nouveau entendre :

– Ainsi, vous travaillez avec l'inestimable maître-queux Bartolomeo Scappi ?

François, soulagé d'avoir enfin quelque chose à dire, s'empressa de répondre :

– Oui Monseigneur, depuis plus de six ans, j'ai l'honneur de lui servir de secrétaire particulier.

– Voilà qui vous met au cœur des plus belles réussites de l'art culinaire que je prise fort.

– Certes, maître Scappi est un véritable magicien qui sait tout des nourritures terrestres et les transforme en mets qui raviraient les anges du ciel s'ils pouvaient y goûter.

Le cardinal émit un petit rire aigrelet et s'exclama :

– Scappi a la chance d'avoir un secrétaire poète. Voilà qui doit le réjouir. Mais, dites-moi, n'est-il pas trop difficile, parfois, d'être dans l'ombre d'un si grand homme ? N'avez-vous pas envie de voler de vos propres ailes ? On m'a dit que vous aviez vous aussi des talents pour la cuisine.

L'affaire devenait intéressante. Le cardinal allait-il lui proposer d'entrer à son service ? Non pas que François ait le moins du monde envie de quitter Scappi, mais son vieux maître arrivait au terme de sa longue et glorieuse carrière. Son secrétaire devrait bientôt songer à un nouvel établissement. Au vu des riches objets qui entouraient le cardinal, il ne devait pas manquer de moyens financiers. Prenant un air modeste, François déclara :

– Ayant été à si bonne école, je ne peux qu'avoir appris les meilleures manières de faire tourtes et rôts. Mais je dois avouer que si je faisais selon mon style, il y a bien des choses que j'apprêterais différemment.

Il s'en voulut aussitôt de ces mots qui pouvaient passer pour critiques à l'égard de Scappi. Le cardinal s'aperçut de sa gêne et, d'un geste bienveillant, lui fit signe de continuer.

– C'est bien normal à votre âge de vouloir imprimer votre patte. À ce propos, ne dit-on pas que Scappi va publier un livre ?

– Une grande œuvre, si vous voulez mon avis, reprit François. Avec près de mille recettes, des conseils pour bien choisir les aliments, des menus pour chaque saison, la description de l'aménagement d'une cuisine... On y trouvera le récit du conclave de 1550 où maître Scappi officiait en cuisine. Il y aura aussi des nouveautés comme la recette d'une pâte feuilletée.

François vit Granvelle se crisper comme si un spasme de douleur l'avait traversé. Le cardinal avait fermé les yeux et serré sa mâchoire puissante. Se pouvait-il qu'il fût souffrant ? Il se reprit et de sa voix de fausset déclara :

– Mais c'est parfait tout ça. Et quel titre portera cet ouvrage ?

– *Opera*, tout simplement. C'est l'œuvre d'une vie, vous comprenez.

François commençait à se demander où Granvelle voulait en venir. Le cardinal se servit du vin, en proposa à François qui refusa. Un nouveau silence s'instaura, tout juste interrompu par une mouche qui voletait autour d'une goutte de vin tombée de la carafe. Le cardinal abattit sa main décharnée sur l'insecte avec une telle force que la carafe s'envola et s'écrasa en mille morceaux sur le sol de marbre. François sursauta et se dit que Granvelle avait de bien étranges manières. Il se demandait comment prendre congé sans paraître trop impoli quand le cardinal se leva, se planta devant lui, le dominant de toute sa hauteur :

– Et si j'ai bien compris, Scappi va publier son livre sous les auspices du Saint-Père ?

– Bien sûr, il est à son service, comme il a été précédemment au service des cardinaux Campeggi, Carpi et du pape Pie IV.

– Ne pensez-vous pas qu'un tel ouvrage mériterait une considération plus grande que celle que Pie V ne lui accordera jamais ? Il est connu pour détester tout ce qui touche aux plaisirs de la table.

François s'était levé à son tour et répondit d'une voix hésitante :

– Mais c'est ainsi que les choses doivent se faire.

– J'entends bien, mais on pourrait imaginer qu'un autre bienfaiteur prenne en charge l'édition du livre et assure à Messire Scappi un succès digne de lui.

– Je ne crois pas que mon maître puisse envisager un acte aussi déloyal.

Granvelle s'était rapproché de François et lui avait saisi le bras.

– Il n'y aurait rien de déloyal à accepter le parrainage d'un défenseur de la chrétienté comme peut l'être Philippe d'Espagne.

À ces mots, François comprit. Granvelle suggérait que Scappi abandonne le patronage du pape au profit de celui du très puissant et très catholique roi d'Espagne. Le cardinal accentua la pression sur son bras, à tel point que François laissa échapper un cri.

– Monseigneur, je crains que vous ne fassiez fausse route. Si vous ne me croyez pas, demandez à Scappi directement.

– Il refusera. Je le sais. C'est un homme de tradition, fidèle à son maître même si celui-ci le méprise.

– Vous voyez bien ! C'est impossible.

– Je n'en crois rien. Et vous allez vous y employer. Vous allez convaincre votre maître qu'il doit me confier son livre. Si vous n'y arrivez pas, nous aviserons. Vous pourrez toujours me faire parvenir discrètement le contenu de l'ouvrage.

– Je ne le puis… Aïe, mais lâchez-moi, vous me faites mal !

François essaya de se dégager. Granvelle desserra son étreinte et avec un sourire ironique lui dit :

– Vous avez tout à gagner en suivant mes conseils.

François se frottait le bras en grimaçant. Il regarda Granvelle droit dans les yeux et déclara avec colère :

– N'y comptez pas ! Je serai fidèle à mon maître et en aucun cas, je ne le mettrai dans l'embarras.

Granvelle leva la main pour l'interrompre.

– N'en dites pas plus. J'apprécie votre loyauté, mais vous savez comme moi que ce n'est pas le meilleur moyen pour atteindre la gloire. Ni même d'ailleurs pour se protéger des dangers qui abondent en ces temps troublés. Ne venez-vous pas de Montpellier où vous aviez pour amis, m'a-t-on dit, des protestants avérés ?

– Mais en quoi cela concerne-t-il Scappi ? Et comment le savez-vous ?

D'une voix devenue sifflante, le cardinal ajouta :

– C'est mon devoir de me tenir informé. Je sais aussi que vous voyez fort peu votre confesseur et que vous n'êtes guère assidu à la Sainte Messe. Disons que si je transmettais ces faits à l'Inquisition, vous pourriez avoir de gros ennuis. Mais je suis sûr que nous n'en arriverons pas là. Réfléchissez. Je pense que nous allons être amenés à nous revoir prochainement.

D'un geste nonchalant, il fit signe à François de sortir. Ce dernier s'empressa de quitter la pièce et dès qu'il fut hors du palais, partit au pas de course rejoindre les quais du Tibre où il se laissa tomber sur l'herbe rase.

Pour qui se prenait-il, ce cardinal ? Lui proposer froidement d'amener Scappi à trahir le pape ! Et envisager que, lui, puisse trahir Scappi ! Penser qu'il marcherait dans une telle combine !

Et quelle idée il avait bien pu avoir de dévoiler à un inconnu le contenu du livre ? N'apprendrait-il jamais à tenir sa langue ? Il n'aurait même jamais dû prononcer le nom de Scappi qui, en tant que cuisinier personnel du pape, devait rester secret. Un empoisonnement était si vite arrivé! Sa vanité, son désir de gloire à bon compte lui avaient fait tromper la confiance de son maître. Le mieux serait peut-être de s'en ouvrir à lui, quitte à subir ses foudres. Mais la proposition de Granvelle était si honteuse que le vieux cuisinier ne pourrait que s'en sentir humilié. François décida qu'il garderait l'affaire pour lui. Quant aux propos du cardinal sur l'Inquisition, ils n'avaient aucun sens. Il avait quitté Montpellier il y a plus de quatorze ans et s'il n'était pas un paroissien exemplaire, rien ne pouvait le désigner comme hérétique. Peut-être ce Granvelle n'avait-il pas toute sa tête? Peut-être avait-il agi sous le coup d'une lubie de vieillard? Auquel cas, il aurait tout oublié le lendemain. François se promit d'en faire de même.

2

La petite se tenait en embuscade en haut de l'escalier en colimaçon menant aux appartements de François. Elle avait ouvert le fenestron et regardait l'agitation dans la cour du palais. Sa grand-mère Livia, majestueuse dans sa robe de soie noire et ses voiles de dentelle descendait du carrosse qui la ramenait de Saint-Jean-de-Latran où elle avait assisté à la dernière messe du jour. La petite s'écarta vivement de la fenêtre quand Livia leva les yeux vers la façade. Ce n'était pas le moment de se faire repérer. Elle avait mieux à faire que d'écouter les leçons de morale de la vieille femme. D'autant qu'elle n'apprécierait pas de voir que la petite lui avait emprunté une belle chaîne en or ciselé pour orner ses cheveux et qu'elle était vêtue d'une manière fort inconvenante. Passe encore la luxueuse jupe de velours vert damassé, mais le bustier laissant ses épaules nues ne lui plairait guère. Elle détesterait par-dessus tout que sa petite-fille attende, le cœur battant, un homme de basse extraction, un cuisinier, dans le secret espoir de se donner à lui.

Qu'il fût cuisinier du pape et admis à la cour pontificale n'y changerait rien. La petite savait bien qu'une Orsini ne pouvait prétendre qu'à une union avec un duc, un prince, un fils ou un neveu de pape. Elle s'en moquait. Si un mariage avec un autre que François était inéluctable, elle entendait bien profiter du peu de temps qu'il lui restait pour connaître l'amour, le vrai. Qu'elle ne soit pas fiancée à quatorze ans était tout à fait inhabituel. La plupart de ses cousines étaient déjà promises. Peut-être était-ce dû à l'éloignement et au peu d'attention de son oncle Vicino qui l'avait recueillie après la mort de ses parents. Il vivait loin de Rome dans son domaine de Bomarzo et l'avait confiée à Livia, la princesse douairière afin qu'elle reçoive une éducation digne de son rang. La petite ne s'en plaignait pas. Elle vivait à sa guise dans cet immense palais occupant un quartier entier de Rome. Au cours des deux derniers siècles, les héritiers Orsini avaient fait construire des ajouts au château initial, devenu un labyrinthe, où vivaient plusieurs centaines de personnes. Elle se trouvait dans la partie édifiée par son arrière-grand-père Franciotto en 1510. Soixante ans plus tard, l'endroit gardait tout son charme avec sa loggia aux pilastres décorés de feuilles d'acanthe. Les étages supérieurs étaient affectés au logement de personnes étrangères à la famille. C'est ainsi que, deux ans auparavant, à son arrivée à Rome, elle avait fait connaissance de François Savoisy. Elle était tombée sous le charme de cet homme d'une trentaine d'années, aux mèches rebelles et au sourire ironique. Livia avait demandé à son locataire de s'entretenir en français avec les plus petits de la maisonnée afin qu'ils puissent parfaire leurs connaissances, les plus grands maîtrisant déjà parfaitement cette langue. Ils devinrent les meilleurs amis du monde et Sofia parla bien vite un français irréprochable.

Elle entendit la porte donnant sur la cour se fermer avec fracas et reconnut aussitôt les pas de François montant l'escalier quatre à quatre. Elle se pinça les joues, s'humecta les lèvres, s'assura que la chaîne en or était bien en place sur son front qu'elle savait joliment bombé, redressa les épaules et s'appuya nonchalamment contre le mur.

– Sofia ! Mais que fais-tu là ? Tu ne devrais pas être avec tes cousins ? Il est déjà tard. On doit t'attendre.

La petite fronça les sourcils. L'accueil de François manquait un peu de chaleur à son goût. Dépitée, elle ne répondit pas, laissant François fourrager sous son pourpoint pour trouver sa clé. Il s'apprêtait à la glisser dans la serrure quand elle déclara :

– Tu es très beau dans ce pourpoint, il est neuf ?

– Le pourpoint ? Il peut être beau, il m'a coûté douze jules ! Je l'ai acheté en prévision de la fête chez ton oncle à Bomarzo.

La petite se renfrogna.

– Quelle fête ? Je ne suis pas au courant.

– Normal, ma Sofia. Ce n'est pas une fête pour les enfants. Des satyres et des faunes égrillards rendront hommage à Bacchus. Vicino ne va certainement pas inviter sa nièce préférée à de tels débordements.

La petite lui lança un regard courroucé.

– Je ne suis plus une enfant. Je suis une femme. Quand vas-tu donc t'en apercevoir ? Je sais ce que sont les choses de l'amour.

François éclata de rire et lui prenant le menton, déclara :

– Je sais que tu es une jeune fille accomplie. Tu as lu l'*Énéide* et même les *Métamorphoses* d'Ovide pour savoir comment dieux et déesses s'aiment et se font des entourloupes. Il est des amusements que tu n'es pas encore en âge de connaître.

La petite se dégagea violemment. Elle prit la main de François et la posa sur ses seins pas plus gros que des œufs de pigeon.

– Alors apprends-moi. Je suis une élève attentive, tu le sais.

François retira sa main doucement, fit asseoir la petite sur une marche d'escalier, s'agenouilla devant elle et lui dit tendrement :

– Sofia, tu es la jeune personne que je préfère à Rome. Tu es jolie comme un cœur et je ne doute pas que tu seras une amoureuse que tous les galants s'arracheront. Mais pour l'instant, donne-moi ce qu'il y a de plus précieux : ton amitié. À qui pourrais-je raconter les plats ratés pour avoir mis trop de farine ou les fureurs de mon maître Scappi quand je retranscris mal une de ses recettes ? Qui peut mieux que toi rire à mes histoires de cardinaux centenaires piquant un roupillon le nez dans leur assiette ou s'en allant la barbe pleine de débris de viande ?

La petite soupira et finit par sourire :

– Je n'ai pas dit mon dernier mot.

Levant les yeux au ciel, François l'aida à se relever.

– Ma Sofia, je reconnais bien là le sang ardent des Orsini. Disparais avant que les hommes d'armes de ta grand-mère ne mettent le quartier à feu et à sang pour te retrouver.

La petite tapota les plis de son ample jupe, gratifia François d'un sourire complice et s'engagea dans l'escalier. Poussant un immense soupir de soulagement, il ouvrit sa porte et s'apprêtait à la refermer quand il entendit un frou-frou de tissu. Sofia passa le nez dans l'entrebâillement de la porte que François maintenait fermement.

– J'ai oublié de te dire que ton ami le peintre est passé. Il t'attend au Colisée.

– Le peintre, mais quel peintre? J'ai des dizaines d'amis peintres.

– Le grand à la barbe noire qui se tient un peu courbé. Bartolomeo quelque chose…

– Passeroti?

– Oui. Il était très agité. Ça avait l'air urgent.

François ressortit, fit mine de lui montrer le poing et dévala l'escalier.

Passeroti ne venait jamais le voir au palais Orsini. Il fallait donc que l'affaire soit d'importance. François se hâta à travers les rues de Rome, très encombrées en cette fin de journée, pensant au manège auquel se livrait Sofia depuis quelque temps. Il devait se montrer prudent. Cette enfant était adorable, pleine de vie et d'imagination. Un peu trop, s'il en croyait ses récentes démonstrations de charme. La famille Orsini, l'une des plus anciennes de Rome, ne plaisantait pas sur la vertu de ses héritières, même si certaines défrayaient régulièrement la chronique avec leurs aventures amoureuses.

Il arrivait tout juste en vue du Colisée quand une pluie rageuse s'abattit sur la ville. François se réfugia dans la galerie du Ludus Magnus, manquant de s'affaler sur les dalles glissantes de la vieille voie romaine. Arrivé sous les voûtes de l'ancienne caserne des gladiateurs, il eut un regard désolé pour son pourpoint de soie damassée : ruiné par les trombes d'eau ! Quelle idée de donner rendez-vous dans ce lieu sordide alors qu'il existait tant d'endroits confortables à Rome. C'était du Passeroti tout craché ! François ne comprenait pas la passion des peintres pour ces tas de pierre épars, ces statues brisées, ces portiques qui menaçaient de s'écrouler à tout moment.

Il vit passer une charrette pleine à ras bord de blocs de marbre et de travertin. Des gamins en haillons tournaient autour des carriers et leur proposaient du plomb ayant servi à sceller les pierres du Colisée. Voilà des matériaux qui allaient retrouver une nouvelle vie dans ces palais qui poussaient comme des champignons, en cette année 1570.

L'orage ne désarmait pas. Les éclairs faisaient naître des ombres fantasmagoriques sur la haute façade de l'amphithéâtre. On disait l'endroit peuplé d'esprits malins. Pas étonnant, pensait François, que les démons viennent y faire leur sabbat avec tous les sacrifices humains qui s'y étaient déroulés. Dans l'obscurité humide des voûtes, il sentait naître une légère appréhension. L'odeur douceâtre de mousse putride lui soulevait le cœur. N'y tenant plus, il enleva son pourpoint, le plia soigneusement, le glissa sous son ample chemise et repartit sous la pluie battante. Au diable les antiquités ! Si Passeroti avait quelque chose d'urgent à lui dire, il n'aurait qu'à passer au palais Orsini.

Au pas de course, il prit la direction du Palatin. En passant au large de l'Arc de Constantin, il s'entendit héler :

— *Madona mia !* Tu es plus vif que l'éclair. Je suis là. Viens me rejoindre au sec.

Passeroti se tenait sous la voûte de l'imposant monument. La quarantaine, le visage acéré, un peu voûté à cause de ses longues heures passées à peindre, vêtu de chausses noires et d'une chemise blanche, il serrait contre lui de grandes feuilles de papier. François lui jeta un regard sombre et répliqua :

— Tu pourrais fréquenter des lieux un peu plus civilisés. Regarde : on se croirait dans un champ de boue !

— Je t'ai connu plus aventureux. Maintenant que tu es à la cour du pape et que tu sers des cardinaux, il faut dérouler un tapis rouge devant toi ?

– Oh ça va, Bartolomeo ! Raconte-moi plutôt pourquoi tu voulais me voir. Je te croyais parti à Bologne rejoindre ta femme et ton fils.

– Changement de programme. Arcimboldo arrive !

En disant cela, le peintre esquissa une cabriole qui fit se répandre à terre ses précieux dessins. Il jura, se mit à quatre pattes et, aidé de François, ramassa les esquisses où apparaissaient une tête d'Apollon et divers bustes d'empereurs romains. S'étant assuré qu'aucun n'avait souffert, il reprit :

– Et qui dit Arcimboldo, dit nouvelles commandes en perspective.

– Mais il était à Rome, il y a à peine six mois… Quand trouve-t-il le temps de peindre ?

– Ne t'inquiète pas pour lui. Il est peintre officiel à la cour des Habsbourg, mais aussi conseiller pour l'achat d'œuvres d'art. Il faut croire que l'empereur Maximilien est en manque de tableaux. Et comme il travaille aussi pour son fils Rodolphe qui, paraît-il, est un ogre dévoreur d'objets précieux, c'est le branle-bas de combat chez les peintres. Arcimboldo va passer commande à tour de bras, c'est sûr.

François sourit au ton jubilatoire de son ami et lui mettant une main sur l'épaule, lui dit :

– Tu m'en vois ravi, mais que viens-je faire là-dedans ?

– Me tirer une épine du pied, mon ami. La mode est aux tableaux représentant des scènes de cuisine et de marché. Les Flamands ont commencé avec des peintres comme Aersten et Beuckelaer. En Italie, c'est Vincenzo Campi qui s'y est mis le premier. Dans son atelier, à Crémone, on produit à la pelle des vendeuses de volailles, des fruitières, des cuisinières. Il faut que je m'y mette, moi aussi.

– Tu veux que je fasse la cuisine pour toi ? l'interrompit François.

– Non, non, mieux que ça ! Que tu m'obtiennes l'autorisation de dessiner dans les cuisines du Vatican. Je pourrai ainsi croquer les gestes que vous faites les uns et les autres, m'imprégner de l'ambiance.

– Tu vas surtout t'imprégner de vapeurs grasses ! dit François en riant. Cela ne devrait pas poser de problème. Scappi, mon maître, est un homme charmant. Je suis sûr qu'il t'accordera volontiers sa permission.

La pluie ayant cessé, les deux hommes quittèrent leur abri et prirent la direction du Campo Vaccino. François pestait de devoir patauger dans l'herbe gorgée d'eau. Les moutons, eux, nullement dérangés, paissaient pacifiquement sous l'œil des jeunes bergers. Passeroti voulut dessiner l'un d'eux, accroupi sous une colonne de marbre qui émergeait du sol, à moitié cassée. François le prit par le coude et le menaça de donner ses dessins à manger aux moutons s'il s'arrêtait. L'orage avait balayé la poussière et chassé la touffeur qui régnait sur Rome en cette fin d'été. La soirée s'annonçait claire et agréable. Le mont Palatin se dressait sur leur gauche, couvert de vignes et de vergers. C'est là, dans une grotte, que Romulus et Remus, fondateurs de Rome, furent allaités par la louve.

Aujourd'hui, on pouvait discerner les limites des somptueux jardins du cardinal Alessandro Farnese dont les travaux avaient commencé l'année précédente. L'endroit était sublime et le deviendrait sans nul doute plus encore. Une fête, à laquelle participait François, avait été donnée à la *Casina*, sorte de maisonnette au cœur des jardins, surmontée d'une volière où s'ébattaient les oiseaux les plus exotiques. François gardait le souvenir de vols chamarrés, de battements d'ailes colorés dignes d'une forêt profonde des Amériques.

Ils aperçurent un de leurs amis, Pirro Ligorio, abrité sous un chapeau noir grand comme une ombrelle. Muni d'un petit trident, il grattait le sol. Il sursauta quand les deux compères l'entourèrent et firent mine de se saisir de lui.

— Encore en train de piller les trésors de nos ancêtres romains, gronda Passeroti.

— Imbéciles, vous m'avez fait peur, répondit l'homme âgé d'une cinquantaine d'années. Laissez-moi fouiller en paix. Il y a plein de choses passionnantes sous cette terre. Quand je pense que Campo Vacino veut dire « champ aux vaches » alors qu'il s'agit du Forum — le cœur de la Rome antique — où se trouvaient le Sénat, les temples et les sanctuaires.

— Pour moi, parcourir ce lieu, c'est comme marcher sur la tête des morts, l'interrompit François.

— Tu n'as pas tort, reprit Ligorio en agitant les bras. Sais-tu que ton ancêtre, le Gaulois Vercingétorix a été enfermé et décapité dans la prison Mamertine au pied du Capitole ? Et la Roche Tarpéienne d'où l'on précipitait les criminels, tu peux me dire où elle est ? Et l'escalier des Gémonies où leurs corps étaient placés avant d'être jetés au Tibre ? Il y a aussi les morts glorieux. Pense un peu à Cicéron dont la tête et les mains furent exposées aux Rostres après qu'il eut été assassiné sur ordre de Marc Antoine.

— Tout ça n'est pas très gai, murmura François.

— Alors, imagine les cortèges des généraux vainqueurs empruntant la via Sacra pour se rendre au temple de Jupiter, les spectacles à l'amphithéâtre Flavien qu'on appelle communément Colisée, les Vestales dans leur luxueux palais-jardin veillant au feu sacré.

– C'est déjà mieux, mais est-il vraiment nécessaire de se préoccuper de tout ce fatras ? Ce qui se construit aujourd'hui me paraît excellent. Voudrais-tu revenir au temps où on jetait les chrétiens en pâture aux lions ?

– Tu n'es qu'un béotien, tonna Ligorio. C'est à cause de gens comme toi que toutes ces merveilles disparaissent. Heureusement que le grand Raphaël et l'immense Michel-Ange se sont rendu compte qu'il fallait tout faire pour redécouvrir et protéger les traces de notre passé.

Passeroti avait repris son bâton de fusain et dessinait un lion ailé figurant sur la plaque de marbre que Ligorio était en train d'extraire du sol. Il se mêla à la conversation :

– Leurs appels ont eu un grand retentissement, mais ça n'empêche pas les carriers de continuer à piller les monuments antiques. Il y en a même qui n'hésitent pas à casser des statues de marbre pour en faire de la chaux.

– Hélas, soupira Ligorio, la Rome des papes détruit celle des Césars. C'est bien pour ça que, dès que j'ai du temps libre, je cherche, je fouille, je creuse.

Il se pencha en grimaçant de douleur et prit dans sa besace une jolie statuette de Vénus en terre cuite.

– Hyppolite d'Este va être content. Il achète mes antiquailles à prix d'or pour sa villa de Tivoli. Au fait, on se voit ce soir ? Vous venez à la soirée de l'*Academia* ?

– Quelle soirée ? demanda François. Je croyais qu'il n'y avait pas de réunion avant la fête de Bomarzo.

Passeroti salua Ligorio qui se replongea dans ses fouilles et entraîna François.

– Je n'ai pas eu le temps de te le dire. Pour accueillir Arcimboldo, on organise une fête impromptue, à la villa Chigi. Bien sûr, tu es des nôtres.

– Impossible, gémit François. Je dois retourner travailler avec Scappi. On est à la fin de la rédaction de son livre.

– Eh bien, justement, si vous avez fini, tu peux venir, répliqua Passeroti d'un ton léger.

– Ce vieux bonhomme m'a offert la chance de ma vie. Souviens-toi comme mes premières années à Rome furent difficiles. Devenir secrétaire particulier du cuisinier du pape, je ne pouvais rêver mieux. Il n'a confiance qu'en moi et je ne peux pas lui faire ce coup-là.

En prononçant ces mots, il ressentit la colère qui l'avait saisi, une heure plus tôt, lors de son entretien avec Granvelle. Comment pourrait-il trahir son maître à qui il devait tout ?

– Te voilà devenu bien sérieux François, dit en riant son compagnon.

– À trente-quatre ans, il serait temps, non ? Je suis déjà vieux et je n'ai pas encore réalisé mon rêve : écrire un livre de cuisine.

– Mais c'est un peu ce que tu fais en prêtant tes talents littéraires à un maître-queux ?

François soupira. Une ombre passa dans son regard. D'une main, il rejeta la mèche qui lui tombait dans les yeux. Il fit signe à Passeroti de venir s'asseoir sur un des gros blocs de pierre qui marquaient l'extrémité du Forum.

– Toutes ces années, j'ai voulu m'étourdir de fêtes et de banquets, me plonger dans le tourbillon de la vie romaine pour oublier ce que j'avais vécu à Montpellier, la mort d'Anicette… J'y suis en partie arrivé. À l'*Academia*, on me connaît comme un joyeux drille, toujours prêt à trousser une fille ou goûter un nouveau vin.

– C'est vrai que tu n'as pas ton pareil pour monter sur les tables et faire l'extravagant. Les filles du Trastevere t'adorent et Emilia est la maîtresse la plus friponne de Rome. Ne me dis pas que tu comptes t'assagir. Tes folies nous manqueraient. Allez, viens ce soir, il y aura du vin de Frascati et si le temps le permet, on soupera sous les charmilles.

François sourit.

– Je te dis que non ! Je dois revoir le chapitre IV sur les repas de saison. Pour chacun des mois de l'année, Scappi souhaite en décrire une dizaine. Avec environ quatre-vingts plats par repas, imagine la somme de travail. Ça fait plus de cent cinquante pages !

– Je suis sûr que tu les connais par cœur. Cite m'en quelques-uns pour voir.

François inspira profondément et débita :

– Langouste à l'ail, brochets braisés au persil, truite au vin et aux épices servie avec des *limoncelli*, calamars farcis, pêches de vigne au vin blanc, papardelles au bouillon de lièvre, pigeons braisés au chou, fromage de Majorque, longe de veau sauce royale, becfigues en feuilles de vigne, salade de laitue aux fleurs de bourrache, pied-de-veau à la sauce verte, foie de veau au jus de bigarade, mostacholles napolitaines, biscuits pisans…

Passeroti faisant mine de se boucher les oreilles, s'écria :

– N'en jette plus ! Tes becfigues ne vont pas s'envoler ! Tu les retrouveras demain. Viens avec moi. Tu parleras légumes avec Arcimboldo. Il adore les natures mortes composées. Et Emilia sera très déçue que tu ne sois pas là.

Tu sais que le jeune Torquato Tasso fait tout pour te voler ta belle maîtresse…

À l'évocation de la voluptueuse courtisane, de ses seins blancs et de ses cuisses accueillantes, François ressentit un désir puissant. Passeroti n'avait pas tort. Le travail était bien avancé. Il mettrait les bouchées doubles le lendemain. Après la pénible scène avec le cardinal, un peu de bon temps ne lui ferait pas de mal.

– Vil tentateur ! Les plaisirs de la chair causeront ma perte. Je rends les armes. Tant pis pour Scappi. J'enverrai un messager.

3

Les deux amis longèrent le théâtre de Marcellus. Le vieux bâtiment commencé par César et terminé par Auguste avait recouvré une nouvelle jeunesse au début du siècle quand la famille Savelli en avait fait son palais. François se demandait toujours si les habitants actuels entendaient dans leurs rêves les applaudissements des milliers de spectateurs qui se pressaient aux comédies de Plaute, il y a plus de quinze cents ans.

Au rez-de-chaussée, des boutiques de barbiers, savetiers, volaillers attiraient une clientèle bruyante, à l'affût de bonnes affaires. Après le calme bucolique du Forum, la ville reprenait ses droits. François faillit se faire renverser par un âne aux banastes débordantes de melons dorés, mené grand train par son propriétaire. Des gamins jouaient à chat et sautaient comme des cabris sur les blocs de pierre jonchant la chaussée. Mieux valait, dans ces quartiers populeux, faire attention à sa bourse et à ses objets de valeur. Rome, ville en perpétuel mouvement, où se croisaient pèlerins, prélats, artistes et gens de noblesse de l'Europe entière, était une bénédiction pour les tire-laine et autres malandrins.

Ils passèrent sous le portique d'Octavie, cette pauvre femme que le fourbe Marc Antoine délaissa pour aller se rouler dans le stupre et les bras de Cléopâtre. Ils se retrouvèrent dans le marché aux poissons. La vente était terminée. Les marchandes nettoyaient leurs étals à grands coups de seaux d'eau. Cela rendait le bourbier causé par l'orage encore plus impraticable. François et Passeroti évitaient d'enfoncer leurs chausses dans les débris de viscères et d'écailles de poisson qui surnageaient dans ce cloaque.

– Cet endroit est répugnant, maugréa Passeroti qui tentait vainement de se débarrasser d'une sardine accrochée à une boucle de sa botte.

– Tu devras t'y faire, lui fit remarquer François, si tu veux peindre d'après la réalité de la nature. L'un de mes compatriotes très à la mode, Bernard Palissy, moule vivants des lézards et des petits poissons pour donner plus de naturel à ses céramiques. Lors d'un banquet, j'ai vu un de ses plats d'apparat que le roi François avait offert au pape. C'est très étrange. On dirait un marécage où se promènent une couleuvre, une écrevisse, une salamandre, deux ablettes et des petits coquillages. Je dois t'avouer qu'avoir ça sur ma table ne me plairait guère. J'aurais toujours peur que la couleuvre se fasse la belle et aille se lover au fond de mon assiette, tant elle semble vivante.

À force de secouer sa botte, la sardine avait lâché prise.

– J'en ai entendu parler. Moi, j'aime bien, mais je laisse à d'autres, comme Jacopo Ligozzi, le soin de reproduire exactement plantes et animaux. C'est de la belle œuvre, mais ce qui m'intéresse, c'est le mouvement. J'ai en tête de peindre des poissonniers…

– Tu vois bien qu'il va te falloir revenir patauger par ici.

– J'ai déjà tous les éléments : un gros homard, une tête de saumon, une moule géante, un poisson-lune, des coquilles de toutes sortes.

– À part le homard, rien de très appétissant dans tout ça !

– Qui te parle de manger ? Ce qui importe, c'est l'expression. Je vais mettre deux personnages, deux vieux. Un homme à l'œil lubrique et une femme au regard méchant lui reprochant on ne sait quelle frasque.

– Pas très ragoûtant. Où vas-tu pêcher de telles idées ? Pourquoi ne pas choisir une belle jeune fille aux formes épanouies ?

Passeroti haussa les épaules.

– Je ne suis pas Boticelli. Je ne peins pas des madones au regard clair ni des nymphes alanguies. C'est fini tout ça !

François fit la moue, pila sur place et se mit à humer avec insistance l'air ambiant.

– Ça sent l'artichaut frit. À cette seule odeur, on sait qu'on est au pied du ghetto des juifs.

– C'est l'un de leurs mets préférés et ils en ont transmis le goût à tous les Romains. Je ne connais rien de meilleur, d'autant que tout se mange : les feuilles croquantes, le pied et le cœur fondants. Ton Scappi en donne-t-il la recette ?

– Non et je devrais le lui suggérer. C'est simple comme bonjour. Il suffit d'avoir de bons gros artichauts bien ronds dont on écarte les feuilles pour qu'ils ressemblent à une fleur ouverte et de les faire frire. Quand je pense qu'en France, on connaît à peine ce légume ! Je n'ai peut-être pas écrit un livre de cuisine, mais j'ai découvert en Italie des produits et des recettes extraordinaires.

Passeroti éclata d'un grand rire et lui tapant sur l'épaule déclara :

– Nous sommes les meilleurs ! Je suis bien content qu'un Français le reconnaisse.

– Attends mon gars, répliqua François mi-figue mi-raisin, nous n'avons pas dit notre dernier mot. Malgré tout le respect que je dois à mon bon maître Scappi, je trouve qu'il force un peu sur les épices. Je suis persuadé que cette cuisine gothique est sur le déclin et ça ne m'étonnerait pas que ce soit les Français qui, bientôt, lui donnent le coup de grâce.

Ils étaient parvenus à l'île Tiberine. S'engageant sur le pont Cestius pour rejoindre le Trastevere, Passeroti prit un ton sérieux.

– Les choses évoluent. On ne peint pas de la même manière maintenant qu'au début du siècle. Depuis Raphaël et Michel-Ange, tout a changé. Les proportions exactes, les couleurs harmonieuses, on s'en moque. Le trouble, l'obscur, la déformation des corps, les couleurs acides ne nous dérangent pas, bien au contraire.

– C'est vrai que tu ne lésines pas sur le jaune. Parfois, en voyant tes tableaux, j'ai l'impression d'être dans une salade de citrons.

– Obsédé ! Tu n'aurais pas cette impression avec les peintres flamands, je peux te l'assurer. Ils n'oseraient jamais employer nos oranges et nos roses.

– Sauf que ce sont vos principaux rivaux, non ?

– Ce n'est pas exactement comme ça que cela se passe. On se nourrit des expériences des uns et des autres. Quand viennent les commandes, c'est une autre histoire. Tous les ateliers de peintres sont alors rivaux.

– Donc, ça va chauffer autour d'Arcimboldo ! répliqua François en se penchant pour voir les lavandières laver leur linge dans le Tibre. Regarde la brunette avec les cheveux relevés, elle est plus qu'appétissante avec son petit cul rond.

Passeroti leva les yeux au ciel et prit François par le bras pour l'arracher à sa contemplation.

– Garde-toi pour ta lionne d'Emilia, sinon elle va te dévorer tout cru. Je n'arriverai jamais à comprendre le succès que tu peux avoir auprès des femmes.

– C'est simple, je les fais rire. Je ne me prends pas au sérieux, ni elles d'ailleurs. Je ne fais pas de promesses. Mais toutes rêvent de me prendre au piège de l'amour éternel.

Ils passèrent devant la porte Settimiana, encore une vieillerie romaine, et prirent la via Lungara qui les mène-rait à la villa Chigi. Une odeur de terre mouillée et d'herbe fraîche montait des jardins environnants. François chipa une grappe de raisin mordoré accrochée à un mur. Plus loin, il n'eut qu'à tendre la main pour attraper une figue gorgée de suc qui éclata dans sa main. La fin de l'été à Rome était une bénédiction. Les trop fortes chaleurs qui, au mois d'août, réduisaient la ville à un fantôme apa-thique se faisaient plus rares. La lumière était douce, les vergers croulaient sous les fruits. Pour François, la ville éternelle était devenue sa ville. Il en connaissait tous les recoins et en quatorze ans, il y avait scellé de profondes amitiés. Son port d'attache était cette fameuse *Academia dei Vignaioli*[1] que lui avait fait connaître Passeroti et qui regroupait des artistes de tout poil. Les académies fleurissaient à Rome, certaines très sérieuses comme l'*Academia della Virtu* qui discutait doctement de philo-sophie et de littérature, d'autres, beaucoup moins ! Les *Vignaioli*, placés sous la protection de Bacchus, avaient l'esprit blagueur et aimaient tourner en dérision les riches et les puissants. Ils se lançaient des défis loufoques, inven-

---

1. Académie des vignerons.

taient des poèmes burlesques, bref se payaient de grandes tranches de rire. Les réunions avaient toujours lieu autour de repas abracadabrantesques, comme ce banquet infernal où les mets avaient l'apparence de bêtes horribles et répugnantes : crapauds, tarentules, chauves-souris, scorpions, mais dont l'intérieur était d'une extrême délicatesse. En guise de dessert, avaient été servis des ossements en sucre ! François était devenu le grand maître des soupers fins et des réjouissances culinaires. À ce titre, il s'inquiéta de ce qui avait été prévu pour la fête du soir.

– Ça va être sur le pouce. Une sorte de souper champêtre. Comme on n'arrivait pas à te prévenir, Torquato s'est proposé d'acheter des victuailles et de les faire transporter.

– Mais ce pauvre garçon est complètement fou, il va nous faire manger n'importe quoi !

– Justement, comme Arcimboldo est un peu fantasque, ça risque d'être drôle.

François fit la moue. Il aimait beaucoup Torquato Tasso, un jeune poète de vingt-cinq ans déjà reconnu, de belle prestance et d'une agilité d'esprit stupéfiante, bénéficiant de la protection du cardinal Louis d'Este. Hélas, le jeune homme était atteint de mélancolie et sombrait parfois dans des crises où il se croyait persécuté par ses proches. François était vexé de ne pas être aux commandes du repas et surtout, redoutait les choix extravagants de Torquato. Ne voulant, néanmoins, pas apparaître comme mauvais camarade, il laissa tomber le sujet des agapes et demanda :

– Comment se fait-il qu'on aille à la villa Chigi ? Elle est complètement abandonnée depuis la mort de son propriétaire et l'on dit même qu'elle a été pillée lors du sac de Rome en 1527.

– Tous les meubles ont disparu. Il ne reste plus que les murs et les plafonds. Mais peints par Sodoma, Perruzzi et le divin Raphaël ! Alexandre Farnese est en train de la racheter et il paraît qu'il lui donnera le nom de Farnesina.

– Le cardinal Farnese est au courant de notre réunion ?

Passeroti répondit d'un geste vague de la main, signifiant que le sujet avait peu d'importance. Ce n'était pas dans les habitudes des membres de l'*Academia* de s'encombrer d'autorisation pour faire la fête.

Ils venaient d'arriver devant le jardin de la villa Chigi. Ils y pénétrèrent en enjambant un muret écroulé, se frayèrent un chemin à travers les ronces et les lianes de salsepareille. La nature sauvage avait repris ses droits. De grands arbres bordaient la rive du Tibre et des anciens jardins ne subsistaient que de vieux orangers et une pergola où une vigne échevelée lançait ses pampres. Agostino Chigi, un banquier des années 1500, avait fait construire par son compatriote siennois, Baldassare Peruzzi, cette magnifique bâtisse de deux étages rythmés d'élégants pilastres de style toscan.

Passeroti entraîna François vers une des arches qui donnaient dans une loggia. Le sol de marbre était cassé en de nombreux endroits et des herbes folles poussaient dans les interstices. Le peintre, en proie à une profonde excitation, se planta au beau milieu de la grande pièce et se tournant vers François, s'exclama :

– Regarde ces merveilles !

François leva la tête et se trouva transporté au cœur de l'Olympe. Hermès, Janus, Héphaïstos, Dionysos, Poséidon, Hadès, Athéna, Artémis et quelques autres tenaient conseil autour d'un Zeus se grattant pensivement la barbe.

Un petit Éros aux fesses rebondies, muni d'ailes légères, lui adressait un discours véhément contrecarré par une Aphrodite à l'air passablement revêche. Tout ce petit monde était confortablement installé sur de bons gros nuages mousseux.

– Tu les reconnais? demanda Passeroti.

– Je ne suis pas un âne! Mais dis-moi qui est cette fille, à gauche, portant une coupe à ses lèvres?

– Mais c'est Psyché! Il fallait, évidemment, que tu repères le seul personnage en train de boire. Sais-tu que c'est en donnant un gâteau empoisonné à Cerbère, le gardien des enfers, qu'elle a réussi à pénétrer dans le monde de l'au-delà?

– Mais qu'allait-elle faire dans cette galère?

– Encore un de ces coups tordus dont les dieux de l'Olympe ont le secret. Psyché, simple mortelle est si belle qu'Aphrodite, la déesse de la beauté, en prend ombrage. Elle charge son fils, le jeune Éros, de la rendre amoureuse de l'être le plus vil de la terre. Manque de chance, c'est lui qui tombe amoureux. Il l'enlève grâce à son ami Zéphyr et lui assure que tout ira bien tant qu'elle ne cherchera pas à le voir. Une nuit, l'imprudente allume une bougie et émue par la beauté de son amant, laisse tomber sur lui une goutte de cire qui le réveille. Aphrodite la soumet alors à des épreuves impossibles à gagner, mais la rusée renarde qu'est Psyché s'en sort haut la main. Elle arrive à trier un monceau de graines grâce à l'aide de fourmis; elle rapporte la laine d'or de moutons féroces; elle puise de l'eau dans le Styx, la rivière des enfers, avec le concours d'un aigle.

– Et ça se termine comment? demanda François que les histoires mythologiques ne passionnaient guère.

– Je te passe les détails. Zeus finit par pardonner et tendit lui-même à Psyché la coupe d'ambroisie qui la rendra immortelle. Comme tu le verras dans la scène d'à côté, tous les dieux sont conviés à son mariage avec Éros. Ils auront une petite fille qu'ils appelleront Volupté.

– Des gens de goût, si tu veux mon avis, répondit François qui se tordait le cou pour suivre les aventures de Psyché. Le banquet ne semble pas mal. La table est bien mise, ils ont l'air de s'amuser sur leurs petits nuages. Mais ce que je préfère, ce sont les frises qui séparent les deux scènes : rien que des fruits et des légumes. Des carottes, des concombres, des pâtissons, des coings, des navets… J'aurais bien aimé rencontrer Raphaël, il s'y connaissait en légumes.

– Ce sont surtout ses élèves qui ont travaillé sur cette fresque, lui répliqua Passeroti passablement agacé par les remarques potagères de François. Ce que tu vois là est l'œuvre de Giovanni da Udine. Débordé de commandes, Raphaël faisait le dessin d'ensemble et en confiait la réalisation à d'autres. On dit aussi qu'à l'époque, il était très occupé avec sa maîtresse, la Fornarina, une boulangère du Trastevere.

Soudain, François s'arrêta, tira Passeroti par la manche et déclara :

– Tu vois ce que je vois, dans la frise au-dessus de Mercure, en haut à droite ?

– Des pommes et des courges…

– Regarde mieux, ne vois-tu pas les deux petites aubergines pendant à une grosse courge turgescente pénétrer une figue éclatée à la délicate chair rosée…

– Oh, ça ! C'est du Giovanni tout craché. Il a mis ses courges luxurieuses un peu partout, même dans des églises. Ce n'est pas nouveau. Ça fait longtemps qu'on s'amuse à glisser quelques symboles ayant trait au sexe dans nos tableaux. Il suffit d'avoir l'œil.

– Voilà qui va me faire regarder à la loupe les fresques et toiles de mes bons amis les peintres, se réjouit François.

Passeroti haussa les épaules. Il aimait beaucoup son ami, mais regrettait parfois qu'il fût si futile.

Soudain des jurons éclatèrent dans le jardin, suivis d'un hurlement de douleur. François et Passeroti se précipitèrent et trouvèrent Torquato Tasso sautillant sur un pied et vitupérant contre deux hommes de peine poussant des brouettes pleines de victuailles.

– Maudits chiens, ils m'ont tendu un piège. Ils ont mis sur mon chemin des lianes pour que je me prenne les pieds dedans et que je me casse une jambe.

Les deux portefaix regardaient Torquato bouche bée. L'un d'eux tapota son index sur sa tempe. Voilà qui n'augurait rien de bon. Torquato était dans un mauvais jour. François le fit asseoir sur une souche d'arbre pendant que Passeroti conduisait les hommes et le chargement jusqu'à l'entrée de la loggia. Le jeune homme se laissait aller aux paroles de réconfort que lui prodiguait François. Il n'avait rien à craindre, tous ceux qui seraient là ce soir étaient ses amis, personne ne cherchait à lui faire du mal. Pour le détourner de ses pensées néfastes, il lui demanda le menu du dîner. Torquato regarda à gauche et à droite pour s'assurer que personne ne les écoutait et d'un ton de conspirateur annonça :

– C'est un secret. Tu vas voir, je crois que j'ai eu une idée de génie. Je cours m'en occuper.

Et il s'en alla en clopinant vers la villa. François soupira. Le génie de Torquato était plus dans sa plume que dans ses qualités de cuisinier.

Les membres de l'*Academia* commençaient à arriver, la plupart chargés de flasques de vin.

Le premier, Girolamo Mercuriale[1], un athlète de quarante ans, apparut en petites foulées, se suspendit à la pergola et exécuta quelques tractions avant de se jeter à terre pour pédaler dans le vide. Après quelques respirations profondes, il salua François :

– Alors le cuisinier, à quand tes premières leçons de gymnastique ? À force de rester penché sur tes marmites, tu vas te voûter comme ton ami Passeroti.

– Mon cher Girolamo, je ne doute pas des effets bénéfiques de ta nouvelle théorie sur l'exercice du corps, mais je peux t'assurer que je me démène assez comme ça pour ne pas avoir envie de gesticuler dans le vide.

– Tssst, tsst, tu le regretteras quand tu seras cassé en deux, et il partit dans une roulade avant.

François avait mieux à faire : la promesse d'une gymnastique d'un tout autre genre venait d'apparaître en la personne d'Emilia, une somptueuse créature, vêtue d'un cotillon en taffetas rouge garance et d'un corps de robe en dentelle si légère qu'elle faisait l'effet d'un vol de papillons posé sur ses seins ronds. Une ceinture vénitienne à longues franges dorées soulignait sa taille fine, des perles de verre multicolores dansaient dans les volutes de ses cheveux blonds. Pour parfaire son image d'ensorceleuse, elle agitait un éventail en fines plumes d'un blanc immaculé. Elle était accompagnée d'un essaim de jeunes et jolies filles ayant coutume de dispenser leurs charmes aux membres de l'*Academia*.

---

1. Girolamo Mercuriale, médecin du cardinal Alexandre Farnese, écrivit en 1569 le premier traité de gymnastique : *De arte gymnastica*.

La courtisane était la maîtresse officielle du cardinal Guardini qui la logeait dans un palais flambant neuf près de la piazza Navone. Elle avait choisi François comme amant de cœur et ce dernier n'y voyait que des avantages. Elle était belle et spirituelle, habile aux joutes intellectuelles et aux jeux de l'amour. Elle participait aux réunions de l'*Academia* et recevait chez elle les beaux esprits de Rome. Ses réceptions étaient réputées pour les mets fins qu'on y servait et les propos licencieux qu'on y tenait. François et elle avaient en commun la désinvolture, la légèreté, l'insouciance. Ils s'accordaient tout aussi bien au lit. Six ans auparavant, Emilia avait fait une cour assidue au Français alors embringué dans une relation tumultueuse avec un jeune peintre. Dans les bras d'Emilia, François avait découvert les délices du luxe romain et, grâce à elle, il était devenu secrétaire particulier de Scappi. Le vieux Guardini, alors conseiller du pape Pie IV, avait chaleureusement recommandé l'amant de sa maîtresse au *cuoco*[1] et, très vite, François était devenu indispensable au vieux cuisinier.

La courtisane eut à peine le temps d'effleurer les lèvres de François d'un doigt léger que débaula Torquato. Se jetant aux pieds d'Emilia, il la salua avec des vers enflammés, l'implorant par le soleil et les étoiles de lui accorder un regard, un baiser qui illuminerait sa vie de mille éclats d'or.

François le regardait faire avec bienveillance. Il était habitué aux emportements de Torquato et savait qu'Emilia adorait qu'on rende hommage à sa beauté. Qu'elle ne soit pas insensible au charme juvénile du poète et même qu'elle lui accorde certaines privautés, ne le dérangeait pas. La jeune femme émit un rire de gorge, fit se rele-

---

1. Cuisinier.

ver Torquato et partit bras dessus, bras dessous avec lui, esquissant un baiser à l'attention de François. Les préparatifs du repas inquiétaient beaucoup plus ce dernier qui demanda :

– Torquato, as-tu besoin d'aide ?

– Tout se présente à merveille, n'aie crainte.

– Je me charge de surveiller ce jeune homme, ajouta Emilia et de lui apporter l'aide dont il aura besoin. François, assure-toi que nos jeunes amies ne manquent de rien.

La tâche s'avéra facile. Les donzelles, installées sur les bancs de pierre et les balustrades, avaient déjà débouché des flacons et versaient le vin dans de petits gobelets d'argent à qui leur demandait.

Les derniers arrivants avaient formé un cortège autour d'Arcimboldo, le héros du jour. Il y avait parmi eux Pirro Ligorio, Federico Zuccari, Fulvio Orsini, Girolamo Muziano, Marc-Antoine Muret et quelques autres joyeux drilles.

Arcimboldo était en grande discussion avec Francesco Milando, un bien piètre peintre mais un parfait courtisan. Ce qui n'avait pas l'heur de plaire à Passeroti. Il s'approcha de François et lui dit :

– Cette vermine est en train de lui faire des cajoleries pour obtenir des miettes de commande, alors qu'il ne sait peindre que des vierges ressemblant à des grenouilles. As-tu réussi à savoir ce que Torquato a concocté ? Le repas est prêt ?

– Non, le cuisinier du jour reste très mystérieux et interdit l'accès à ses préparatifs. Advienne que pourra !

– Nous n'atteindrons pas les fastes des réceptions qui se donnaient ici en présence du pape Léon X, mais au moins, nous ne nous ennuierons pas.

C'est alors qu'apparut Emilia, un sourire contraint aux lèvres. Après avoir reçu les compliments des hommes qui s'étaient rués vers elle, elle se dirigea vers François et lui glissa dans le creux de l'oreille :

– Ça ne va pas du tout. Torquato a eu une excellente idée, mais immangeable en l'état. Arcimboldo va être content, mais les autres convives risquent de rester sur leur faim. Va voir…

François se précipita vers la loggia où des tables à tréteaux avaient été dressées. Ce qu'il vit le fit éclater de rire. Il y avait bien toutes sortes de victuailles sur la table, mais rien qui puisse combler le solide appétit des membres de l'*Academia*.

Torquato était en train de parfaire un assemblage de poissons faisant irrésistiblement penser à l'un des derniers tableaux d'Arcimboldo : *L'Eau*. Le peintre l'avait représentée sous forme d'un visage humain composé de squilles, poissons-chats, plies, crevettes, brochets, poulpes, écrevisses, crabes, huîtres. L'effet était saisissant. Le gros tourteau était bien à sa place comme ornement pectoral ainsi que la tortue en guise d'épaulette. Des anguilles et des orphies figuraient le cou, un poisson-chat le menton. La bouche n'était autre que celle d'un petit requin. Quant à la raie, elle formait une joue parfaite. Une squille faisait office de sourcil et dans la chevelure se mêlaient une carpe, des crevettes, des barbeaux, des perches et des coquillages. Torquato avait employé le même procédé pour reproduire un autre tableau du Maître : *L'Air*. Une multitude de petits oiseaux, des poulets, des canards, un dindon, des perroquets, un paon et même des chouettes étaient parfaitement disposés pour évoquer une figure humaine.

Avisant François, Torquato s'exclama :

– C'est beau, hein ? Je me suis donné un mal fou pour tout trouver. Surtout les chouettes ! Tu penses que ça va plaire à Arcimboldo ? Et regarde, j'ai apporté tous les fruits et légumes de saison que je vais mettre en vrac et il pourra créer devant nous un nouveau tableau. Pas mal ?

François resta muet. La performance était magistrale. Malheureusement, toutes ces victuailles étaient abominablement crues. Comment transformer cette nature morte en repas ? Connaissant la susceptibilité du jeune homme, il devrait faire preuve de diplomatie.

– C'est absolument renversant. Ton repas restera dans les annales de l'*Academia*. Il va juste falloir penser à faire cuire tout ça.

Torquato se redressa, regarda François droit dans les yeux et déclara :

– Pas question de toucher à une plume ou une écaille de ce qui est sur cette table. C'est un repas qui se mange des yeux. Plutôt mourir que de vous laisser détruire cette œuvre unique.

Le ton était tellement farouche que François n'insista pas. Il battit en retraite, chercha Emilia dans le jardin. Il la trouva échangeant des propos langoureux avec Fulvio Orsini. Faisant fi des protestations du bibliothécaire des Farnese, il l'attrapa par le bras et, l'entraînant sous la pergola, lui dit :

– Ce gamin est drôle mais complètement fou. Tu es la seule qui puisse lui faire entendre raison. Promets-lui une folle nuit sous les charmilles, fais-lui découvrir quelques-unes de tes agaceries, n'importe quoi, pourvu qu'il accepte qu'on passe tout à la broche après qu'Arcimboldo aura vu son œuvre.

– Je vais m'en occuper bien volontiers, lui répondit-elle, mais la nuit nous la passerons ensemble, n'oublie pas.

– Aucun risque de laisser Torquato se prélasser entre tes tétins, ma belle Emilia.

Un sourire aux lèvres, François la regarda s'éloigner de sa démarche dansante. Il fit savoir aux autres que le repas serait servi un peu plus tard que prévu et embaucha Passeroti pour ramasser du petit-bois.

– Mais que veux-tu faire avec ça? demanda le peintre.

– Faire cuire notre pitance, à moins que tu ne préfères manger des brochets et des cailles crues.

Passeroti se tordit de rire à l'annonce du menu imaginé par Torquato. Le vin coulait à flots, les paroles se faisaient plus sonores et les convives commençaient à s'impatienter de ne rien avoir à se mettre sous la dent.

Des mèches folles s'échappant de sa savante coiffure, les joues quelque peu rosies, Emilia apparut devant la loggia. Elle frappa dans ses mains, se dirigea vers Arcimboldo et le prenant par le bras, annonça :

– Cher Maître, je vous prie de m'accompagner pour découvrir le festin que vous a préparé notre ami Torquato Tasso.

Des murmures de satisfaction se firent entendre et tout le monde suivit. Le silence se fit en découvrant l'œuvre de Torquato. Arcimboldo partit alors d'un grand rire et félicita le jeune homme pour son idée. Ce dernier n'entendit pas. Il était occupé à essayer de rattraper une anguille encore bien vivante qui s'était insinuée dans la chevelure de *L'Eau* et menaçait de détruire le bel assemblage. Elle fit bouger la plie qui entraîna dans son déplacement la squille et le brochet. Le portrait menaçait ruine. Les spectateurs riaient de plus belle en voyant Torquato s'escrimer à replacer le poisson-chat et les brins de corail. Devant l'air déconfit du jeune homme, Arcimboldo proposa à ses camarades de le porter en triomphe. Profitant de la liesse générale, François rafla les poissons et les emporta près du feu où deux jeunes amies d'Emilia qu'il avait réquisitionnées étaient prêtes à les vider et à les faire griller.

Le tableau de *L'Air* eut le même succès. Torquato était aux anges et s'entretenait joyeusement avec Arcimboldo à qui il présenta le grand panier de fruits et de légumes.

François s'empara des volailles et les apporta à deux autres jeunes filles qui appréciaient modérément de se transformer en filles de cuisine.

La nuit était tombée et tous se rassemblèrent autour des feux où grillaient poissons et volailles. Les flammes éclairaient les visages. Tous étaient ravis de ce souper en plein air. Seul Passeroti faisait grise mine. François s'enquit auprès de lui de ce qui le rendait chagrin.

— C'est ce maudit Milando. Il n'a pas quitté Arcimboldo d'une semelle. Je ne comprends pas ce qu'il fait là. Personne ne l'a invité. Il ne fait pas partie de l'*Academia*.

— Ce n'est pas grave, rétorqua François qui se sentait d'humeur légère. Tu auras tout le temps de voir Arcimboldo en tête-à-tête.

— Sauf que je suis sûr que ce malfaisant trame quelque chose de pas très clair.

— Tu ne vas pas faire ton Torquato et penser que tout le monde a de noirs desseins en tête.

— À propos, regarde notre jeune ami : il cherche à tout prix à s'enrouler autour d'Emilia. Il doit se prendre pour un pied de vigne. À ta place, j'irai m'occuper de ma belle si tu ne veux pas retrouver un coucou dans ton lit.

François observait Emilia dans la lueur dansante des flammes. Elle minaudait, jouant de son apparente fragilité, due à son teint clair et à sa blondeur naturelle. Elle n'avait pas, comme les autres femmes, à s'enduire les cheveux et la peau de mixtures à base d'alun ni à recourir à de faux cheveux en fil de soie. Elle était rayonnante et, comme toujours, attirait sur elle le regard des hommes. Pour bien la connaître, François savait que sous ses boucles blondes, se cachait un esprit froid et calculateur et qu'elle savait, à l'occasion, se montrer cruelle. Mais Dieu qu'elle était belle ! Que chacun lui envie sa bonne fortune l'emplissait d'un agréable sentiment de supériorité.

Arcimboldo racontait les derniers potins de la cour des Habsbourg à Vienne. Le jeune Rodolphe, le futur empereur, était laid comme un pou, presque difforme, mais c'était un amateur d'art avisé. Il se passionnait pour les objets étranges et avait chargé Arcimboldo de lui rapporter tout ce qui serait digne de figurer dans son cabinet de curiosités. Pirro Ligorio dressa l'oreille et, poussant Milando toujours accroché aux basques du Maître, dit qu'il avait quelques antiques à proposer. Ce fut le signal pour chacun de mettre en valeur ses dernières productions. Arcimboldo fit mine de se boucher les oreilles. Cet homme de quarante-trois ans au fin visage mangé par une courte barbe était respecté de tous pour son talent, son affabilité et sa modestie.

François avait délogé Torquato et plongeait un regard gourmand dans le décolleté d'Emilia. Il se désintéressait de la conversation qui portait maintenant sur le pape, ce vieux rabat-joie de Pie V. N'était-il pas allé jusqu'à interdire aux cardinaux de quitter Rome pendant l'été ? La plupart n'avaient pas obéi et coulaient des jours heureux dans leurs villas de la campagne romaine. Emilia raconta comment quatre ans auparavant, il avait décidé de parquer les prostituées dans un coin du Trastevere qu'il avait appelé sérail. En pure perte ! Les filles continuaient leur pratique dans toute la ville, même au Borgo, au pied de la basilique Saint-Pierre.

Tous se gaussaient de ce pape à l'esprit étroit qui s'était mis en tête de faire de Rome une ville qui ne brillerait que par ses vertus.

François songea à interroger Emilia sur Granvelle. Elle devait en avoir entendu parler par son protecteur, le cardinal Guardini. Mais les caresses qu'elle exerçait d'une main légère sur sa cuisse le firent dériver vers des pensées autrement plus plaisantes.

La compagnie était au comble de la bonne humeur. Ligorio demanda le silence et, d'une voix rendue hésitante par le vin de Frascati, déclara :

– Nous allons, nous aussi, quitter Rome, n'en déplaise au pape, pour répondre à l'invitation de Vicino Orsini. Une grande fête se prépare dans les jardins de Bomarzo avec pour thème « Ombres, lumières et métamorphoses ». Je propose que la contribution de notre *Academia* soit centrée sur l'amour en l'honneur d'Emilia et de ses jeunes compagnes qui en sont les plus beaux fleurons.

Les applaudissements fusèrent.

– Très bien trouvé, approuva Torquato. Ne donne-t-on pas à ces jardins le nom de Jardin des Merveilles ?

– C'est un lieu idéal pour organiser une fête amoureuse.

– Tous ces bosquets et ces statues équivoques invitent aux jeux trompeurs du sexe, ajouta Federico Zuccari. N'oublions pas qu'on l'appelle aussi Parc des monstres.

– Excellente idée, dit Ligorio. Transformons-nous en satyres. Mesdames, accepterez-vous de vous joindre à nos ébats ?

Emilia qui embrassait François à bouche que veux-tu se détacha de son amant et déclara :

– Nous n'allons pas manquer une telle occasion de vous rendre fous de désir, Messeigneurs. Je propose en outre que François nous concocte pour l'occasion des mets invitant aux plaisirs de Vénus.

Ces propos furent de nouveau acclamés et chacun y alla de ses propositions les plus incongrues jusqu'à ce que Torquato offre la dernière goutte de la dernière bouteille à Emilia en déclamant :

Je ne puis plus jouir
Si loin de vous, qui êtes mon désir
Mais ma pensée féconde
Franchit les champs, les monts et les rivières
Vous rattrape et je fonds
Au tendre feu de vos belles lumières
Et languir est si bon
Que mon martyre est infini plaisir.

Ce fut le signal de départ. Tout le monde s'égaya. François partit en compagnie de la belle courtisane. Il était heureux. Nulle part ailleurs il n'aurait pu connaître une vie aussi insouciante.

4

Ce fut une corneille brailleuse, installée dans le figuier juste sous ses fenêtres, qui réveilla François. Il sauta hors du lit, retomba assis, terrassé par un violent mal de crâne. Le Frascati de la veille se rappelait à son bon souvenir. Rentré au Palais Orsini, à l'aube, après une nuit d'amour avec Emilia, il n'avait dormi que trois heures et avait un peu de mal à rassembler ses idées. Il savait confusément qu'il aurait dû se dépêcher. « Scappi, nom de Dieu ! » glapit-il. Il se souvint qu'il n'était pas allé à son rendez-vous de travail, la veille, et qu'il avait complètement oublié d'envoyer quelqu'un prévenir le vieux cuisinier. Prenant à peine le temps de se passer de l'eau sur le visage et de coiffer ses cheveux hirsutes, il s'habilla en toute hâte. Il jeta un dernier regard au miroir pour s'assurer qu'il n'avait pas trop mauvaise allure et se précipita hors de chez lui. Il faillit buter sur Sofia, assise sur la première marche de l'escalier.

– Sofia, je n'ai pas le temps. Pousse-toi, je suis affreusement en retard.

– Tu n'avais qu'à pas passer la nuit dehors avec on ne sait quelle créature, lui dit la petite qui ne cédait pas un pouce de terrain.

– Sofia, ça suffit. Tu ne vas pas surveiller mes faits et gestes comme une vieille femme jalouse. Je fais ce que je veux de mes nuits.

– Et moi, je veille sur tes jours, répliqua-t-elle, en prenant un air de martyr.

François éclata de rire, lui pinça le bout du nez et déclara dans un trémolo :

– J'ai la chance d'avoir pour amie la plus jolie petite peste de Rome. Me laisseras-tu aller gagner ma pitance à la cour du pape ?

La petite, vexée, se leva, se plaqua contre le mur et lui fit signe qu'il pouvait passer. Il déposa un baiser léger sur ses cheveux et dévala l'escalier.

Piazza del Fico, Isabella, la servante de la taverne de l'*Orso rosso*, le salua avec de grands gestes et l'invita à boire un verre de vin clairet pour bien démarrer la journée.

– Je ne peux pas. On m'attend au Vatican. *Ciao bella*, lui lança-t-il.

Il s'engagea au pas de course dans le viccolo dei Vacche et en deux minutes atteignit la via dei Coronari, l'une des artères les plus animées de Rome. C'était le chemin qu'empruntaient les pèlerins pour se rendre à Saint-Pierre et des centaines de vendeurs de chapelets et d'objets pieux y tenaient boutique. Au coin de la via San Simone, il entendit un groupe de Français se plaindre amèrement de la nourriture italienne. Trop d'huile, trop d'ail leur gâtaient la bouche. Le manque de viande les mettait au bord de la tombe. Quant aux légumes et aux pâtes étranges qu'on leur servait, ils les auraient volontiers laissés aux cochons. François se retint d'entamer la conversation avec eux, les dépassa en leur lançant un joyeux « Bon appétit ». Jouant des coudes, il arriva au pont Saint-Ange qui, Dieu merci, était dégagé. Le château Saint-Ange se dressait devant lui, avec son donjon surmonté d'une statue de l'archange Michel. François avait assisté, une dizaine d'années auparavant, à la construction d'une nouvelle série de bastions qui faisait de l'ancien mausolée de l'empereur Hadrien une forteresse inexpugnable. La papauté lui devait une fière chandelle. Le 6 mai 1527, lors du sac de Rome par les lansquenets de Charles Quint, le pape n'avait dû son salut qu'à sa fuite éperdue par le passage secret qui menait du Vatican au château Saint-Ange. C'était un souvenir que les Romains n'aimaient guère évoquer. Si François en connaissait tous les détails, heure par heure, c'est grâce à son ami Martin Hoffenhalter, un jeune Garde Suisse avec qui il partageait le goût des vins blancs frais. Il lui avait raconté des dizaines de fois, des sanglots dans la voix, ce drame où ses aînés avaient fait preuve d'un courage héroïque. À chaque fois que François passait par là, il ne pouvait s'empêcher d'imaginer un petit matin où le chant des oiseaux avait été couvert par le fracas des armes et les hurlements des mourants. Le premier à tomber sous les coups des Espagnols fut Kaspar Roïst, le commandant des Gardes Suisses, lâchement assassiné sous les yeux de sa femme Elisabeth. Cent quarante-sept hommes furent massacrés, après avoir chèrement vendu leur vie, sur les marches du maître-autel de Saint-Pierre. Seuls survécurent les quarante-deux gardes qui avaient protégé le pape Clément VII dans sa fuite. Les troupes espagnoles se ruèrent dans la ville et pendant huit jours, pillèrent, violèrent et tuèrent autant qu'ils pouvaient. Le 5 juin, le pape dut se rendre et accepter les conditions draconiennes que lui imposait Charles Quint.

François, chassant de son esprit ces images sanglantes, parcourut en courant les quelques centaines de toises[1] qui le séparaient du Vatican. Son mal de tête ne faisait

---

1. Une toise : 1,80 m.

qu'empirer et il aurait donné cher pour retrouver son oreiller de plumes.

L'esplanade, au pied de la basilique, était couverte de blocs de pierre, de madriers et d'engins de levage servant à l'édification de la coupole de la basilique. Le chantier n'en finissait pas. À vrai dire, depuis son arrivée à Rome, François avait toujours connu le bâtiment en travaux.

Il entra par une petite porte gardée par un Suisse qu'il salua courtoisement, suivit le long passage voûté qui conduisait à la cour du Perroquet, plantée de citronniers, et monta quatre à quatre l'escalier menant au cabinet de travail de Bartolomeo Scappi. Il prit une profonde inspiration et poussa la porte.

Le vieux cuisinier le regarda entrer d'un œil froid, posa soigneusement sa plume près de l'encrier, lissa sa longue barbe poivre et sel et la voix grondante de colère, déclara :

– J'ai soixante-dix ans et pas une minute à perdre. Tu sais parfaitement que l'écriture de mon livre me tient éveillé jusque tard dans la nuit. Tu sais aussi que c'est le couronnement de ma carrière. À voir ta tête, tu as préféré passer une soirée en bonne compagnie plutôt que m'aider à rédiger. Quand cesseras-tu de te comporter comme un insensé ? Je suis passé bien des fois sur tes incartades, mais ma patience a des limites. Tu as du talent, François, ne le gâche pas par négligence et inconséquence.

François opinait du chef. Il était sincèrement désolé et savait que son vieux maître avait raison. Il se répandit en excuses que Scappi voulut bien accepter. Il promit que dorénavant, il travaillerait comme un damné, qu'il resterait enchaîné à sa table de travail, qu'il userait toutes les plumes d'oie de Rome, qu'il travaillerait à la chandelle, dût-il y laisser ses yeux.

Scappi arrêta d'un geste de la main cet emballement verbal et lui dit en souriant :

– Comme d'habitude, tu en fais trop, François. C'est, hélas, aussi pourquoi je t'aime bien. Tu es un peu le fils que je n'ai jamais eu. Ne profite pas de ma bienveillance. Sois simplement à l'heure, ne disparais pas sans prévenir, c'est tout ce que je te demande.

Cet aveu émut profondément François. Lui, dont le père l'avait déshérité et renié après l'abandon de ses études de médecine et son départ de Montpellier, reconnaissait en ce vieil homme un protecteur et un mentor. Il se jura que Scappi n'aurait pas à rougir de lui.

Pour le dérider, il lui raconta le repas préparé par Torquato Tasso à la villa Chigi. Scappi rit de bon cœur et n'émit aucune objection quand François lui annonça que Passeroti passerait dans la journée pour lui demander la faveur de dessiner dans ses cuisines. Il se planta devant la fenêtre ouverte qui donnait sur la cour du Belvédère et déclara :

– Avant qu'on ne se remette à la recette de la tourte aux asperges, je pense que cela te ferait du bien de relire ce que je t'ai dicté sur les qualités et devoirs du cuisinier. Cela te mettra peut-être un peu de plomb dans la cervelle.

Prêt à tout pour faire oublier sa conduite désinvolte, François rechercha les premières pages de l'ouvrage dans l'épaisse pile de papiers sur la table, se racla la gorge et commença :

– Voilà ce que vous avez dit : « Le cuisinier doit être attentif, bien organisé, avoir une bonne moralité, de bons outils et de nobles desseins. Il doit, à tout moment faire honneur au maître qui l'emploie. Il doit faire preuve de jugeote, préparer des repas somptueux avec les produits que lui offre la saison et improviser, si besoin est. Il doit connaître toutes les sortes de viandes, savoir nommer les poissons d'eau douce et de mer ainsi que leur provenance. Il doit connaître les façons d'attendrir la viande, identifier les parties les plus fragiles, les plus délicates, les plus savoureuses d'un animal. Qu'il sache sur le bout des doigts les propriétés des épices ainsi que celles des liqueurs, de toutes sortes d'herbes, de fruits et la saison qui leur est le plus propice. Il doit faire preuve d'humilité, être d'une grande politesse, savoir se montrer agréable. »

François s'arrêta de lire, se sentant profondément confus d'avoir fait preuve d'indélicatesse envers son maître. Dans un souffle, il ajouta :

– « Il ne doit jamais faire confiance ou se reposer sur ses assistants en se souvenant de l'antique devise : "Qui fait trop confiance, se fait avoir". »

Le cuisinier resta un instant silencieux, chercha le regard de François et déclara :

– Je pourrai rajouter à ton intention, comme l'a écrit mon confrère Domenico Romoli : « Qu'il soit sobre car, par grande chaleur, l'excès de boisson lui ôte la plupart du temps la cervelle et de cela peuvent naître mille inconvénients. Surtout, ne vous embarrassez pas d'ivrognes : même s'ils sont les meilleurs cuisiniers du monde, ils seraient cuits eux-mêmes avant les hors-d'œuvre. »

Scappi regarda longuement son secrétaire et d'une voix radoucie lui lança :

– Attaquons la recette de la tourte aux asperges. Note bien : prendre la partie la plus tendre des asperges et faire cuire à l'eau. Bien égoutter. Hacher menu, faire revenir à la poêle avec de la menthe, de la marjolaine et du persil.

Ajouter des raisins secs, du fromage frais, du *parmigiano* et mettre en tourte[1].

– Au moins, voilà une recette rapide à faire, dit François.

– Et excellente comme tu as pu t'en apercevoir au printemps dernier.

– Je la mets dans le chapitre V, celui des pâtes et pâtisseries ?

– Bien sûr, rappelle-moi celles que nous avons déjà écrites et qui comportent des légumes.

– Nous avons celles à la laitue, au chou-fleur, au chou cabus, à la betterave.

– C'est tout ? Et les petits pois, les cardons ? Nous sommes loin du compte. Dieu merci, nous avons déjà rédigé la plupart de celles au poisson et à la viande.

François acquiesça. Cela avait été un énorme travail : plus de soixante recettes pour les tourtes à la viande et à peu près le même nombre pour celles au poisson en incluant tortue, crevettes, escargots et grenouilles. Scappi avait une extraordinaire capacité à tout transformer en tourte. N'allait-il pas jusqu'à en proposer une avec des glands cuits, broyés et mélangés à de la ricotta, du lait, des œufs et de la cannelle ? Scappi ne voyait aucun inconvénient à servir à ses illustres convives un mets réputé vulgaire. Il disait qu'il fallait savoir jouir de tout ce qu'offre la nature. Reprenant le sommaire du chapitre V, François ajouta :

– N'oubliez pas celles où il n'y a que du fromage.

– Il y en a très peu, mais tu as raison, il ne faut pas les passer sous silence.

---

1. Recette page 303.

Pensant soudain au repas qu'il devait préparer pour la fête de Bomarzo, François demanda :

— Le fromage a-t-il des vertus aphrodisiaques ?

Scappi fourrageait dans ses papiers à la recherche de ses petites lunettes qu'il avait une fois de plus égarées.

— Ta belle Emilia ne suffirait-elle pas à te faire dresser le vit ? rétorqua-t-il d'un ton moqueur.

Au souvenir de leurs ébats de la nuit passée, François se dit qu'il n'y avait aucun risque et ajouta :

— Que non ! Elle ferait bander un mort ! Mais je me demandais, dans l'hypothèse d'un repas amoureux, quels sont les aliments qui attisent l'ardeur de Vénus.

Scappi hocha la tête et chaussa ses lunettes cerclées de fer qu'il avait enfin retrouvées.

— Je te vois venir. Toi et tes camarades de l'*Academia* devaient avoir une idée derrière la tête. Je pourrais te répondre qu'ayant, toute ma vie, travaillé pour des cardinaux et des papes, j'ignore tout de la question. Ce serait mal connaître ces animaux plus souvent dans les bras de leur maîtresse ou de leur mignon qu'à dire la messe. Je te laisse explorer le domaine. Tu me raconteras ! Essaye donc de trouver les écrits d'une certaine Catarina Sforza. Elle était très à la mode au début du siècle. Mais fais attention, certains des ingrédients qu'elle emploie ne sont pas sans danger. En attendant de te pencher sur tes philtres d'amour, prépare la rédaction de la recette des *polpette et polpettoni*. Je descends aux cuisines surveiller la préparation du dîner du pape.

Au gros soupir que poussa Scappi, François comprit à quel point cette tâche lui pesait. Non pas que cela lui demandât beaucoup de travail. Bien au contraire. Le souverain pontife ne se nourrissait que de lait de chèvre et de bouillie d'orge. Scappi souffrait le martyre de ne pouvoir mettre en œuvre tous ses talents. Sur ce point, Granvelle avait vu juste.

*

Resté seul avec sa migraine tenace, François avait du mal à se concentrer. Prenant une grande feuille blanche et plongeant sa plume dans l'encrier, il écrivit de sa plus belle écriture :

Souper amoureux
Parc des monstres
Bomarzo
Le 25 septembre 1570

L'inspiration lui faisait défaut. La plume en l'air, il se mit à rêvasser. L'émotion l'avait saisi quand Scappi lui avait fait part de ses sentiments paternels. Peut-être devrait-il penser à fonder une famille, à mettre un terme à sa vie de plaisirs fugaces. Il louerait une petite maison dans le nouveau quartier des Monti, y élèverait des enfants pleurnicheurs, serait à l'heure tous les jours à son travail, n'aurait plus d'argent pour s'acheter des pourpoints en velours ciselé, ne pourrait plus aller aux fêtes de l'*Academia* sans subir les reproches d'une épouse en larmes. À l'idée de renoncer aux chaudes caresses d'Emilia, il chassa toute idée d'installation familiale. S'il n'était un père, il serait un fils, voilà tout.

Midi venait de sonner aux nombreux clochers du quartier et Scappi n'était toujours pas revenu des cuisines. Peut-être le Saint-Père avait-il émis le souhait d'améliorer son ordinaire. Peut-être avait-il demandé une omelette, ce qui pour lui était le comble du luxe.

L'encre avait séché sur sa plume. François s'apprêtait à la plonger dans l'encrier quand la porte s'ouvrit sur Passeroti, l'air passablement agité.

– Que se passe-t-il? demanda François lui faisant signe de s'asseoir en face de lui. Tu ne devais venir que cet après-midi…

– Milando est devenu fou. Il séquestre Arcimboldo.

– Allons bon! Comment l'as-tu appris?

– J'étais allé Campo dei Fiori où loge Arcimboldo quand il est à Rome. Je voulais lui faire part de mes idées de scènes de marché et de cuisine. J'y ai trouvé Milando devant la maison, armé d'une escopette. Ce pauvre fou disait qu'Arcimboldo ne voulait plus voir quiconque, qu'il avait passé toutes ses commandes.

– Mais c'est impossible! Il n'est arrivé qu'hier.

François avança une assiette de mostacholles[1] vers Passeroti qui les refusa d'un geste de la main.

– Bien entendu! Milando a ajouté qu'il serait son seul fournisseur. C'est impossible qu'Arcimboldo reparte à Vienne avec les toiles de cet infâme barbouilleur. Je n'ai pas manqué de lui dire, ce qui l'a mis dans une fureur noire. Sur ce, Zuccari est arrivé et a essayé de le désarmer.

– Et alors? demanda François.

– Le résultat fut pire. Milando poussa la porte de l'épaule, entra et se barricada aussitôt. Quelques minutes après, il apparaissait à la fenêtre, disant qu'il tenait Arcimboldo en joue et qu'il le tuerait si nous tentions quoi que ce soit.

– Et Arcimboldo, tu l'as vu?

_____
1. Petits biscuits.

– Milando l'a fait venir à la fenêtre et, lui mettant le canon du fusil sous la gorge, l'a obligé à dire qu'il voulait que nous partions, qu'il était très heureux d'avoir affaire à un peintre tel que Milando et que Maximilien de Habsbourg serait ravi. Il avait l'air mort de peur.

Passeroti accepta le verre de vin que François lui tendait et le but à longs traits. François s'empressa de le resservir.

– On le serait à moins !

– Ce Milando est un fourbe, un voleur d'idées et en plus, un assassin.

– Attends, il n'a pas tué Arcimboldo !

– Je te parle du peintre qu'il a tué à Venise. Milando avait réussi à se faire embaucher dans l'atelier du Titien. Il était tellement mauvais qu'il s'en est fait jeter un mois plus tard par l'assistant du maître, Pantanello. Deux jours après, ce dernier a eu la gorge tranchée. Ça ne pouvait être qu'un coup de Milando.

– Il n'a pas été puni ?

– Il a nié et s'est immédiatement réfugié à Rome. Sa fuite signait son forfait.

– Décidément, vous les artistes, vous avez le coup de dague facile. Quand tu vois le récit que fait de sa vie l'orfèvre Benvenuto Cellini, on a l'impression qu'il a passé plus de temps à trucider ses ennemis qu'à travailler à ses chefs-d'œuvre.

– Cellini a le sang un peu chaud, je te l'accorde, mais il a du talent, lui. Toujours est-il qu'Arcimboldo est dans de sales draps et qu'il va nous falloir le tirer de là.

Passeroti s'était levé et examinait avec curiosité une gravure accrochée au mur, représentant une scène d'Indiens d'Amérique faisant bouillir un conquistador dans une grande marmite. Il laissa échapper un long sifflement interrompu par l'arrivée de Scappi. Le vieil homme, l'air défait, ne le vit pas et s'adressant à François, lança d'une voix tremblante :

– Sais-tu ce qu'il m'a fait ?

Il s'assit et se prit la tête entre les mains.

– Il veut encore réduire son train de vie. Dorénavant, les repas d'apparat ne comporteront que deux services au lieu des cinq habituels. Et il ne veut que trois plats par service. C'est effrayant. Quand je pense que mon *Opera* contient plus de mille recettes et qu'il va être publié sous les auspices de cet âne !

L'espace d'un instant, François songea que la proposition de Granvelle n'était peut-être pas à dédaigner. Mais Scappi la refuserait, à juste titre.

Avisant soudain la présence d'un inconnu dans la pièce, le vieux cuisinier se tut. Prononcer de telles paroles sur le pape pouvait lui valoir de sérieux ennuis. Pie V n'était pas un tendre. Il l'avait prouvé quand, n'étant alors que le cardinal Ghislieri, il occupait les fonctions de « Grand inquisiteur souverain de la chrétienté ». Depuis, le tribunal tournait à plein régime, traquant tout signe d'appartenance ou de sympathie pour la religion prônée par Luther et Calvin.

S'apercevant du trouble de Scappi, François le rassura immédiatement :

– Je vous présente mon ami Bartolomeo Passeroti, le peintre…

– Vous tombez bien mal ! Les cuisines sont désertes. Vous ne trouverez même plus un pilon de poulet à dessiner. Les marmites vont se couvrir de toiles d'araignée. Mais qu'ai-je fait au Ciel pour mériter ça ? Au moins, en enfer, le feu gronde en permanence…

– Et les rôtisseurs ne chôment pas, ajouta Passeroti en riant. Disons que je ne serai pas gêné par les fumées !

Scappi lui lança un regard sombre.

– Ne riez pas ! Je suis mortifié de finir ainsi une si belle carrière.

Pour éloigner le maître-queux de ses sombres pensées, François lança à Passeroti :

– Dans un sens, tu ne seras guère dépaysé. Par bien des côtés, la peinture s'apparente à la cuisine. Il n'est qu'à voir la manière dont vous préparez vos couleurs. Dans chaque atelier, des apprentis broient des pigments comme dans chaque cuisine ils pilent épices et sucre.

– C'est ainsi que j'ai commencé, dit Passeroti. Et j'ai pris plus d'un coup de bâton pour ne pas avoir respecté les proportions indiquées par mon maître.

– Je n'avais jamais pensé à ce cousinage, déclara Scappi soudain intéressé. Avez-vous aussi des livres de recettes pour préparer vos couleurs ?

– Bien sûr, ceux de Pline, Isidore de Séville ou Hugues de Saint-Victor, écrits il y a plusieurs siècles. Mais à la différence de ceux rédigés par les cuisiniers, les doses sont données avec précision. Vous, vous dites : prenez de la cannelle, du gingembre sans jamais dire combien !

Scappi fit une petite moue et d'une voix où perçait un certain agacement, demanda :

– Citez-moi une recette pour voir.

En souriant, Passeroti s'exécuta :

– Pour faire un jaune d'or, faire fondre une livre de fin étain, tirer le jus du feu et y mettre huit à dix onces de vif-argent, bien mêler le tout ensemble qu'il soit comme une pâte, puis incorporer une livre de soufre et une livre de sel ammoniac très bien broyés. Puis mettre cette composition dans une fiole bien fermée. La mettre au fourneau, lui faisant petit feu au commencement, et ensuite un peu plus grand. Et quand le mélange sera de couleur jaune, l'ôter du feu et le laisser refroidir. Il faut ensuite le broyer et le laver avec de la lessive ou de l'urine en y ajoutant un peu de safran.

— Ne me dites pas que c'est vous qui faites tout ce travail, s'inquiéta Scappi.

— La plupart du temps, nous achetons les pigments sous forme de pastille ou de pâte chez les apothicaires.

— Comme nous le faisons pour les épices, fit remarquer François.

— Bon nombre de couleurs viennent des Indes, de Ceylan ou des îles de la Sonde. Elles suivent les mêmes chemins que les épices, transportées par des caravanes jusqu'à Bagdad et Alexandrie. Les marchands génois et vénitiens les rapportent jusqu'à nous. Pour le rouge, le circuit n'est plus le même depuis la découverte des Amériques. Les Espagnols ont trouvé au Mexique des cultures de figuiers de Barbarie où les indigènes élèvent des cochenilles...

— Mais je croyais que la cochenille était une plante, l'interrompit Scappi.

— C'est un insecte qui vit sur certains arbres comme les chênes kermès. Quand je vivais à Montpellier, beaucoup allaient les récolter dans les garrigues, déclara François, fier de son savoir.

— Ça, c'est fini, continua Passeroti. Depuis dix ans, presque toute la cochenille est produite au Mexique et débarque à Séville.

Passeroti s'était levé. Sans doute avait-il hâte de rejoindre le Campo dei Fiori pour prendre des nouvelles d'Arcimboldo. Mais Scappi semblait très intéressé par ses propos et voulait en savoir plus.

– Et le blanc, comment l'obtient-on ?

– Il y a une méthode que les Hollandais ont mise au point : on met dans un récipient des feuilles de plomb avec du vinaigre. On l'enfouit dans du fumier pendant plusieurs semaines. Une croûte de blanc se forme, on le lave et on le broie. Et si vous voulez savoir comment on fabrique le noir, sachez que c'est la couleur la plus dure et la plus longue à obtenir. Je peux vous assurer que broyer du noir pendant des heures, ce n'est pas drôle.

– On croirait entendre les lamentations d'un jeune marmiton, s'exclama Scappi.

Ces paroles lui remémorèrent les épreuves que lui faisait subir le pape. Son visage se ferma et d'un geste las, il montra les feuilles éparpillées sur la table de travail.

– Tout ce travail pour rien ! Quand je pense qu'à mes débuts, j'ai eu à servir le flamboyant cardinal Campeggi ! Lui aurait été ravi de me voir mener à bien cette grande œuvre.

– Mais c'est un cardinal de Bologne ! s'exclama Passeroti. Je suis de Bologne, ma femme et mon fils y vivent. J'y ai un atelier.

Plongé dans ses pensées, Scappi continua :

– C'est sous ses ordres que j'ai préparé le banquet en l'honneur de Charles Quint en avril 1536. C'était magnifique ! Le banquet a commencé à neuf heures du soir et s'est terminé à cinq heures du matin. Les tables étaient parsemées de pierres précieuses. Des lions en massepain grandeur nature avaient été placés devant les tables. J'entends encore les trompettes annonçant l'entrée des plats. Je revois les pages portant des flambeaux précédant ceux chargés d'immenses plateaux. Il y eut cinq services de crédence et sept de cuisine. C'était un jour maigre, aussi ai-je dû faire appel à tout mon savoir pour ne servir que du poisson et des légumes !

François vit que Passeroti regrettait d'avoir lancé Scappi sur un sujet qui lui était cher. Le peintre se rassit, prêt à écouter le cuisinier. Mais Scappi chaussa ses lunettes et lui dit :

— Nous avons du pain sur la planche. Je suis d'accord, messer Passeroti, pour que vous veniez dessiner dans mes cuisines, tant qu'il y a encore un peu d'activité. François vous les fera visiter…

Il s'interrompit et se frappa le front du bout des doigts.

— Il me vient une idée. Jusqu'à ce jour, aucun livre de cuisine ne comporte d'illustrations. Pourquoi ne pas adjoindre à l'*Opera* quelques-uns de vos dessins ? Ce serait œuvre fort utile.

— Mais oui, ajouta François. Les cuisiniers pourraient ainsi avoir une image d'une cuisine bien organisée et voir de quels instruments ils ont besoin. Voilà qui serait nouveau ! Maître Scappi, vous êtes vraiment le plus grand cuisinier de tous les temps.

— François, n'exagère pas ! Demandons d'abord à ton ami s'il est d'accord.

Passeroti faisait la moue.

— Ce n'est pas vraiment le type de travail que je recherche, mais pourquoi pas ? Autant que mes esquisses puissent vous servir. Que souhaitez-vous exactement ?

Scappi avait déjà pris une feuille et de sa grande écriture traçait quelques lignes.

— Il faudrait une vingtaine de planches. Les premières représenteraient une cuisine dans son ensemble avec l'âtre, les foyers, les tables. Vous pourriez ensuite traiter des différentes marmites et plats à cuire.

– Sans oublier une page entière sur les différents couteaux, ajouta François.

– Ainsi que sur les grills, les rôtissoires et leur mécanisme. Tout comme le mobilier nécessaire et les éléments de rangement, renchérit Scappi.

Passeroti regardait en souriant les deux cuisiniers s'enflammer à l'idée de voir leur chère cuisine portraiturée par un peintre célèbre. Il leur dit :

– Je ferais au mieux pour rendre hommage à votre talent. Je vais me mettre au travail dès demain.

– Vous n'aurez qu'à vous installer en cuisine, sans toutefois gêner le service. Je tiens à la discipline, sinon tout va à vau-l'eau. Quoique par ces temps de vaches maigres, il n'y ait pas à redouter de larcins. Les cuisiniers n'ont même pas une poularde à dérober.

– Je me ferai aussi petit qu'un souriceau, assura Passeroti. Je vous remercie maître Scappi de votre accueil. Je vous laisse à votre travail.

Sur le pas de la porte, il déclara :

– Je retourne voir ce qui se passe avec Arcimboldo. François, si tu veux venir nous rejoindre…

François fit un geste de dénégation et ajouta :

– Je compte travailler tard ce soir. Tu me tiendras au courant de la suite des événements.

Scappi eut un petit sourire approbateur et, se penchant vers lui, demanda :

– Alors, cette recette de *polpette* et *polpettoni*, elle est prête ?

– Voilà ce que j'ai écrit : « Prendre la meilleure partie du veau, à savoir qui sera sans peau et sans nerf. Couper la viande assez fine et l'asperger de vinaigre, poivre, sel et fenouil. Faire une composition de lard et de viande de veau hachés, jaunes d'œufs, poivre, cannelle, persil et autres fines herbes aromatiques avec une petite gousse d'ail. On pourra, selon son choix, ajouter du fromage frais et du fromage sec râpé. On farcira chacune des escalopes à la manière de gaufres roulées. On les mettra dans une braisière avec verjus, raisins secs, poivre, cannelle, safran, jus de bigarade et on les cuira à feu doux[1] ». Cela vous va-t-il ?

— C'est à peu près ça, sauf que tu as oublié de dire qu'on pouvait aussi rajouter dans le bouillon des prunes ou des cerises séchées ou des groseilles à maquereau si on est en saison.

— Je vais le rajouter. Savez-vous, maître Scappi qu'un des premiers plats que j'ai mangé en Italie, à mon arrivée à Bologne étaient des *polpette* et que j'en garde un souvenir ému.

L'espace d'un instant, François se revit quatorze ans plus tôt, à la table d'Ulisse Aldrovandi. Les mets que lui avait servis le savant n'avaient pas été les seuls à lui laisser des souvenirs impérissables. Il avait alors découvert qu'on pouvait éprouver du désir charnel pour un homme. L'image d'Ulisse le prenant dans ses bras, sur une place de Bologne, illuminée par les feux d'artifice lui était toujours aussi précieuse.

Scappi farfouillait sur sa table et en tira une grosse liasse de feuilles qu'il mit sous le nez de François.

— D'avoir évoqué avec ton ami Passeroti le banquet en l'honneur de Charles Quint me fait penser que le menu devrait apparaître en bonne place dans le chapitre IV, celui qui donne pour chaque saison la liste des mets à servir.

François poussa un soupir. Scappi, au grand désespoir de son secrétaire, avait la fâcheuse habitude de rajou-

---

1. Recette page 310.

ter sans cesse de nouvelles pages à son livre déjà bien pourvu. Le chapitre I était consacré aux généralités sur les aliments, le chapitre II aux viandes. Puis venait le chapitre III sur les poissons. Le chapitre IV ne contenait pas de recettes, uniquement des menus, mais c'était le plus volumineux. Le chapitre V, très conséquent lui aussi, traitait des pâtes et des tourtes salées et sucrées et pour finir, le livre VI, le plus modeste en taille, donnait des recettes convenant aux malades et aux convalescents.

François se saisit des feuilles et s'installa devant la grande table où, au fur et à mesure, il empilait les recettes selon la partie du livre auxquelles elles appartenaient. Le banquet en l'honneur de Charles Quint allait l'occuper un bon moment.

5

Arcimboldo fut libéré au petit matin. La nouvelle de la prise en otage du peintre s'était répandue dans toute la ville et, au fil des heures, des curieux s'étaient amassés au pied de la maison. Milando faisait parfois une apparition à la fenêtre, tirait un coup de feu en l'air, hurlait qu'on le laisse tranquille. Arcimboldo était invisible et ses amis craignaient qu'il n'ait été occis. François avait travaillé toute la soirée avec Scappi à la lueur des chandelles. Il s'était joint à eux aux alentours de minuit. Le forcené avait commencé à jeter sur la foule des chaises, des candélabres, des assiettes, des draps de lit et même une tête de cerf empaillée. À l'aube, n'y tenant plus, un petit groupe mené par Zuccari et Passeroti décida de passer à l'action. Par un immeuble voisin, ils pénétrèrent dans la courette de la maison d'Arcimboldo. S'accrochant au pied de vigne qui grimpait contre le mur, ils s'introduisirent par une fenêtre du premier étage, providentiellement laissée ouverte. Il y eut des cris, un grand fracas et bientôt Zuccari apparut côté rue annonçant que Milando était maîtrisé et qu'Arcimboldo se portait à merveille. Des applaudissements éclatèrent dans la foule qui se dispersa en commentant l'événement. Les membres de l'*Academia* se précipitèrent dans la maison dès que Passeroti vint leur ouvrir et demandèrent à voir le maître. Ils le trouvèrent sagement assis à sa table de travail recouverte de fruits et légumes. Il les accueillit avec son petit sourire ironique habituel et leur dit :

– Je n'ai pas perdu mon temps. J'ai demandé à ce pauvre fou de me laisser l'usage de mes fusains. J'ai disposé les fruits et légumes que Torquato avait eu la gentillesse de m'offrir et regardez ce que j'ai fait.

Il leur montra deux grands dessins. Sur l'un apparaissait un visage de profil, émergeant d'un corselet fait d'épis de blé dorés, joliment tressés. On ne pouvait manquer de reconnaître le nez dans la grosse courgette, la joue dans la pêche rebondie, le menton dans la poire allongée. La bouche de l'étrange personnage était faite d'une gousse ouverte sur cinq petits pois.

François n'en revenait pas d'une telle ingéniosité. Il se pencha plus avant sur l'esquisse et découvrit que le front n'était autre qu'un gros oignon et le sourcil un épi de blé, l'œil une cerise protégée par deux minuscules poires-paupières. Il éclata de rire en reconnaissant l'oreille-navet à laquelle pendaient deux gousses d'ail en guise de boucles d'oreilles. La chevelure était tout aussi étonnante : des mèches d'épis de maïs, des raisins en grappes et des prunes, dans un fouillis de feuilles et d'autres fruits, couronnaient un gros melon.

Enthousiaste, il déclara au peintre :

– Je n'ai jamais vu une aussi belle œuvre. On y sent les bienfaits de la nature, la chaleur de l'été…

– Je suis bien aise de vous entendre, l'interrompit Arcimboldo. Je compte en faire une allégorie de l'été, saison d'allégresse s'il en est.

– Ce qui me pousserait à penser que celui-ci est une allégorie de l'automne, continua François se saisissant du deuxième dessin.

Une tête sortait d'un tonneau éclaté où était piquée une nèfle. Le visage avait une grosse poire juteuse en guise de nez, une pomme vermillon pour joue, une grenade pour menton et une barbe fine en millet. L'oreille était une russule avec en pendentif une figue noire fendue. La bouche faite d'une bogue de châtaigne d'où pointait le fruit donnait au personnage un air de gourmandise. L'œil, formé d'une mûre, était incontestablement malicieux. La chevelure n'était que grappes de raisin et feuilles de vigne.

– On dirait Bacchus ! s'exclama François.

– Encore gagné, jeune homme ! lui répondit Arcimboldo. Qu'y voyez-vous d'autre ?

– Tous les plaisirs de la maturité. Il s'agit de la figuration de l'automne avec ce rude gaillard à qui il ne faut pas en promettre. Il doit aimer boire, trousser les filles, goûter aux fruits défendus. Il n'est qu'à voir sa bouche friande et son œil égrillard. C'est un faune hantant les jardins, à l'affût de bonnes fortunes, de nymphes vagabondes.

Arcimboldo semblait ravi de la réaction de François. Il riait de le voir s'enflammer et chercher les détails cocasses.

– L'été et le feu ont pour astre commun le soleil, précisa-t-il. La terre et l'automne sont régis par la lune. Le semblable est lié au semblable. Le monde, les hommes, les animaux, les plantes ne font qu'un. C'est ce que je souhaite montrer dans ce tableau.

François n'était pas le seul à être enthousiaste. Zuccari prit à son tour la parole.

– C'est admirable d'ingéniosité. Vous touchez là la perfection du trait d'esprit fulgurant.

– Je ne fais que peindre dans l'esprit du temps, dit Arcimboldo qu'un tel panégyrique mettait mal à l'aise.

– Justement, reprit Zuccari. C'est bien là où je vous admire. Vous êtes le maître de l'invention artificieuse. Nous, les peintres d'un nouveau genre, nous nous moquons de la vraisemblance. Tout doit être invention, caprice et fantaisie. C'est la métaphore qui nous intéresse. Tant pis si nos détracteurs disent que nous ne savons ni dessiner ni peindre, que nous ne respectons pas les proportions, que nous peignons des choses monstrueuses. Pour être un artiste, un vrai et non un tâcheron enchaîné à son chevalet, il nous faut nous abandonner au bizarre, à l'extravagant. Nous devons nous affranchir de tous les carcans de l'ancienne manière. La merveille, la licence doivent être pour nous les maîtres mots.

Les peintres présents applaudirent à ces fortes paroles. Passeroti prit Zuccari par les épaules, lui donna une accolade et déclara :

– Tu devrais mettre par écrit tous ces principes. Cela serait un excellent témoignage sur ce que nous essayons de faire.

– J'y pense, j'y pense, déclara le peintre qui rosissait de contentement[1].

Des flasques de vin étaient miraculeusement apparues et tous ne tardèrent pas à trinquer à la liberté retrouvée d'Arcimboldo. Milando avait été remis aux services de police qui le conduisirent immédiatement à la prison du château Saint-Ange. Il serait hors d'état de nuire pour un bon moment.

Arcimboldo promit à François de lui donner les esquisses qui le réjouissaient tant quand il aurait peint *L'Été* et *L'Automne*. François lui assura que ce serait pour lui un grand honneur. Profitant de la bonne humeur

---

1. Zuccari publiera en 1607 *L'idea de pittori, scultori e architetti.*

du maître, il lui demanda s'il lui serait possible de le conseiller pour la mise en scène du banquet amoureux de Bomarzo. Peut-être, pourraient-ils concevoir ensemble des allégories donnant encore plus de magnificence à un événement devant marquer les esprits.

– Avec joie, lui répondit Arcimboldo. À la cour des Habsbourg, on me confie l'organisation des fêtes. J'ai quelques idées sur la présentation des mets et je serais ravi de les partager avec un maître-queux imaginatif. J'en profiterai pour vous montrer un dessin de cuisinier. Il vous amusera. J'ai remplacé sa tête par une jarre coiffée d'un moule à gâteau orné de deux plumes, c'est du meilleur effet[1]. Voyons-nous ce soir chez moi, si vous le voulez bien.

*

François était aux anges et c'est en sifflotant, malgré la fatigue d'une nouvelle nuit blanche, qu'il reprit le chemin du Vatican.

En arrivant dans la cour du Perroquet, il tomba sur son ami Martin Hoffenhalter, le Garde Suisse. Le jeune homme se hâtait en direction des appartements pontificaux. François l'apostropha :

– Tu es beau comme un astre dans ton costume d'apparat.

– Ne m'en parle pas ! Avec cette chaleur, porter le morion n'est pas ce que je préfère.

C'est vrai que le casque en métal avec sa haute crête surmontée de plumes rouges et ses deux bords relevés n'était pas le couvre-chef le plus confortable.

---

1. Dessin conservé à la galerie des Offices de Florence avec cent cinquante autres représentant des costumes et des scènes de fêtes.

– On ne t'a jamais dit qu'avec ce pourpoint et ces chausses aux crevés rouges, jaunes et bleus, tu ressemblais à un perroquet ?

Martin regarda François avec commisération.

– Garde tes stupides sarcasmes. Je te signale qu'on attribue le dessin de ce costume à Raphaël. C'est un uniforme glorieux et je suis fier de le porter. Je te laisse. On m'attend pour accompagner le pape à la Chapelle Sixtine. Il doit y accueillir une délégation espagnole.

François lui souhaita une bonne journée et toujours sifflotant, rejoignit le cabinet de travail de Scappi. Le cuisinier avait demandé audience au cardinal Francesco di Reinoso, maître d'hôtel et camérier du pape, pour se plaindre des nouvelles dispositions concernant les repas. Il devait ensuite préparer un repas officiel. Il ne reviendrait donc qu'en début d'après-midi. François continuerait à travailler sur le banquet en l'honneur de Charles Quint. Il avait dénombré deux cent deux plats. Il lui restait à dresser la liste des mets offerts dans les trois services de crédence, ce qui n'était pas une mince affaire. Cette pratique était inconnue en France. Elle consistait à alterner chaque service de crédence – ensemble de mets froids pour la plupart sucrés – et un service de plats chauds. Avant d'être mis sur les tables, les mets froids étaient présentés sur de grands buffets à étagères richement ornés. Mis à part cette différence, les repas se déroulaient comme en France. À chaque service, les plats étaient très nombreux afin de permettre à chacun de manger ce qui lui convenait selon son état de santé et son goût. Il n'était, bien entendu, pas question de se servir des deux cents plats ! D'autant que les convives n'avaient accès qu'à ceux qui étaient devant eux ou à proximité.

François s'accorda quelques minutes de repos avant de se mettre au travail. Il était ravi d'avoir parlé avec

Arcimboldo. Cela le confortait dans l'idée qu'il avait quelque chose de nouveau à apporter au monde de la cuisine. Scappi voyait dans le métier de cuisinier une analogie avec celui d'architecte, chargé de bâtir des fondations solides sur lesquelles s'élèverait un édifice où les convives trouveraient tous les agréments dus à leur rang.

François, lui, concevait un repas comme un tableau avec ses harmonies ou ses dissonances de couleurs et de saveurs. Les mets devaient d'abord se savourer avec les yeux et pourquoi pas, raconter une histoire tels les versets d'un poème. Bien sûr, il s'agissait d'œuvres éphémères alors que peintres et poètes pouvaient espérer que leur travail leur survive. François se voyait bien en pourfendeur des traditions qui, d'après lui, empêchaient la cuisine d'explorer de nouveaux territoires. Un peu comme ses amis artistes peignant selon cette *maniera* qui s'affranchissait des anciens préceptes.

Scappi était, certes, un cuisinier de génie et avait à son actif bien des inventions culinaires. Mais François était en profond désaccord avec son maître sur un point : la surabondance de sucre et d'épices. Il ne savait pas d'où lui venait cette réticence. Il aimait la saveur chaude et piquante du gingembre, la rondeur de la muscade, mais la cannelle à haute dose le dérangeait tout comme la cardamome à foison. Il sentait toutes les fibres de son corps se hérisser quand il voyait Scappi plonger la main dans le pot de cannelle et arroser généreusement ses préparations. Quant au clou de girofle, il ne le supportait pas. Sa présence dans un plat lui faisait grincer des dents. Il n'osait plus parler de ce dégoût à Scappi, qui un jour l'avait vertement tancé pour avoir divisé par deux la quantité d'épices prévue dans un plat d'anguilles braisées. Quant à l'omniprésence du sucre, il n'y était pas non plus favorable. Il lui semblait qu'il fallait le réserver aux mets comportant des fruits ou des laitages et non l'ajouter presque systématiquement aux viandes et aux poissons. Peut-être était-ce parce qu'il était français ? Il avait remarqué lors de son premier séjour en Italie combien les Italiens aimaient le doux alors que les Français étaient plus attachés à l'acide. Les marchands vénitiens et génois avaient le quasi-monopole de ce commerce très lucratif et s'en frottaient les mains. François se désespérait de voir le goût de ses excellents produits disparaître sous cette mascarade gothique.

Il attaqua le premier service de crédence. Il y avait des biscuits pisans et romains, des petites bouchées de massepain, des mostacholles napolitains, des calissons à la vénitienne, des gâteaux à la pistache et au miel, du pignolat frais[1], des bigarades au sucre, des fougasses à l'huile d'amande, des beignets à la romaine. Comment pouvait-on commencer un repas par tant de sucreries ? François se jura que dans le livre qu'il écrirait un jour, il n'y aurait rien de tel. Il prendrait modèle sur Domenico Romoli, ce Florentin au service du cardinal Ridolfi, auteur de *La singolare dottrina*, où il préconisait de commencer par des mets acides.

Cette idée d'écrire un livre de cuisine le tenaillait depuis qu'il était tout petit. C'est à Montpellier, où il était censé suivre des études de médecine, qu'il avait fait ses premières armes de cuisinier amateur. Il avait eu confirmation de sa vocation lors de l'aventure qui l'avait mené en Italie, il y a quatorze ans de cela, sur les traces de dangereux comploteurs[2]. Il avait eu la chance de côtoyer un

---

1. Pâte de pignons.
2. Cf. *Meurtres à la pomme d'or*, 2006, Agnès Viénot Éditions.

disciple de Cristoforo Messibugo, célèbre cuisinier de la cour des ducs d'Este à Ferrare et avait compris que son destin était entre marmites et fourneaux.

S'il avait suivi la volonté de son père, il serait actuellement médecin et passerait sa vie entre les ulcères, les plaies, le sang et la sanie. Il regarda avec soulagement les lourdes tentures de soie, les candélabres d'argent ciselé, les fresques colorées qui décoraient les murs. Plutôt que de supporter les odeurs pestilentielles des travées d'hôpital, il naviguait dans les doux effluves des cuisines et n'avait guère comme préoccupation que de se tenir au courant des derniers endroits où il était de bon ton de se montrer. Il poussa un soupir de contentement et se remit au travail.

Le deuxième service de crédence qui venait après un service de plats chauds, était tout aussi sucré : dattes ; raisins secs ; poires à l'étouffée ; coings au vin, sucre et cannelle ; tarte aux prunes et raisins secs ; ricotta d'amandes frite ; poires papales… Seules des cardes au poivre et au sel et une gelée de crabe venaient rompre ce défilé de douceurs.

Il songea à l'étrange récit que lui avait fait, un jour, son oncle maternel Savoisy. Une lointaine aïeule, Constance, aurait été une cuisinière célèbre au temps de Charles VI[1]. Son mari avait écrit un livre de cuisine qu'elle avait confié à son fils, devenu cuisinier du duc Amédée de Savoie. Le livre avait été volé dans les cuisines du château de Ripaille, au bord du lac Léman. Se pourrait-il que le sang de cette Constance Savoisy coulât en lui et le poussât vers l'écriture de recettes ?

---

1. Cf. *Souper mortel aux étuves*, 2006, Agnès Viénot Éditions.

L'oncle était son seul bon souvenir d'enfance. Un an après avoir quitté Montpellier pour se réfugier en Italie, il avait reçu une lettre de son père où le vieux grigou le déshéritait et lui conseillait de ne plus jamais apparaître à ses yeux. François n'en souffrit pas. Il n'avait aucune intention de remettre les pieds en France. Les souvenirs qu'il en avait étaient trop cruels. Il avait alors décidé de changer de nom et portait désormais celui de Savoisy, espérant qu'il lui portât chance.

Les troisième et quatrième services de crédence présentaient enfin des mets salés : anchois à l'huile, caviar au jus d'orange amère, carpe au vinaigre rosé, œufs de harengs, fleurs de bourrache et fleurs de romarin en salade, asperges et laitues en salade, huîtres au grill, crevettes au vinaigre, soupe de tellines, vermicelles de beurre, truffes crues et cuites avec sel et poivre, artichauts crus et cuits au vinaigre. Voilà qui était mieux, mais on n'échappait ni aux tartes de poire caravelle ou de pomme d'api ni aux figurines en pâte d'amande.

En revanche, il ne voyait aucun inconvénient à terminer le repas par des grosses dragées blanches, des pépins de pomme-granate au sucre, de la coriandre, de l'anis, des pistaches, des pignons, des graines de melon confits, du cotignac et des cerises en gelée.

À son arrivée en Italie, il n'avait pu assouvir son désir de cuisine. Au moins avait-il vécu dans le monde des livres, en obtenant une place chez un compatriote, Antoine Lafrery, propriétaire d'une des meilleures librairies de Rome dans le quartier du Parione, à côté de la piazza Navone. C'est dans sa boutique qu'il tomba un jour sur Passeroti. Le peintre, qu'il avait connu à Bologne, l'avait présenté aux membres de l'*Academia*. Ils acceptèrent immédiatement le jeune Français si doué pour la fête.

À onze heures, un valet vint lui apporter son dîner. En pensée, il remercia Scappi de lui avoir fait préparer ses plats préférés : sardines à la vénitienne[1], pigeons farcis aux pistaches, raviolis à la courge et truité au verjus.

Après le repas, il s'accorda une nouvelle pause. Accoudé à la fenêtre, il regardait l'intense activité dans la cour du Belvédère. Des cardinaux et des prêtres, il ne voyait que les chapeaux rouges ou noirs qui dansaient un étrange ballet. Tout ce beau monde s'interpellait en parlant fort. L'espace d'un instant, François crut avoir sous les yeux un poulailler où poules d'Inde et pintades se seraient pourchassées à la recherche de grain à picorer. Indifférentes, les statues antiques, dans les niches construites par le pape Jules II, posaient un regard rêveur sur ces étranges oiseaux. L'*Apollon* semblait plus intéressé par sa voisine, l'*Ariane endormie* dont les voiles laissaient un sein découvert. Quant à *Laocoon* et ses fils, ils étaient bien trop occupés à se défaire des maudits serpents tentant de les étouffer pour prêter attention au caquetage.

Les pensées de François dérivèrent sur la préparation du souper amoureux de Bomarzo. Il avait déjà quelques idées. Il savait, par exemple, que les huîtres étaient réputées pour leur pouvoir aphrodisiaque. Il en avait usé et abusé avec Emilia. Elle les adorait. La fine chair irisée, l'eau claire figuraient tellement les prémices de l'amour charnel ! Elle avait coutume de lui en offrir et de se livrer à un jeu où chaque huître avalée était suivie d'une caresse le mettant au bord de la jouissance. Emilia faisait preuve d'une inventivité hors pair dès qu'il s'agissait de porter le désir et le plaisir de son amant à son paroxysme. Mal-

---

1. Recette page 306.

heureusement, il serait impossible de mettre des huîtres au menu de Bomarzo. La saison ne s'y prêtait guère et si Rome n'était qu'à quelques lieues de la mer, Bomarzo en était bien trop éloigné.

Il avait gardé en mémoire la précieuse recette du vin de myrte qu'Anicette leur préparait lors de leurs ébats amoureux. La jeune apothicaire de Montpellier, tant aimée, s'était éteinte dans ses bras, poignardée à mort. Il avait quitté Montpellier juste après sa mise en terre. Jamais plus, il n'avait aimé. Il s'était jeté à corps perdu dans de multiples aventures tant féminines que masculines pour oublier la peau dorée, le rire clair d'Anicette, sa fraîcheur, sa joie de vivre. Il s'était fait le serment de ne plus s'attacher à quiconque. Emilia était pour lui une amie et une maîtresse. Il l'aimait bien. Elle aussi, certainement, mais n'hésiterait pas à le sacrifier si son intérêt en dépendait.

L'arrivée de Scappi, arborant un air encore plus défait que la veille, interrompit ses pensées chagrines.

– J'ai eu la honte de ma vie, François. Pour le dîner de la délégation espagnole, ce pisse-vinaigre de pape a décidé de supprimer la moitié des plats que j'avais fait préparer. On aurait cru un repas de paysans. Aucun service de crédence à part quelques pauvres melons. Les cardinaux faisaient grise mine devant leur chiche omelette aux herbes et leur fromage de Marzolino. Je m'étais caché derrière une tenture pour ne pas avoir à subir leurs remarques. L'un d'eux est quand même venu me demander si j'étais malade. Malade, je l'étais, de les voir guetter l'arrivée de nouveaux plats et de farfouiller dans leur assiette pour traquer la dernière miette. Quand je pense qu'en 1550, on m'a reproché d'avoir retardé l'élection du pape Jules, sous prétexte d'une trop bonne cuisine ! Les cardinaux faisaient durer le conclave pour continuer à manger ! Je t'assure, aujourd'hui, ils ont tous filé après le repas, ils doivent être attablés dans une auberge du Borgo…

Scappi regardait les reliefs du repas de François et rajouta :

— Dis-toi que tu as été mieux traité qu'un cardinal. Je me demande pourquoi je m'échine à écrire ce livre.

— Mais pour les cardinaux ! lui rétorqua François. Les papes passent, les cardinaux restent. Vous verrez. Le prochain appelé à régner reprendra les bonnes vieilles habitudes romaines.

— Tu as raison. Ce n'est ni Alexandre Farnese ni Hyppolite d'Este qui renonceraient à leurs aises. Ils sont tous plus licencieux et voluptueux les uns que les autres. Ah ! J'oubliais : un cardinal m'a transmis un étrange message pour toi. Il a dit qu'il attendait le livre et espérait que tout était en bonne voie. De quel livre voulait-il parler ?

François sentit son sang se glacer. Ainsi Granvelle n'avait pas renoncé à sa maudite idée. Il chercha désespérément une réponse à fournir à Scappi. Il bredouilla :

— Rien de bien important. Je lui avais parlé d'un projet de livre de recettes aphrodisiaques, mais j'avais complètement oublié.

Scappi lui lança un regard dubitatif.

— Voilà une idée bien saugrenue. Tu vaux mieux que ça, François. Ne perds pas ton temps à ces faribole.

Scappi prit un air soucieux, s'assit lourdement à côté de son secrétaire et continua d'un ton morne :

— Cela ne peut plus durer. Il va falloir te trouver un nouvel emploi. Tu n'as aucun avenir ici tant que Pie V sera sur le trône de Saint-Pierre. Dès que l'*Opera* sera publié, je quitterai mes fonctions et j'irai finir ma vie dans mon petit domaine de Frascati. Tu devrais commencer à penser à ton avenir, je t'y aiderai.

François était au supplice. La bienveillance dont faisait preuve le vieux bonhomme à son égard le touchait profondément. Comment allait-il détourner Granvelle de ses funestes desseins et dissimuler à Scappi ses manigances ? Il demanda :

– Ce cardinal, vous le connaissez ?

– Très peu, je crois qu'il est au service de Philippe II d'Espagne, mais il est à Rome depuis trop peu de temps pour que j'en sache plus. Il ne m'a guère paru sympathique. Je ne vois pas pourquoi tu vas t'acoquiner avec cet individu.

– Si je dois penser à mon avenir, il me faut trouver un maître ayant les moyens.

Ne souhaitant pas que la conversation s'éternise sur Granvelle, François demanda :

– Qui sont d'après vous les cardinaux les plus en vue à Rome et ceux qui dépensent le plus pour leur train de vie ?

Scappi fit une petite moue désabusée.

– Tous, mon garçon ! À part, peut-être, Stefano Bonnucci qui, dit-on, vit pauvrement. Calcule le nombre de bouches qu'ils nourrissent dans leurs palais et tu auras une petite idée. Le cardinal Farnese en réunit plus de trois cents, le Cesarini à peu près autant, le Cibo plus de deux cents…

– Et le pape ? Il y a tellement de monde au Vatican…

– Plus de sept cents. Je le sais, depuis le temps que je les côtoie ! Un autre moyen de connaître la fortune des cardinaux, est de compter leurs carrosses. C'est la nouvelle lubie à Rome. C'est à celui qui en aura le plus et le plus richement orné. Actuellement, le cardinal Altemps est le grand gagnant avec cinq carrosses. Il est aussi en bonne position pour le nombre de statues antiques ornant son palais. Mais sur ce point, Alexandre Farnese lui dame le pion. En voilà un qui ne se mouche pas du pied. Il a son propre architecte, le grand Vignole, comme s'il était un roi. Il fait construire à tour de bras et rien que du beau : les jardins Farnese sur le Palatin, la villa Caprarola à côté de Viterbe, sans compter les embellissements au De, son palais de la via Giulia[1]. Mais ça, tu le sais mieux que moi, toi qui fréquentes des artistes travaillant pour lui. Si tu cherches les plus fortunés, regarde du côté des parents des anciens papes, nièces et neveux, voire fils et filles. Ils font passer les vieilles familles romaines à l'arrière-plan. Ce sont eux les détenteurs des grandes fortunes directement puisées dans le trésor de l'Église. Dans cette ville où personne ne travaille, tout le monde est riche. C'est une honte !

Scappi se tut, l'air profondément mélancolique. Il fourragea dans sa barbe et reprit :

— Je ne me sens plus le cœur à travailler. Pars maintenant. Profite de Rome et de son luxe insolent.

François ne se le fit pas dire deux fois, enfila son pourpoint, remercia et salua Scappi. Il mettrait à profit son temps libre pour commencer à préparer le souper de Bomarzo. Il décida d'aller rendre visite à Lafrery. Il aurait certainement le livre de Catarina Sforza dont lui avait parlé Scappi. Mais avant, il lui fallait en savoir plus sur Granvelle. Son ami Martin pourrait certainement l'aider, lui qui voyait défiler quotidiennement toute la curie romaine.

*

---

1. Palais Farnese, siège de l'ambassade de France depuis 1874.

Il le trouva dans ses quartiers, près de la cour Saint-Damase, jouant aux dés avec ses compagnons d'armes. Martin quitta le jeu dès qu'il vit François et l'invita à s'attabler devant un pichet, lui disant :

– Goûte-moi ça, c'est du vin du Valais, mon pays. C'est autre chose que tous ces vins doux qu'on nous sert ici. Au moins, ça, ça vous rince le gosier.

François ne se fit pas prier. Martin avait raison, son vin était franc et frais et non pas gras et charnu comme l'aimaient les Italiens[1]. Il s'en resservit une rasade au grand contentement de son ami.

– Qu'est-ce qui t'amène dans les bas-fonds du palais ? As-tu perdu le chemin des cuisines ? Tu fais une drôle de tête.

– Tu sais comme moi que la vie à Rome est parfois semée d'embûches, répondit François.

– À qui le dis-tu ! J'en ai par-dessus les oreilles de toutes ces complications, complots et autres turpitudes. Je suis bien aise que mon engagement soit sur le point de finir. La vie dans mes montagnes n'est pas facile, ça pue le fumier et on ne mange pas tous les jours à sa faim. Mais au moins, on ne respire pas la vilenie et la trahison. Tous ces beaux cardinaux ne pensent qu'à agrandir leurs fortunes et placer les membres de leur famille aux meilleures places.

– Attention à ce que tu dis. Serais-tu en train de glisser sur la pente calviniste ?

Martin lui lança un regard outré et fit un signe de croix.

---

1. En 1581, lors de son voyage en Italie, Montaigne trouvera ces vins exécrables.

– Je suis un bon catholique, protesta-t-il. Je n'ai aucune sympathie pour mes compatriotes réformés. Je veux continuer à faire mes dévotions à la Vierge et aux saints, mais avoue que certains y vont un peu fort, ici.

– Toi qui es au cœur des intrigues à la cour du pape, tu connais le cardinal de Granvelle ?

– On le dit habile mais méchant comme un âne rouge. Il a l'oreille de Philippe d'Espagne. Il est à Rome pour négocier une alliance contre les Turcs. J'étais de faction devant la Sala Regia lors de la dernière réunion, le 4 juillet.

– Te voilà expert en politique maintenant ! le railla gentiment François.

– Moque-toi donc ! Là où nous sommes, nous voyons et entendons tout.

– Vas-y, raconte-moi.

– Tout ça, c'est à cause des Turcs qui énervent Venise.

– Ça, je sais. Ils ont pris Chypre, possession vénitienne depuis plus d'un siècle. À vrai dire ça ne me dérange pas trop, ça fera autant de sucre en moins dans les plats que nous servons.

Martin le regarda avec étonnement et lui dit d'un ton agacé :

– Bon, puisque tu sais tout, pas la peine que je continue.

– Je ne t'interromprai plus. Promis.

– Le pape est inquiet. Tes compatriotes français se sont alliés aux Turcs. Il a été décidé de créer une grande flotte composée de vaisseaux piémontais, génois, vénitiens et espagnols pour courir sus aux Turcs. Le commandant serait le frère de Philippe d'Espagne, Don Juan d'Autriche[1]. Mais Elizabeth d'Angleterre et Maximilien de Habsbourg, le cousin de Philippe, n'aimeraient pas trop que ce dernier devienne le souverain le plus puissant d'Europe. Bref, c'est le bazar !

– Très bien, mais dis-moi pourquoi ce Granvelle a atterri à Rome ?

– Mon pauvre garçon, tu n'es vraiment au courant de rien… Il nous vient des Pays-Bas où il assistait Marguerite de Parme, la demi-sœur de Philippe, dans le gouvernement de cette province. Souviens-toi toujours que Philippe est un catholique fanatique. En Espagne, il a remis en vigueur l'Inquisition et pourchasse les Morisques convertis. Il fait de même dans ses belles provinces du nord de l'Europe où les partisans de Luther et Calvin ont gagné le peuple.

– Je sais tout ça, s'impatienta François.

– Ton cardinal se montra si avide et si cruel que les nobles commencèrent à se liguer contre lui. La tête de la rébellion fut prise par Guillaume d'Orange, dit le Taciturne. Granvelle a fait exécuter tellement de gens et provoqué tant d'indignation que Philippe l'a déchargé de ses fonctions il y a six ans.

François se sentait de plus en plus misérable. Celui qu'il avait pris pour un vieillard gâteux était un être sans scrupule, doublé d'un assassin.

– Son départ n'a rien amélioré, continua Martin. À croire que tous ceux qui sont au service de Philippe d'Espagne n'ont que la cruauté au cœur et les massacres en tête. Le duc d'Albe a remplacé Granvelle. Il a fait exécuter plus de huit mille personnes. Guillaume d'Orange

---

1. La Sainte Ligue sera vainqueur des Turcs à la bataille de Lépante le 7 octobre 1571, Chypre restera sous domination ottomane.

s'est exilé en Allemagne où il est en train de rassembler des troupes pour repartir à l'attaque[1].

François en avait assez entendu. Il essaya de retrouver un air enjoué et demanda à Martin :

— Après avoir vécu au centre du monde, ne vas-tu pas te sentir un peu seul dans tes montagnes ?

— Ne t'inquiète pas pour moi. Je préfère mille fois un troupeau de mes jolies vaches à tout ce ramassis de monstres. François, il faut que je me prépare pour mon service de nuit. Reviens quand tu veux pour une leçon de politique.

La mort dans l'âme, François quitta l'enceinte du Vatican. Il savait maintenant que rien ne saurait faire fléchir le cardinal. Mais quel attrait pouvait bien présenter pour lui un livre de cuisine ? Il pensa aller demander des explications à Granvelle, mais il ne se sentit pas le courage de l'affronter après ces dernières révélations. La solution était-elle d'attendre et de voir venir ?

Dans quelques jours il partirait pour Bomarzo, mettant une bonne distance entre Granvelle et lui. Le laisserait-il en paix d'ici là ? Il n'avait plus qu'à se plonger dans la préparation du repas amoureux, même s'il se sentait beaucoup moins enthousiaste.

1. En 1572, Guillaume d'Orange prit Utrecht et devint le maître des provinces du Nord. En 1578, elles se constituèrent en Provinces-Unies, préfiguration des actuels Pays-Bas.

6

La boutique n'était pas grande mais il y régnait une activité intense. Lafrery était occupé avec un Anglais cherchant le plan de Naples édité en 1565. Il fit signe à François de l'attendre. Quand Antoine Lafrery, originaire de Franche-Comté, était arrivé à Rome en 1540 à l'âge de vingt-huit ans, il était loin d'être un débutant, ayant travaillé comme graveur à Salamanque, en Espagne. Puis, il avait accroché de nouvelles cordes à son arc en devenant imprimeur et libraire. Ses vues de Rome étaient très recherchées tout comme ses plans des capitales européennes et ses cartes maritimes. Sa boutique était devenue un lieu incontournable pour tous les amateurs italiens et les riches voyageurs étrangers, de plus en plus nombreux à visiter l'Italie.

François feuilleta la dernière édition du *Livre du courtisan* de Baldassare Castiglione[1], se disant qu'il devrait l'acheter. Il y apprendrait certainement beaucoup de choses sur la manière de se comporter dans cette ville où les apparences comptaient tellement. Un passage lui semblait très important : « Il faut fuir, autant qu'il est possible, comme un écueil très acéré et très dangereux, l'affectation, et,

---

1. Baldassare Castiglione (1478-1529), écrivain et diplomate, auteur du *Livre du courtisan*, best-seller des cours européennes.

pour employer peut-être un mot nouveau, faire preuve en toute chose d'une certaine *sprezzatura*, qui cache l'art et qui montre que ce que l'on a fait et dit est venu sans peine et presque sans y penser. » *Sprezzatura*… Comment traduire ce mot en français, se demanda François ? *Sprezzare* voulait dire mépriser, dédaigner. Mais ne serait-ce pas plutôt, dans ce cas précis, « nonchalance » ou « désinvolture » ? Et pourquoi pas aisance ? Cela se rapprocherait de la *maniera*, chère à ses amis peintres, autre mot intraduisible. Il fut interrompu dans sa lecture par l'entrée tapageuse d'un énergumène au visage mangé par une barbe peu soignée. Avec ses vêtements dépenaillés, on pouvait le prendre pour un vagabond, si ce n'est qu'il s'exprimait avec soin quoiqu'avec un fort accent napolitain. Il avait le verbe haut et semblait surexcité. Il tenait à la main une grosse liasse de papier et essayait de capter l'attention de Lafrery. Ce dernier, pour éviter le scandale, abandonna son riche client et s'approcha de l'individu, lui demandant d'une voix posée ce qu'il voulait. L'homme, âgé d'une vingtaine d'années, cherchait à faire imprimer son ouvrage intitulé *Des signes des temps* contenant des révélations sur l'existence d'un univers infini peuplé d'un nombre astronomique de mondes identiques au nôtre. Un fou, c'est sûr, se dit François voyant Lafrery essayer de lui faire baisser le ton et de modérer ses propos. De telles paroles pouvaient être mal interprétées… Le garçon qui avait dit s'appeler Giordano Bruno, ne semblait en avoir cure et clamait qu'il se basait sur les travaux de Copernic. Lafrery, avec de grands gestes, lui faisait signe de se taire. Affirmer que la Terre tournait autour du Soleil n'était pas la chose à dire à quelques encablures du siège de l'Inquisition. Lafrery fut sauvé par Marc-Antoine Muret qui s'était approché d'eux.

Ce professeur à la *Sapienza*, l'université de Rome, était connu pour son esprit brillant, sa grande érudition et ses talents d'orateur mais aussi pour ses penchants sodomites. Ce qui lui avait d'ailleurs valu d'être emprisonné au Châtelet où il avait tenté de se laisser mourir de faim pour échapper à l'exécution en place publique. Des amis l'avaient fait libérer. Il s'était alors enfui en Italie, séjournant à Venise et Padoue, d'où il fut à chaque fois chassé à cause de ses mœurs contre nature. Il ne dut son salut qu'au cardinal Hyppolite d'Este dont il devint le secrétaire particulier et qui le fit venir à Rome. Qu'il aimât les garçons ne dérangeait personne dans la ville sainte. Peut-être avait-il reconnu en Giordano Bruno un de ses semblables. La conversation s'engagea entre les deux hommes. Le jeune excité se calma et ils partirent ensemble. François rejoignit Lafrery qui essuyait du revers de la main les gouttes de sueur perlant à son front.

– Quelle calamité ces écrivains fous ! Il y en a de plus en plus. Je devrais mettre une pancarte à la porte : « N'acceptons ni histoire de corps célestes, ni de magie noire, ni de monstres hermaphrodites. » Les gravures et les cartes m'occupent bien assez. Que me vaut l'honneur de ta visite, François ? Tu quittes tes marmites pour goûter aux délices de l'esprit ?

– Je suis à la recherche d'un livre qui n'est pas de la magie noire, mais disons rose. L'auteur est une certaine Catarina Sforza.

– J'aurais dû m'en douter, s'exclama Lafrery. Des philtres d'amour ! Je reconnais bien là mon François toujours prêt à succomber aux flèches de Cupidon. Tu as de la chance, je dois l'avoir quelque part dans l'arrière-boutique. Il s'agit des *Experimenti*. Mais il y a bien d'autres livres sur ce sujet. Va t'installer, je te les apporte.

François sourit. C'était merveille de voir l'incroyable culture du libraire qui semblait avoir lu et retenu tout ce que l'univers comptait de pages écrites. Il eut quelque mal à se trouver une place entre les piles de livres encombrant la pièce. Il faillit renoncer à son projet quand il vit revenir Lafrery, chargé d'une bonne vingtaine d'ouvrages. Il se doutait bien que les écrits sur les moyens d'aviver les ardeurs de Vénus ne manquaient pas, mais il n'aurait jamais imaginé autant de beaux esprits se pencher sur le sujet.

Que des hommes d'Église s'y soient intéressés, rien de plus normal. Il fallait bien qu'ils mettent en garde leurs ouailles contre le péché de luxure. Il ne s'étonna donc pas que saint Jérôme, en 328, ait interdit aux religieux l'usage des haricots, considérés comme excitant les parties génitales. Quand saint Ambroise déclarait : « La faim est l'amie de la chasteté, l'ennemie de la lascivité », il ne faisait qu'énoncer une évidence.

Mais que Machiavel ait pu dire des pigeons qu'ils « échauffent les reins et incitent ainsi au coït », l'étonnait. Ce grand penseur ne s'était donc pas occupé que de politique, de pouvoir et d'art de la guerre ?

Le plus surprenant venait de Savonarole, ce dominicain exalté régnant en dictateur sur Florence à la fin du siècle dernier[1]. Il ne jurait que par les passereaux dont « la chair éveille la luxure » et conseillait un électuaire avec leurs cerveaux pressés. Comment avait-il pu, lui qui avait fait dresser le bûcher aux vanités où furent brûlés les images licencieuses dont les tableaux de Sandro Boticelli, toutes

---

1. Savonarole, condamné au bûcher en 1498 après avoir dirigé Florence pendant quatre ans et auteur de *Libreto de tutte le cose che se magnano*.

sortes de fards, de robes, d'objets précieux, de livres jugés immoraux, se laisser aller à de telles recommandations ? Par curiosité, François chercha et copia la recette : « Prendre trente cervelles de passereaux, les piler, les mélanger avec diligence dans une grande écuelle. Prendre ensuite une quantité égale de suif autour des reins d'un bouc fraîchement tué, le mélanger aux cervelles et le faire frire dans une grande poêle. Ensuite, après avoir rajouté du miel clarifié, faire cuire jusqu'à ce que ça durcisse. En faire des boulettes pareilles à des noisettes. Avant d'aller au lit, l'homme en mastiquera une et il en connaîtra tous les bienfaits. » L'idée de devoir charcuter ces petites bêtes ne lui disait rien, même si Aristote avait reconnu la passion des passereaux pour la fornication. Il faudrait qu'il en parle à Passeroti dont le nom signifiait passereaux !

Les médecins, quoi de plus normal, avaient aussi leur mot à dire. Son année d'étude de médecine à Montpellier l'avait familiarisé avec ces doctes personnages. C'est sans surprise qu'il trouva chez Galien un passage recommandant à celui, faible pour le coït, de boire le soir un verre de miel bien épais et de manger vingt amandes ainsi que cent pignons de pin. Le médecin grec recommandait aussi de manger des poissons car ils disposent à l'amour. Ne dit-on pas que de la mer, Vénus naquit un jour ?

Il frémit à la lecture de certaines recettes comme celle-ci : « Prendre le cadavre d'un homme de carnation et de poil tirant sur le roux, le sang étant chez eux plus subtil et par conséquent la chair meilleure. Il doit être sans aucune pourriture et frais d'âge, de quinze à vingt ans environ, mort de mort violente et d'infirmité aucune. Exposer ledit cadavre un jour entier et toute une nuit par temps serein à l'air, aux rayons du soleil et de la lune. Prendre ensuite la chair découpée en tranches et l'asperger de myrrhe et d'aloès, le tout soigneusement pulvérisé et laisser ainsi de quatre à six heures. Après avoir imbibé la chair d'esprit-de-vin excellent, la faire macérer pendant trois ou quatre jours, à la suite de quoi la suspendre à l'air dans un endroit abrité pendant dix à douze heures, après la tremper de nouveau dans l'esprit-de-vin et enfin la placer dans un endroit sec et ombragé comme si elle était dans un four à pain jusqu'à ce que ladite viande soit parfaitement sèche ayant l'apparence de la viande fumée. »

François écarta celles faisant appel à des ingrédients qu'il n'aurait guère la chance de trouver ou qui le répugnait. Ainsi le crocodile, présenté comme un symbole de luxure car il engendre beaucoup et dont le bec et les pieds mis au vin blanc enflamment grandement la lubricité. Ou le lézard. Il lui aurait fallu couper le cou de ce reptile, l'éviscérer, et après l'avoir rempli de sel, le suspendre à l'ombre jusqu'à ce qu'il soit sec. Rien de tout cela ne l'inspirait.

Certains ingrédients étaient plus accessibles, comme le membre d'un taureau, de préférence en rut, qui séché, réduit en poussière et saupoudré sur un œuf, était censé agir merveilleusement. Ou bien encore le membre du cerf, plongé dans de l'eau de cerfeuil sans le laver, mis à cuire jusqu'à ce qu'il se défasse et dont il fallait donner à boire le bouillon chaud. Mais François se voyait mal aller dépouiller ces animaux de leur attribut viril. Quant à la fiente de faisan bue ou employée en onction, il ne se sentait pas de la servir à ses convives.

Scappi avait eu raison de lui conseiller les *Experimenti* de Catarina Sforza quoiqu'il s'agisse plus de baumes et d'onguents que de cuisine. La dame semblait connaître son affaire. On ne devait pas s'ennuyer à la cour de Forli, où elle avait régné à la fin du siècle dernier. Elle était la championne des eaux réparatrices et des recettes miraculeuses pour « rendre les seins durs et petits » ou « faire redevenir très étroite cette chose qu'entre nous, femmes, nous appelons la nature ». Elle disait que « le bon jardin ne se contente pas de l'eau du ciel, mais en demande à son jardinier pour en être plus fructueux ». Elle indiquait moult moyens de « magnifier le membre » du bon laboureur, d'en augmenter la grandeur et la grosseur. Curieux, François, nota quelques recettes. Avec un onguent à base de verge d'âne coupée, celle de l'homme se développe tous les jours de façon admirable. Pour « faire rester dur le membre », il fallait une once de scinque marin[1] mélangée à du bon vin. Elle affirmait pouvoir attiser le désir féminin : « Si la verge de l'homme est ointe avec du fiel de verrat et de porc sauvage, elle est excitée au point d'éveiller aussitôt la luxure délicieuse aux femmes. » Pour que l'homme et la femme aient délectation ensemble, c'était simple. Il suffisait de « prendre un carat de civette, un carat de musc, de le faire impalpable, de le mélanger à du sirop de gingembre vert, puis d'enduire la tête du membre et d'user de la femme » ou bien de « prendre de la coriandre fraîche, d'en faire un suc en la pilant finement, de bien la presser pour qu'elle rende son jus et d'enduire de ce jus la tête du membre ».

François en avait le vertige. Il voyait danser devant ses yeux des ribambelles de membres virils plongés dans des mixtures qui, pour lui, n'évoquaient en rien les délicates et jouissives prémices à l'amour charnel. Il n'userait pas d'artifices pour le souper de Bomarzo, du moins pas de ceux-là. Il jouerait de l'incomparable gamme des saveurs offertes par les produits de la nature pour enchanter le

---

1. Lézard.

palais de ses convives et les inciter à s'abandonner aux feux de Vénus.

Il espérait, de sa rencontre avec Arcimboldo, quelques idées lumineuses. Sous des dehors impassibles, le peintre bouillonnait d'imagination. Il suffisait de voir ses tableaux. On disait qu'il fréquentait des magiciens, des astrologues, des alchimistes, des chercheurs de merveilles. Mais c'était aussi, François le savait par Passeroti, un ingénieur capable de créer des machineries faisant jaillir l'eau dans les jardins et même un système mettant en relation les couleurs et les notes de musique. Les récits des fêtes qu'il organisait à Vienne arrivaient jusqu'à Rome qui pourtant n'avait rien à envier aux autres capitales pour la somptuo-sité de ses réjouissances. Lors du mariage de l'archiduc Charles avec Marie de Bavière, quelques mois aupara-vant, il avait fait défiler des chevaux déguisés en dragons, des chars tirés par des paons, des traîneaux décorés de cygnes. Les invités étaient déguisés en licornes, animaux sauvages, sirènes, dieux et déesses… François ne préten-dait pas à tant de fantaisies, mais il comptait bien éton-ner ses camarades de l'*Academia* et les invités de Vicino Orsini.

François referma les livres, retourna dans la librairie et voulut remercier Antoine Lafrery de son aide. Le libraire, aux prises avec un jésuite venu négocier la gravure de l'église du Gesù mise en travaux deux ans auparavant, fit signe à François qu'il ne pouvait lui parler.

En passant par la via dei Baullari où étaient concentrés les fabricants de coffres et de malles, il arriva en quelques minutes au Campo dei Fiori. Avec ses auberges, ses tavernes et son marché quotidien, c'était un des endroits de Rome parmi les plus animés, mais François y venait peu. Le bûcher, dressé dans un angle de la place, le rebutait. C'était là qu'étaient mises à mort les victimes de l'Inquisition[1].

La nuit dernière, François n'avait guère eu l'occasion d'apprécier l'élégance de la maison d'Arcimboldo. Elle se distinguait des autres par sa façade peinte à fresques. Il actionna le marteau de la porte et attendit. Personne ne vint lui ouvrir. Il frappa plus fort. Toujours aucune réaction. Arcimboldo aurait-il oublié son rendez-vous ? Il décida d'attendre. Il se prit au jeu d'observer les *graffiti* de la façade. Passeroti lui avait expliqué que c'était un rude travail. Il fallait d'abord enduire le mur d'un mélange de plâtre et de sable qu'on fonçait avec de la paille brûlée pour obtenir une couleur argentée. Puis la façade était entièrement blanchie à la chaux. Le peintre, avec un outil de fer traçait alors contours et hachures faisant apparaître la couleur foncée sous-jacente. Sur le fond blanc, l'artiste s'en était donné à cœur joie en peignant à l'aquarelle tout un monde de feuillages entrelacés où se promenaient une diane chasseresse très dévêtue, une licorne mélancolique, un léopard endormi, un lion chevauché par une jeune fille, des chèvres à tête d'homme. Des petits anges en équilibre sur des corolles de fleur semblaient jouer à cloche-pied. Au bout d'une demi-heure, François en eut assez de se tordre le coup pour suivre la partie de chasse de la déesse. La nuit s'annonçait. Peut-être Arcimboldo était-il retenu par quelque peintre désireux de lui vendre ses derniers tableaux ? Il repasserait demain. La fête de Bomarzo avait lieu dans dix jours, cela leur laissait le temps de concocter quelques folies. Il était encore tôt. Pourquoi ne pas rendre une petite visite à Emilia ? Son palais était à deux pas. Le cardinal Guardini était retenu à Milan toute la semaine.

---

1. C'est là que fut brûlé Giordano Bruno le 17 février 1600.

Le champ était libre. Il pourrait lui commenter les écrits de la Sforza. Nul doute que la belle courtisane lui prouverait qu'elle n'avait pas besoin de bave de crapaud pour le transformer en Priape insatiable. À l'idée de passer une troisième nuit blanche, il se sentit pris d'une légère faiblesse. Il n'avait plus vingt ans ! La perspective de se mettre au lit après avoir soupé à l'*Orso rosso* lui apparut encore plus délectable.

Arrivé piazza del Fico, il alla voir Isabella, la servante de l'auberge, pour s'enquérir du plat du jour. Les tripes à la romaine lui conviendraient parfaitement. Juste le temps de monter chez lui, de changer de vêtements et il serait de retour.

C'était sans compter Sofia qui semblait avoir élu domicile dans son escalier. Elle y avait construit une sorte de nid avec des couvertures de laine colorée et des coussins de soie. Des miettes de biscuits, des noyaux de dattes et de pruneaux parsemaient les marches, preuve d'une occupation longue de plusieurs heures. Il enjamba précautionneusement l'amas de tissus où la petite s'était endormie, marcha sur la pointe des pieds jusqu'à sa porte, et s'apprêtait à entrer chez lui quand il entendit un glapissement :

– D'où viens-tu ? J'étais morte d'inquiétude en ne te voyant pas revenir. Que t'est-il arrivé ?

La petite se débattait dans ses couvertures et tentait de se remettre debout. François vint l'aider et d'un ton sévère, déclara :

– Ça suffit comme ça, Sofia. Tu vas nous faire avoir des ennuis si tu continues ainsi. Imagine un domestique allant annoncer à Livia Orsini qu'il a retrouvé sa petite-fille roulée en boule sur le palier d'un locataire du palais.

Tu es bonne pour le couvent et moi pour le château Saint-Ange.

— J'ai bien le droit de m'inquiéter pour toi, ronchonna la petite. Et si je t'ai attendu, c'est parce que j'ai une bonne nouvelle à t'annoncer.

— Tu te maries et tu vas enfin me laisser tranquille. Ça, ce serait une bonne nouvelle !

François commençait à avoir la moutarde qui lui montait au nez. Si Sofia continuait à le poursuivre de ses assiduités, il allait devoir trouver un autre logement, ce qui ne lui souriait guère. La petite se renfrogna encore un peu plus. Elle était au bord des larmes.

— Puisque c'est comme ça, je ne te dirai pas la bonne nouvelle.

François soupira.

— Sofia, je ne veux pas te faire de peine, mais tu dois cesser de venir me voir à tout bout de champ.

— Tu es mon seul ami dans cette maison où personne ne fait attention à moi.

Elle n'avait pas tort. Plusieurs fois Sofia avait été oubliée quand la famille partait dans un de ses domaines à la campagne. C'est d'ailleurs ainsi qu'était née leur amitié. La petite était restée six jours toute seule au palais avant qu'on ne vienne la rechercher. François lui avait cuisiné des petits plats et raconté des histoires. Elle n'était alors qu'une enfant et Livia Orsini avait chaleureusement remercié François d'avoir pris soin de sa petite-fille. Elle ne serait certainement pas dans les mêmes dispositions d'esprit aujourd'hui.

François se pencha vers elle :

— On fait la paix ! Dis-moi la bonne nouvelle.

— Je vois bien que tu t'en moques. Tant pis pour toi, tu n'en sauras rien.

– Tête de mule ! Je finirais bien par la découvrir.

Il prit son menton dans sa main. La petite ne se déridait pas. Elle lui tourna le dos et dévala l'escalier. François ramassa couvertures et coussins et rentra chez lui. Une bonne nouvelle pour la petite pouvait signifier de gros ennuis pour lui. Et des ennuis, il en avait assez comme ça !

7

La décision du pape de réduire le train de sa maison, avait plongé Scappi dans un état de grande mélancolie. Il ne semblait pas d'humeur à se remettre à l'écriture de son ouvrage et laissait à François une paix royale.

Ce dernier relisait à voix basse la liste des aliments prescrits par Catarina Sforza contre « l'ardeur de la lubricité et de la luxure ». Il se garderait donc des lentilles cuites, de l'oie, du lièvre, des fritures, des poissons et viandes avec du verjus, des oranges, des bettes, de l'arroche, de la laitue, du potiron, de la viande de chevreau qui tous « émoussent l'ardeur ».

En revanche, crabes de rivière, œufs de poissons, cervelle des tout petits oiseaux, pois chiches, menthe, pignons, fèves, châtaignes, choux frisés, panais, fenouil, navets, raifort, roquette, poireau, oignon, amandes douces, noisettes, figues sèches, lait, beurre, vin doux seraient de la partie. Scappi jouait distraitement avec une petite salière émaillée et regardait son secrétaire gratter fiévreusement sa feuille de papier. Il alla prendre sur une console un gros ouvrage relié en veau doré et lui colla sous le nez.

– Plutôt que de chercher verdures et viandes stimulantes chez quelque magicienne, fût-elle brave et noble comme Catarina Sforza, dame de Forli, tu ferais mieux de relire Platine. Tu sauras précisément, pour chaque aliment, quelles sont ses propriétés : chaleur ou froideur, sécheresse ou humidité. Il te suffira de choisir, pour plaire à Vénus, ceux qui sont chauds et humides.

– J'y comptais bien, répondit François. C'est certainement là que je trouverais les meilleures informations.

Il avait découvert le livre de Bartolomeo Sacchi dit Platine *De honnesta voluptate*, grâce à son ancien maître, un vieux bonhomme grincheux mais au cœur d'or, l'éminent professeur d'anatomie de Montpellier, Guillaume Rondelet. Un ouvrage qui parlait à l'âme tout en faisant les délices du corps. Platine s'était inspiré des recettes d'un cuisinier, Maître Martino, officiant dans les années 1450 auprès du patriarche d'Aquilée. Lui-même avait été secrétaire de trois papes : Pie II, Paul II et Sixte IV. Grand connaisseur de la littérature et de la médecine antiques, il rappelait que l'homme devait se nourrir selon sa complexion. En effet, d'après Hippocrate, le corps humain contenait du sang, du flegme, de la bile jaune et de la bile noire. La santé était parfaite quand ces quatre humeurs étaient en équilibre. Chaque aliment de par ses propriétés sèche, humide, froide ou chaude y participait.

Scappi lui conseilla de commencer par le chapitre des perdrix. Non seulement, c'était la bonne saison pour en trouver en abondance, mais elles occupaient la première place pour aviver les ardeurs de Vénus.

Scappi ajouta qu'outre les perdrix, les pigeons seraient les bienvenus et qu'il ne fallait pas oublier de servir quelques plats avec des testicules de coq.

François poussa un soupir.

– Je sais que tout le monde en raffole et je ne manquerai pas d'en proposer. Si je me souviens bien, pour les préparer en potage, il faut faire un bouillon de volaille avec raisin vert, menthe, marjolaine, pimprenelle. On rajoute de la chapelure, les testicules de coq et on sert sur des tranches de pain.

– C'est bien ça ! Je vais chercher d'autres recettes pouvant te convenir.

Le vieux cuisinier semblait reprendre un peu de vigueur et François se réjouissait de le tirer ainsi de ses pensées chagrines. Comment ce fou de Granvelle avait-il pu penser qu'il pourrait être déloyal envers son maître ? Croyait-il que l'appât du gain et le désir de gloire seraient assez puissants pour le faire agir de manière déshonnête ? C'était bien là manigance de cardinal !

Abordant le chapitre des truffes, François regretta amèrement qu'il soit impossible d'en trouver en cette saison. Il était bien d'accord avec Platine pour dire qu'elles convenaient grandement aux tables libidineuses. Il se souvenait d'une nuit fort agitée avec Emilia où il était arrivé avec ces petits trésors noirs. Il les avait laissé cuire sous la cendre chaude et ils les avaient mangées juste avec un peu de sel et poivre, accompagnées d'un délicieux vin de Monferrato rouge rubis. François pouvait attester qu'il fit preuve, cette nuit-là, d'une vigueur incomparable attisée par les jeux sensuels d'Emilia.

Il eut confirmation des pouvoirs de la roquette. Selon Platine, elle était fort chaude, engendrait sperme et ventosité et faisait se dresser la verge merveilleusement. François adorait cette petite salade poivrée. Sur les chemins de la campagne romaine, il en cueillait de la sauvage dix fois plus puissante que la cultivée. Elle pouvait vous faire tourner la tête tant elle était forte. La coutume voulait qu'on l'associe à la « suave laitue », certes pour atténuer le goût piquant de la roquette mais à cause des étranges propriétés de la laitue qui, c'est bien connu, augmente la fécondité des femmes mais empêche les hommes d'atteindre la jouissance.

Scappi continuait à chercher des recettes de perdrix et de pigeons quand il leva la tête et demanda à François :

— Ton ami Passeroti ne devait-il pas venir ce matin pour commencer ses dessins en cuisine ?

— C'était prévu ainsi, mais vous savez comment sont les artistes : un peu fantasques et ne tenant guère compte de l'heure.

La porte s'ouvrit sur Passeroti.

— Tiens ! s'exclama François. Quand on parle du loup, on lui en voit la queue !

Le peintre salua Scappi, refusa la chaise qu'il lui proposait et déclara d'une voix éteinte :

— Arcimboldo a disparu.

— Qu'est-ce que tu racontes ? Ça ne va pas recommencer !

— Il n'a plus donné signe de vie depuis hier midi. Il n'est ni chez lui ni auprès d'aucun d'entre nous.

— J'en sais quelque chose. Il m'a posé un lapin hier soir.

— Tu vois bien !

— Mais il est peut-être en dehors de Rome. Le pauvre, il ne peut même plus aller pisser sans que ses amis le croient menacé des pires dangers !

— Je t'assure, ce n'est pas normal, continua Passeroti d'un ton véhément. Après ce qui s'est passé avec Milando, on est en droit de s'inquiéter.

Scappi se mêla à la conversation :

— Vous parlez de ce fâcheux incident qui a mis toute la ville en émoi ? Tout s'est bien terminé à ce que l'on dit.

Vous vous alarmez peut-être un peu vite. Rome est une ville où les fous abondent, mais ce serait un comble que ce pauvre Arcimboldo soit de nouveau la victime d'un enlèvement.

Passeroti le regarda d'un air sceptique.

– Vous avez sans nul doute raison, mais rien ne m'empêchera de penser qu'il y a anguille sous roche. Je vais continuer mes recherches et je remets à demain mon travail en cuisine.

– Fais comme il te plaira, dit François qui s'était replongé dans le livre de Platine. Passe me voir à l'*Orso rosso* ce soir. J'y souperai.

François le laissa partir, se disant que son ami allait se couvrir de ridicule s'il continuait ainsi à jouer les mères poules pour Arcimboldo. Quant à lui, il avait d'autres soucis en tête.

Scappi lui proposa une recette pour farcir pigeons et tourterelles :

– Pour chaque livre de fromage vieux râpé, tu prends six onces de fromage gras pas trop salé, trois onces de noix pilées, deux de mie de pain trempée dans du bouillon de volaille, trois de moelle de bœuf ou de beurre, trois de raisins secs, une demi-once d'un mélange de poivre, cannelle et safran. Tu mélanges bien avec huit jaunes d'œufs et tu fais rôtir les oiseaux.

– Pour les cailles, vous avez quelque chose ?

– Tu peux les couper en deux, les fariner, les faire frire dans du saindoux et les servir saupoudrées de sucre et arrosées d'un jus d'orange amère. Si tu disposes d'un peu de temps, tu les mets avec sel et fleur de fenouil dans un pot de terre pendant trois ou quatre jours. Tu les fais frire et tu les sers bien chaudes accompagnées de petites saucisses.

– Et côté canard?

– Je te propose de le mettre en pot avec vin rouge, vinaigre, petits dés de jambon, poivre, cannelle, girofle, muscade, sauge, raisins secs et sucre et de le laisser cuire une heure et demie. Tu le serviras avec un mélange de gros oignons entiers, raisins secs et pruneaux.

François s'arrêta de noter et demanda :

– Qu'est-ce exactement que ce satyrion dont on fait si grand cas? Je l'ai vu à toutes les pages, même chez Machiavel qui disait que ce sont choses échauffantes et venteuses qui feraient faire voile à une caraque génoise.

– C'est le bulbe d'une orchidée qu'on appelle aussi couillon de chien ou de renard. Je dois t'avouer que, pour ma part, je préfère des recettes plus simples pour réjouir les sens. N'oublie pas l'angélique chaude et puissante ainsi que le fenouil très prisé par les gladiateurs avant le combat. Mais garde-toi de l'ail dont ils faisaient une si grande consommation. Inutile de t'expliquer pourquoi! En revanche, sois prodigue en menthe, romarin, sarriette, myrte…

En fin de journée, Scappi donna congé à François jusqu'à la fête de Bomarzo. Lui irait se réfugier dans son domaine de Frascati, où disait-il, il contemplerait les vignes et les pruniers de Damas chargés de fruits pour tenter d'oublier les avanies que lui faisait subir le pape. Il recommanda à son secrétaire de faire un usage prudent des étranges recettes qu'il rencontrerait au fil de ses lectures. François, regrettant sincèrement de le voir en si piteux état, l'assura qu'il saurait faire les bons choix et lui souhaita un bon et profitable repos. Ce n'était pas plus mal que le vieux cuisinier s'éloigne, lui aussi, de Rome. Ainsi, Granvelle ne trouverait personne sur qui exercer son chantage.

*

Passeroti arriva à l'*Orso rosso* fort tard, l'air plus sombre que jamais. François avait fini de souper. Il commanda pour son ami des petits calamars frits arrosés de citron ainsi qu'un nouveau pichet de vin.

– Alors ? lui demanda-t-il.

– Arcimboldo est parti.

– Parti ou disparu ?

– Les deux, répondit laconiquement le peintre se servant un grand verre de vin.

– Il faudrait savoir ! Ce n'est pas tout à fait la même chose.

– C'est à ni rien comprendre. À quelques-uns, nous avons forcé sa porte. Ses effets étaient là, mais un mot disait qu'il repartait à Vienne. Le séjour à Rome lui était néfaste, il ne voulait pas rester une heure de plus dans une ville où il craignait pour sa vie.

– Il n'a pas complètement tort, hasarda François.

– C'est impossible ! Ce n'est pas dans son caractère. A-t-il manifesté la moindre crainte après avoir été libéré des griffes de Milando ? Il était le premier à rire de sa mésaventure.

– C'est vrai. Mais peut-être a-t-il eu peur rétrospectivement ?

– Je ne crois pas. C'est d'autant plus étrange qu'il n'a emporté ni ses vêtements, ni surtout ses dessins.

François leur resservit du vin et piocha dans l'assiette de calamars que Passeroti n'avait pas finie.

– Je suis de plus en plus inquiet. Personne ne l'a vu à Rome. Nous allons interroger les maîtres de poste pour essayer de savoir s'il a, effectivement, pris la route du Nord.

Passeroti ne s'attarda pas malgré l'invitation du patron à goûter son vin de pêche. François regagna le palais Orsini. Il monta l'escalier sur la pointe des pieds, au cas où la petite y ait installé un nouveau campement. La voie était libre. Peut-être avait-elle fini par comprendre que sa place n'était pas là.

*

Les jours suivants furent assez agités. Les recherches menées par Passeroti autour du départ d'Arcimboldo ne donnèrent aucun résultat. Des voyageurs en provenance de Florence ou de Bologne furent interrogés. Personne ne l'avait vu. Certains commencèrent à se désintéresser de l'affaire, disant qu'après tout, Arcimboldo avait bien raison d'être reparti et qu'il n'y avait rien d'étonnant à ce qu'il ait gardé sa décision secrète. D'autres, menés par Passeroti, ne démordaient pas de l'idée que cette disparition était louche et qu'il fallait continuer les investigations.

François avait vu le billet laissé par Arcimboldo. Que voulait dire cette phrase : « Thétys me montre la voie, il n'est pas de chemin inaccessible à la vertu » ? Pourquoi Arcimboldo avait-il cité la déesse de la mer, épouse d'Océan, mère des dieux fleuves et des nymphes marines ? Et que venait faire le dessin d'une petite trompette surmontée d'une feuille de figuier sous sa signature ? Passeroti assurait qu'il s'agissait d'un message codé et se tapait la tête contre les murs pour essayer de le déchiffrer. François n'y voyait qu'une bizarrerie de l'extravagant personnage. Il regrettait amèrement de ne pas avoir pu s'entretenir avec lui. La liste des plats pour la fête de Bomarzo était presque terminée, mais encore fallait-il leur trouver une mise en scène adéquate parmi les dieux et déesses à l'honneur. Depuis qu'il était à Rome, François avait découvert combien les dieux et héros de l'Antiquité étaient présents. Tous les savants et les artistes ne juraient que par les textes et l'art ancien, nouvellement remis à la mode. Il n'était qu'à voir Pirro Ligorio et sa quête de morceaux de marbre et d'objets du temps de la Rome antique ainsi que les centaines de tableaux où il n'était question que d'Atalante, Europe, Cérès, Bacchus… Tous les dieux étaient des fornicateurs nés, toujours prêts à enlever des filles pour les lutiner dans des bosquets peuplés de satyres. Placer le souper de Bomarzo sous les auspices des dieux et déesses de l'Antiquité était une excellente idée. Ses connaissances en mythologie étant quelque peu défaillantes, François avait besoin d'une petite remise à niveau sur les amours de l'Olympe. Inutile de demander à Passeroti bien trop chamboulé par l'affaire Arcimboldo.

François se résolut à aller voir Pirro Ligorio tout en sachant que ce diable de Napolitain menait une vie trépidante et n'aurait guère de temps à lui consacrer. Il disait à qui voulait l'entendre qu'un architecte n'est pas un maçon, mais un homme qui ordonne et défend tout ce qui touche à l'art, si bien qu'il doit connaître la philosophie, les théories musicales, la symétrie, les mathématiques, l'astronomie, l'histoire, la topographie, l'analogie, la perspective, la botanique et savoir peindre et dessiner. Fallait-il le chercher à la villa Julia où il aménageait un nymphée ? À Tivoli où il finissait les jardins de la villa du cardinal Hyppolite d'Este ? À moins qu'il ne fût en train de fouiller la villa Hadriana. Inutile, en revanche, de le chercher au Vatican où il avait pourtant créé pour le pape Paul IV un des plus jolis bâtiments qu'il soit : la villa Pia. Il était en disgrâce papale depuis qu'il avait osé critiquer le travail de Michel-Ange. Ayant trouvé refuge à Ferrare auprès du duc Alphonse d'Este, il ne venait à Rome que pour surveiller ses chantiers et se livrer à sa passion des fouilles.

François espérait qu'il ne soit pas déjà parti pour Bomarzo. C'était lui le créateur du parc des monstres et Vicino Orsini lui avait confié la nouvelle décoration de son palais. On finit par lui dire qu'il le trouverait à la Domus Aurea. Cela ne disait rien à François d'aller traîner du côté de ces ruines infestées de scorpions et de chauves-souris.

Il progressait difficilement dans les ronces, faisant bien attention à ne pas connaître la même mésaventure que le jeune Romain, à la fin du siècle dernier, qui gravissant la pente de la colline Opius était tombé dans un trou révélant, par hasard, le palais impérial construit par Néron. Les artistes s'étaient alors pris de passion pour ce lieu, organisant de véritables expéditions souterraines. Michel-Ange, Raphaël et bien d'autres s'étaient inspirés des fresques réalisées mille quatre cents ans auparavant. Il n'y avait plus un seul palais à Rome qui ne soit orné de ces « grotesques », frises fantasmagoriques que les artistes recopiaient dans les profondeurs de la Domus Aurea. François, muni d'une torche, l'alluma en arrivant dans l'entrée, sorte de gros éboulis. Il appela Ligorio à plusieurs reprises, n'obtenant comme réponse que l'écho de sa propre voix. Il détestait cet endroit, se sentant prisonnier de la terre et n'aspirait qu'à rejoindre la lumière du jour. Il suivit une vague lueur et déboucha dans une grande salle à la voûte en berceau. Federico Zuccari et Pirro Ligorio dessinaient à la lueur d'une dizaine de flambeaux. Ligorio semblait hypnotisé par un gryphon, sorte de lion ailé se cabrant sur un fond rouge et blanc et ne répondit pas à l'interpellation de François. Zuccari était tout aussi concentré sur une scène où s'ébattaient harpies, panthères et dragons munis d'ailes. Ils finirent par lever le nez de leur carnet de dessin et Ligorio demanda :

— Alors, tu es fin prêt pour le souper de Bomarzo ?

— J'avance, j'avance et je pense que vous ne serez pas déçus. Mais il me manque encore quelques éléments, disons, d'ordre historique.

— Tu ne peux pas trouver meilleur endroit. Tu es ici dans la salle des festins de Néron. On dit que le plafond était constitué de tablettes d'ivoire mobiles, permettant de répandre sur les convives des parfums et des fleurs. Grâce à l'albâtre phosphorescent dont étaient recouvertes les colonnes, on n'avait pas besoin de torches. Imagine les centaines d'esclaves se précipitant pour répondre aux moindres désirs de Néron et de ses invités. Est-ce que tu vas nous servir des langues de rossignols confites au miel ?

— Je serai plus modeste. Il me faut juste en savoir un peu plus sur les dieux et déesses susceptibles de participer à la mise en scène.

Ligorio fit un ample geste, désignant les peintures murales et s'exclama :

— Vas-y. Tu n'as qu'à te promener et te servir. Ils sont tous là. Néron n'a pas pillé l'art grec pour rien.

François n'avait aucune envie de parcourir les salles de l'ancien palais, risquant à chaque instant de disparaître dans une cavité ou de recevoir un pan de mur sur le coin du nez. Zuccari ne lui avait même pas jeté un regard.

Ligorio s'était replongé dans son dessin. Il tenta une nouvelle approche :

– Ne pourriez-vous m'accompagner ? Je me perds un peu dans ces entrelacs de sirènes, de sphinges et de satyres aux pieds fourchus.

Ligorio poussa un gros soupir, leva les yeux au ciel et tout en continuant à dessiner, déclara :

– Tu dois faire partie de ces ignares ne connaissant rien à cette peinture. Certains l'ont nommée grotesque ou extravagante ou encore monstrueuse parce qu'ils n'ont pas compris qu'elle raconte la vie des dieux et leurs idées parfois fantasques. Selon moi, ces peintures n'ont pas été créées au hasard, ni pour exposer des choses folles ou vicieuses. Au contraire, elles l'ont été dans le but d'étonner, d'émerveiller les pauvres mortels désireux de parvenir à la plénitude de l'intellect en se penchant sur l'inépuisable variété des choses créées, fussent-elles étranges. Elles sont là pour inspirer crainte et fascination à travers les métamorphoses des hommes en arbres, en bêtes fauves, en fleuves. Métamorphoses par lesquelles passe l'âme des morts.

François acquiesça bien volontiers. Il savait tout cela. Passeroti lui avait expliqué, mais il lui manquait les clés pour déchiffrer leur message. Ligorio voyant son embarras, continua :

– Je n'ai pas le temps de te faire une visite guidée. Tu n'as qu'à relire Ovide ! Il a tout dit sur ces étranges phénomènes[1].

François n'obtiendrait rien de plus. Il allait devoir compter sur son imagination. Tant pis s'il confondait

---

1. Ovide (43 av. J.-C.-17 ap. J.-C.) : poète latin, auteur des *Métamorphoses*.

Europe et Callisto, Antiope et Daphné ! Il prit congé, désireux de retrouver au plus vite les jardins du Palatin et la chaleur du soleil.

Ligorio marmonna :

— Tiens-toi prêt après-demain. Nous partirons pour Bomarzo à l'aube et ferons le trajet en une seule journée.

*

Dans le temps qui lui restait, François arpenta les rues de Rome pour faire provision des victuailles impossibles à trouver dans ce trou perdu de Bomarzo. On ne vit que lui sur les marchés de la place Navone et du Campo dei Fiori. Il confia le tout à un équipage du palais Orsini en partance pour Bomarzo. Il eut tout de même le loisir de rendre visite à Emilia mais ne s'attarda pas. Elle était en compagnie d'une dizaine de jeunes personnes qui allaient jouer le rôle des nymphes dans les animations prévues à Bomarzo. Elles essayaient des voiles d'organza qui ne dissimuleraient en rien leurs appas et permettraient aux convives de Vicino de jouir de leurs charmes. Le spectacle était enchanteur mais Emilia trop occupée pour lui offrir plus qu'un baiser. Il quitta cette volière parfumée en promettant à son amante une longue nuit de plaisir à Bomarzo.

De la petite, aucune nouvelle. Était-elle partie en villégiature chez quelques cousins ? François ne chercha pas à en savoir plus. Elle réapparaîtrait bien assez tôt, il en était sûr. Quant au cardinal de Granvelle, à son grand soulagement, il ne se manifesta pas.

8

Comme prévu, Ligorio et François quittèrent Rome de très bon matin. Ils suivirent le tracé de l'antique via Flaminia et ne s'arrêtèrent que pour faire reposer leurs chevaux et se sustenter dans des auberges en bord de route. La campagne du Latium, vieille terre des Étrusques, resplendissait dans l'automne naissant. Les fermes nichées dans les vignobles faisaient penser à de gros animaux assoupis. Le soleil était encore chaud et François rêvait d'une bonne sieste sous le feuillage argenté des oliviers.

Le village de Bomarzo se dressait sur une colline, dominé par la haute silhouette du palais Orsini. Ils y arrivèrent à la nuit tombée. La citadelle perdait son aspect sévère dès qu'on y pénétrait. L'un des meilleurs architectes du début du siècle, Baldassare Perruzzi y avait aménagé de délicates loggias ainsi qu'un jardin intérieur planté d'agrumes.

Le château était d'un calme surprenant, comme si tous ses occupants l'avaient déserté. Ils ne trouvèrent pas âme qui vive dans l'écurie et durent desseller eux-mêmes leurs chevaux. À cinq jours d'une grande fête, voilà qui était étrange !

Ils pénétrèrent dans le grand vestibule qu'aucune torche n'éclairait. Dieu merci, Ligorio connaissait bien les lieux et mena François vers les salles de réception du premier étage. Tout au bout de l'enfilade de pièces richement meublées, ils aperçurent la lueur vacillante de grands candélabres. François ne put s'empêcher de murmurer :

– C'est sinistre. La peste serait-elle passée par là ? Sont-ils tous morts ?

Leurs pas résonnaient sur le marbre. Ils arrivèrent dans une grande pièce et découvrirent une frêle silhouette, de dos. Armée d'une grande cuillère, la jeune personne s'apprêtait à la plonger dans un pot de grès quand, avertie de leur présence, elle leur offrit son profil.

– Oh non ! s'exclama François. Pas elle ! La petite peste ! Elle est là !

Il tourna les talons, entraînant Ligorio qui protesta :

– Mais qu'est-ce qui te prend ? C'est Sofia Orsini, la nièce de Vicino.

S'adressant à la jeune fille, il continua :

– Veuillez excuser mon camarade pour ses mauvaises manières. Il est très fatigué par le voyage.

La petite battit des paupières, lui adressa un charmant sourire et, sans dire un mot, plongea sa cuillère dans le pot. François s'assit en face d'elle et soupira :

– C'était donc ça la bonne nouvelle dont tu voulais me faire part ?

Sofia prit un air offusqué.

– Je te signale que je suis chez moi. J'ai tant et tant pleuré que ma grand-mère m'a expédiée ici. Charge à mon oncle Vicino de me faire entendre raison, a-t-elle dit.

– Je lui souhaite bien du courage ! Il n'aura certainement pas le temps de s'occuper de toi avec la préparation de la fête.

François se tut quelques secondes. La petite trempait le bout de sa langue dans une gelée translucide et ambrée.

– Je n'aurais jamais dû te parler de cette fête.

La petite lui jeta un regard dédaigneux.

– Mon pauvre François, tu n'as rien à craindre pour ma vertu. Mon oncle m'a formellement interdit d'assister aux réjouissances. Que va-t-il s'y passer ?

– Rien qui puisse convenir à une jeune fille de votre âge, intervint Ligorio. Prenez le temps de faire connaissance avec l'âme du monde, les livres vous y aideront. Les événements extraordinaires de cette fête ne seront perceptibles qu'à un esprit ouvert à la philosophie.

La petite prit un air déçu. François la regardait attentivement et lui demanda :

– Et qu'est-ce que tu fais seule, dans ce château désert ?

– Mon oncle a emmené toute la maisonnée, domestiques compris, faire une reconnaissance du parc pour l'organisation de la fête. Je leur ai faussé compagnie. Je voulais absolument goûter aux premières gelées de coings que le cuisinier a faites cet après-midi. Goûte, c'est délicieux.

La petite plongea sa cuillère dans le pot et l'approcha des lèvres de François. Dans la lueur tremblante des bougies, la confiture s'irisait délicatement. La jeune fille fit mine d'éloigner la cuillère et regarda François droit dans les yeux. Dans ses pupilles dansait une flamme gourmande. François poussa un soupir, se leva et déclara :

– Il est temps pour nous d'aller nous coucher. Tu devrais faire de même, Sofia.

– Je reste, répondit-elle d'un ton boudeur. Mon oncle ne rentrera pas avant plusieurs heures. J'aurai tout le temps, alors, de faire des rêves de petite fille.

François et Ligorio se retirèrent. Trop fatigués pour aller rejoindre leur hôte au jardin des monstres, distant

114

d'une demi-lieue[1], ils se préparèrent une collation dans les cuisines désertes.

– Ton ami Vicino aurait tout intérêt à trouver au plus tôt un mari à sa nièce, déclara François en se servant un verre de vin clairet.

– Elle m'a l'air, en effet, très curieuse des plaisirs de la chair. Il me semble que tu ne lui déplais pas.

– Ne m'en parle pas ! Je suis obligé de m'enfermer à double tour pour éviter ses ardeurs. Je vais devoir garder un œil sur elle, alors que j'ai bien d'autres choses à faire d'ici le jour de la fête. Et je ne vois pas bien comment Vicino pourra l'empêcher d'y assister, à moins de la mettre aux fers dans les caves du château.

– Tu exagères ! Cette fête n'est pas une vulgaire orgie. Tous les invités sont de fins lettrés pour qui les plaisirs de l'amour se consomment avec art et délicatesse.

François eut une moue dubitative.

– Je te l'accorde, mais chez certains, la fureur des sens peut prendre le pas sur l'inspiration poétique. Autrement dit, ça peut déraper.

– N'aie crainte. Le parc de Bomarzo, certes, prédispose à tous les enchantements, mais c'est un lieu sacré conçu pour l'élévation de l'âme.

– Dieu t'entende, répondit François, nullement convaincu.

Ils se retirèrent dans la chambre du deuxième étage, habituellement réservée à Ligorio. François fit des rêves étranges peuplés de jeunes filles offrant leur corps et disparaissant dans des nuées ambrées et irisées. Il leur criait de se sauver tout en désirant les posséder sauvagement. Quand il se réveilla, les souvenirs en étaient si précis qu'il

---

1. Une lieue : 4,4 km.

éprouva un profond malaise. Voilà ce qui advenait quand on passait son temps le nez dans des recettes où il n'était question que de furieux coïts !

Le maître des lieux, nullement fatigué par une nuit blanche passée dans son parc, les accueillit avec sa bienveillance habituelle. Cet homme de quarante-sept ans avait été un valeureux soldat et s'était retiré du monde dix ans auparavant, à la mort de sa chère épouse Giulia Farnese. Il était souvent en proie à de graves crises de mélancolie, mais cela ne l'empêchait pas de recevoir ses hôtes avec chaleur et de mettre à leur disposition tous les agréments de son château et de son étrange jardin.

Grand érudit, il s'intéressait à la médecine, à l'alchimie et se faisait envoyer de Rome tous les derniers livres parus. Il disait avoir fait aménager le parc « pour épancher son âme » et n'avait de cesse, depuis, de le parfaire.

François avait hâte de découvrir ce fameux jardin. Vicino lui en proposa la visite alors qu'il venait à peine de le quitter.

L'air était cristallin, le ciel à peine voilé de quelques nuages. De la terrasse du château, Vicino indiqua en contrebas une forêt profonde et d'une voix où perçait la fierté se contenta de dire :

– C'est là.

Ils dévalèrent le sentier bordé de cades et de myrtes. Les odeurs étaient puissantes, avivées par la chaleur. Vicino ne disait rien, se contentant de retenir une branche basse ou d'écarter les ronces sur le passage de François.

Au fond de la vallée, une prairie d'herbe étonnamment verte les accueillit. François fut saisi par le murmure de l'eau et le chant des oiseaux qui perçaient le silence. Voyant son étonnement, Vicino le prit par le bras et le conduisit jusqu'à un petit pont.

– Nous sommes au pays des sources. Elles sont peuplées de naïades bienveillantes et je fais tout pour qu'elles séjournent en paix dans ce jardin dédié à l'amour.

– Messire, il me faudra décider des divers emplacements où mettre les mets destinés à vos convives.

Vicino mit un doigt sur ses lèvres et murmura :

– Nous en parlerons, mais il vous faut d'abord apprivoiser les monstres. Peut-être ne voudront-ils pas de vous ou vous, d'eux ? Suivez-moi.

La réputation d'excentrique du maître de Bomarzo n'était pas usurpée ! Ils pénétrèrent dans un bois touffu où les rayons du soleil avaient du mal à percer. Rien dans les allées ne paraissait extraordinaire à François. Il y avait les éternelles statues de dieux antiques qu'on trouvait dans tous les jardins de la bonne société romaine. François en était à se demander si les gens qui prisaient tant Bomarzo n'avaient pas exagéré, quand soudain il se trouva en face d'une immense tête monstrueuse, sortant de terre, la mâchoire ouverte, les yeux plissés de colère. De saisissement, il recula de deux pas et heurta un rebord de pierre.

– Je vous présente Glaucus, le pêcheur qui, après avoir mangé une herbe magique, se retrouva transformé en créature marine. Il n'eut guère de chance dans ses amours. Follement épris de la nymphe Sylla qui le repoussait, il demanda à la magicienne Circé de lui préparer un philtre d'amour. Cette dernière, amoureuse de Glaucus, fit bien boire à Sylla une potion mais pour la transformer en monstre marin. Vous voyez les ailes de papillon qui entourent la gueule béante de Glaucus : elles sont là pour signifier qu'après l'anéantissement dans les profondeurs de la mer, vient la remontée vers les sphères célestes. La vie n'est qu'un long processus d'initiation.

François restait muet. Ce monstre ne l'inspirait guère. Il était venu pour une fête légère, amusante. Il s'imaginait disposer ses créations culinaires entre des statues de charmants *putti*, ces petits amours aux fesses rebondies, ou de jolies nymphes aux poses aguichantes et non dans la gueule d'une créature sortie des Enfers. Vicino Orsini, la main négligemment posée sur le nez froncé du monstre, attendait, de toute évidence, un commentaire.

– Euh, je pourrais disposer à cet endroit les plats de poissons, bredouilla François. Et des potions, je veux dire des boissons…

Orsini hocha la tête.

– C'est une bonne idée, mais attendez de voir les autres.

François redoutait le pire. Il pressa le pas devant Cerbère, le chien aux trois têtes, gardien des Enfers, se rasséréna en découvrant une tortue colossale sur laquelle se tenait une victoire ailée. Enfin un animal pacifique et sans danger ! Il déchanta en découvrant que les yeux de la tortue fixaient la gueule béante d'une baleine, cachée en contrebas et prête à l'avaler. N'y avait-il dans ce jardin que des images de mort et de périls ? Il était prêt à arrêter la visite, à s'excuser auprès de Vicino Orsini de ne pouvoir organiser un repas dans un tel lieu, et à repartir pour Rome séance tenante. Par égard pour son hôte, il se contint. Ce dernier l'attendait à quelques toises de là, devant la plus épouvantable scène que François ait eue à regarder : un géant qui ne pouvait être qu'Hercule écartelant le berger Cacus. La scène était si réaliste que François croyait entendre les os se briser et les chairs se déchirer. Le cri du supplicié résonnait à ses oreilles. Comment un être aussi sensible que Ligorio avait-il pu concevoir une scène aussi violente ?

Percevant son trouble, Vicino l'éloigna des statues et le fit asseoir sur un muret.

– Je vous dois quelques explications. Tous ceux qui visitent ce jardin pour la première fois éprouvent un sentiment de crainte, voire de répulsion. Après vient l'émerveillement. C'est pour cela que je l'ai conçu, pour frapper les imaginations et pour inciter à la réflexion.

– Mais pourquoi des scènes si rudes, si brutales?

Vicino, jouant avec une branche de châtaignier qu'il venait de casser, sourit malicieusement.

– Ne vous y trompez pas! Ce jardin est un hymne à l'amour. Le vrai amour, plus fort que la mort. L'amour emporte l'âme aux confins de toutes choses. L'amour est un cercle qui tourne sans cesse allant du bien au bien, disait le grand Marsile Ficin[1].

François acquiesça. Ces belles paroles ne l'éclairaient en rien sur la manière de disposer ses chapons et poulardes. Ils étaient arrivés auprès d'une nymphe endormie. Enfin un peu de douceur, se dit François. Vicino caressa la tête de la nymphe et lui murmura quelques mots à l'oreille. Décidément, cette visite devenait de plus en plus déroutante. Pouvait-on faire confiance à un homme qui parle aux statues?

– Regardez-la. Dans son abandon, elle laisse son âme s'évader. Le sommeil et le rêve sont les états qui rapprochent le plus les vivants de l'*outre monde*. Cet état nous invite à parcourir le chemin du détachement, à transformer la mort en une attente pleine d'espoir et non de crainte. L'âme est libre. Elle n'est plus assujettie aux

---

1. Marsile Ficin (1443-1499) : philosophe, chef de file de l'Académie platonicienne de Florence.

contraintes de la vie matérielle. Sur les ailes du rêve, elle voyage, visite l'autre monde, celui des plaisirs ineffables et des prodiges. Elle rejoint l'harmonie de l'univers.

Vicino Orsini semblait habité par un songe, par une vision sereine de l'au-delà.

François commençait à ressentir un étrange sentiment d'attirance pour ces gigantesques corps de pierre. Tout en ne comprenant pas bien le message qu'exprimaient les statues, il ressentait confusément qu'il lui était aussi destiné. Sans mot dire, il suivit Vicino au pied d'un personnage qui, planté sur un coquillage, ne pouvait être que Vénus.

– Vénus est mère d'amour, origine et fin de toutes choses, mais ce qu'amour acquiert lui échappe sans cesse. La beauté des corps conduit à celle des âmes en quête de lumière éternelle. Un long chemin de purification est nécessaire pour arriver au pur amour. Voyez-vous, François, j'ai voulu dans ce jardin signifier la douceur amère de l'amour. J'ai tant aimé mon épouse Giulia qui m'a été ravie par les dieux. Elle m'inspire maintenant la voie de l'élévation de l'âme, de la connaissance, de l'apprentissage de la sagesse. L'amour prépare au voyage dans l'autre monde.

– Mais le monde d'ici-bas, hasarda François, ne pouvons-nous en jouir ? Pourquoi toujours faire référence à la mort ?

– Ce monde ne prend son sens que par rapport à l'autre, le seul vrai, immuable, alors que le nôtre est éphémère. Vivons selon les préceptes de la Raison et de la Beauté, nous vivrons bien. L'âme est immortelle et continue à vivre dans les délices du jardin des dieux. Nous pouvons en connaître les prémices ici-bas. C'est bien la raison d'être des fêtes au parc de Bomarzo.

– J'entends bien, mais je vous avoue que j'ai beaucoup de mal à imaginer une fête profane dans un lieu dédié à la connaissance et à la sagesse.

– Détrompez-vous. Les dieux étaient de bons vivants et ne lésinaient pas sur les plaisirs. Vous pouvez vous en donner à cœur joie en suivant le chemin qu'ils tracent.

Voilà un langage qui convenait parfaitement à François. Ils passèrent devant un nymphée et une fontaine aux dauphins et il nota que ce serait un excellent emplacement pour y disposer des tables. François était de plus en plus attentif aux paroles de Vicino Orsini. Il souhaitait en savoir plus sur ce monde de l'Olympe qu'il avait jusqu'alors relégué au rayon des vieilleries.

– Comment faire pour suivre le chemin des dieux et déesses ?

– Commençons par le voyage des âmes. L'âme est d'origine céleste. Avant de s'incarner ici-bas, elle doit traverser la Voie Lactée.

– Excellent ! s'exclama François. Je pourrai ainsi servir toutes sortes de fromages, de lait et de crèmes battues.

– Si vous voulez ! Ensuite, l'âme prend corps progressivement en s'enivrant de matière. C'est alors que Bacchus la fait boire à sa coupe et elle oublie sa nature céleste.

– Ce bon vieux Bacchus ! Que ferait-on sans lui !

– Il n'est pas que le dieu de la vigne et du vin. C'est un grand sage. Né de la cuisse de Jupiter où son furieux de père l'avait abrité après avoir tué sa mère Sémélé. Tout ça parce que l'irascible Junon ne supportait pas les frasques amoureuses de son dieu des dieux de mari. Après la naissance de Bacchus, Junon fit appel aux Titans, ces dieux d'avant ceux de l'Olympe pour qu'ils l'en débarrassent.

Ils ne trouvèrent rien de mieux que de le découper en morceaux et de le faire bouillir dans un chaudron.

— Vous ne voulez tout de même pas que je…

— Attendez la suite. Il fut confié aux nymphes et aux satyres. Disons qu'il a été à bonne école. Il a vaincu tous les dangers que semait sur sa route l'implacable Junon. Du haut de l'Olympe, Jupiter ne cessait de l'encourager en lui disant : « Courage mon fils. » Outre ses innombrables exploits et ses non moins nombreuses conquêtes féminines et masculines, Bacchus fut le premier à créer une école de musique et on le considère comme le père du théâtre.

— Un être accompli, en quelque sorte, commenta François. Cultivé et aimant la fête.

Vicino éclata de rire et entraîna François vers une grande statue de Cérès, la déesse des moissons. L'emplacement serait parfait pour disposer fruits et légumes, fit remarquer François.

— Poursuivons le chemin de l'âme, reprit Vicino. Quand tu nais, c'est ton premier souffle qui l'attire en toi, car l'âme est oiseau. À ta mort, elle s'envole pour regagner le ciel. Les vents l'aident à s'élever. Elle devra se purifier de ses souillures dans les eaux tumultueuses de l'Océan céleste. Si elle est impure, elle devra affronter les démons et les tourbillons. Elle sera implacablement rabattue vers la Terre où elle devra se réincarner douloureusement dans un corps mortel d'homme ou d'animal. L'âme pure, elle, sera entraînée par les néréides et les tritons vers les Îles des Bienheureux : la Lune et le Soleil. Les sirènes qui font chanter les astres l'accueilleront et lui inculqueront l'amour des choses divines ainsi que l'oubli des choses mortelles.

– C'est un bien beau voyage. Le corps disparaît-il complètement ?

– Oui, l'âme devient une bulle étincelante pareille à une larme de cristal. À son stade ultime, elle n'est que feu resplendissant.

– Que se passe-t-il alors ?

– La félicité éternelle, mon garçon ! Le festin des dieux auquel les âmes sont conviées ! C'est là où nous retrouvons notre ami Bacchus qui verse nectar et ambroisie. L'harmonie céleste, la compréhension de toute chose, la béatitude, l'ivresse bienheureuse pour l'éternité.

– Voilà qui est bien. L'ivresse n'est donc pas suspecte... Vous m'en voyez rassuré, dit François en souriant.

Les propos de Vicino Orsini avaient éveillé en lui un intérêt profond. Il ne s'était jamais passionné pour la philosophie, trop occupé à profiter du moment présent. Grâce à cette visite du jardin, la mort lui apparaissait sous un autre jour. L'idée de son âme oiseau poussée par des vents célestes, voletant parmi des guirlandes de fruits, présages de félicité, lui plaisait bien. Cela lui semblait beaucoup plus confortable que les descriptions de l'enfer promis par son confesseur. En revanche, il n'était guère plus avancé sur l'organisation du banquet. Il en fit part au maître des lieux qui ne sembla pas particulièrement affecté.

– Le plus important, dit-il, c'est de *serio ludere*, autrement dit plaisanter avec sérieux. Nous aurons quelques nymphes et satyres qui animeront la soirée. Le lieu dévoilera sa magie. Fais confiance à ton inspiration.

Vicino lui fit rapidement parcourir le reste du jardin, lui recommandant d'y revenir pour s'imprégner de l'esprit des lieux. François remarqua une maison d'un étage, si penchée qu'on aurait pu croire qu'elle allait s'écrouler à tout moment, si ce n'est qu'elle avait été construite ainsi, exprès. Vicino lui dit que son ami, le cardinal Madruzzo, venait souvent méditer dans ce lieu. Quelles pensées pouvaient donc naître d'un tel état de déséquilibre ? Le cardinal était connu pour ses prises de position novatrices lors du concile de Trente. Peut-être était-ce cette étrange maison qui les lui avait inspirées ? François resta perplexe devant le terrible Orcus, dieu de la mort : une monumentale tête d'ogre dont la bouche s'ouvrait dans un cri d'épouvante. Sous les encouragements de Vicino, il pénétra dans cette gueule béante et fut saisi d'un sentiment proche de la terreur. Il en ressortit aussi vite qu'il put, ayant juste eu le temps de remarquer qu'une table en pierre se dressait au milieu. Hors de question qu'il y installe quelque mets que ce soit, l'endroit était par trop sinistre.

Alors qu'il était en passe d'apprivoiser le jardin et ses statues monumentales, qu'il avait vibré à l'évocation du voyage de l'âme, il ressentit une sourde appréhension. Bomarzo était-il le meilleur endroit pour organiser une fête ?

*

Les quatre jours suivants, François n'eut guère le temps de se poser des questions philosophiques. Dans les cuisines, l'esprit était à la gaudriole. Les domestiques de Vicino n'avaient retenu de l'événement que l'aspect trivial. Une fête en l'honneur de l'amour, de Vénus, ne pouvait être que l'occasion de débordements orgiaques. Tous faisaient assaut de gestes lestes et de plaisanteries grasses. Comme cette *Chanson des Boulangers* soi-disant écrite par Laurent de Médicis lui-même :

Le pain sent dedans la chaleur et monte,
Il gonfle et de l'eau en sort peu à peu
Il y entre dur et en ressort mou
On en ferait alors qu'une bouchée

Pour cuire un rôti et un petit pâté
À côté du grand four, il y en a un petit,
Et tous deux n'ont en somme qu'une porte,
Mais tous les boulangers ne savent s'en servir.

François avait toutes les peines du monde à se débarrasser de Sofia. La petite, malgré ses admonestations, ne le quittait pas d'une semelle. Penchée sur les marmites, posant sans arrêt des questions sur les vertus aphrodisiaques de tel ou tel ingrédient, elle écoutait avec ravissement les histoires salaces. Elle n'hésitait pas à le frôler, à poser sa main sur la sienne. François, dans les vapeurs de menthe et de coriandre, brûlait d'envie de lui tordre le cou. Il s'appliquait à piler, moudre, embrocher les petits oiseaux, farcir les perdrix, vider les poissons.

La veille de la fête, les invités commencèrent à arriver et un tourbillon de soies, de brocarts, de parfums capiteux s'empara du château. Vicino semblait un peu dépassé par les événements. Apparurent trois jeunes seigneurs des environs, élégamment vêtus, parlant haut et riant fort. Ils vinrent voir François et lui demandèrent s'il avait un peu de jusquiame ou de belladone sous la main. François les jeta hors de la cuisine, leur disant que son rôle était de soigner les invités et non de les envoyer *ad patres*. Il connaissait mieux que quiconque les dangers de telles plantes. Le souvenir de son ami Bernd lui revint en plein cœur. Lui et plusieurs autres personnes étaient mortes après avoir absorbé un breuvage à base de datura, une plante de la même famille que celles que voulaient utiliser les trois jeunes sots[1]. Elles avaient pour effet de provoquer des hallucinations, recherchées par les amateurs de sensations fortes. La mort était, hélas, le plus souvent au rendez-vous de ces expérimentations.

François fit part à Vicino de cet incident. Le maître des lieux en parut fort contrarié et déclara :

– Je vais leur faire entendre raison. La jeunesse veut toujours vivre les expériences les plus extrêmes et dès qu'il s'agit de sexe, ferait n'importe quoi. Notre fête doit être un hymne aux sortilèges de Vénus, non à ceux employés par les mages et les charlatans.

1. Cf. *Meurtres à la pomme d'or*, 2006, Agnès Viénot Éditions.

9

Les premières ombres envahirent le jardin. Des girandoles éclairaient la porte crénelée qui y donnait accès. Impatients de découvrir ce que leur avait préparé Vicino, les invités se pressaient en petits groupes. Moires irisées, velours aux tons profonds, brocarts emperlés tranchaient sur le vert sombre des arbres et des buis. Certains portaient des tenues extravagantes, mêlant plumes, dentelles et pierreries. Torquato avait opté pour une simple toge à la romaine, déclarant que c'était le meilleur accoutrement pour se livrer à des ardeurs amoureuses. Des chausses au pourpoint, François était vêtu de noir. Sur son béret bas à la mode espagnole, noir aussi, il avait épinglé des plumes de geai. Emilia s'était étonnée de cette austérité. Son amant l'avait habituée à des tenues autrement chamarrées. Elle-même portait une ample robe de satin incarnat broché d'or avec des croissants brodés et des canetilles d'argent. Elle était arrivée la veille au soir avec les dix jeunes filles jouant le rôle des nymphes. Les membres de l'*Academia* qui avaient pu se libérer l'accompagnaient. Passeroti, jusqu'au dernier moment, avait hésité à venir, toujours préoccupé par la disparition d'Arcimboldo. Il avait fini par céder à l'amicale pression de ses camarades et semblait prêt à profiter pleinement de la soirée. François, tout à la mise en place du banquet, n'avait guère eu le temps de lui parler. La fête s'annonçait sous les meilleurs auspices. Les domestiques étaient à leur place ainsi que les musiciens, les nymphes et autres centaures. Juste avant de quitter le château, François s'était assuré que la petite était enfermée à double tour dans sa chambre. Les jeunes gens amateurs de plantes hallucinatoires n'étaient pas réapparus. Il allait pouvoir, en toute quiétude, goûter aux enchantements de la nuit et avait hâte de s'enivrer du parfum de santal d'Emilia. Il la retrouva avec l'inévitable Torquato accroché à ses basques. Le jeune homme déclamait son dernier poème :

Or, l'âge moins vert n'enlève rien en toi
Bien que négligée, nulle jeune beauté
Joliment parée ne t'égale ou ne te vainc
Car plus belle est la fleur qui déploie
Ses feuilles dorées et les rais ensoleillés
Flamboient plus à midi qu'au premier matin.

Emilia, mi-figue mi-raisin, se déclara ravie qu'il lui reconnaisse tant de qualités, mais qu'il était inutile d'aller clamer sur tous les toits qu'elle avait plus de trente ans.

La foule s'impatientait. Tous attendaient que Vicino déclare la fête ouverte. Enfin, il frappa dans ses mains pour demander le silence et déclara :

– Mes chers amis, nous voilà aux portes d'une région interdite aux profanes. Une contrée où abondent joie et liesse. Un pays rempli de toutes voluptés, abondant en fruits délicieux et arrosé de claires fontaines. En ce lieu sont toutes choses qui peuvent apporter contentement. Sachez en profiter.

Ces propos furent salués d'une vague d'applaudissements. Les invités passèrent la porte et se précipitèrent vers les premières grandes tables qu'avait fait dresser François. Sur des nappes de velours brodé d'arabesques dorées, de grandes aiguières offraient différents vins aromatisés au safran, à la coriandre, au musc, à l'ambre... Les mains se tendirent vers les douceurs qui parsemaient la table : salade de fleurs de cédrats, tartelettes au blanc-manger, petits artichauts au poivre et au vinaigre, châtaignes rôties au sucre et à l'eau de rose, olives de Sicile, salade de câpres et raisins secs.

François offrit à Emilia un verre de vin où avaient macéré des graines de fenouil, du gingembre et de l'angélique.

– Je me sens l'âme galante et le corps traversé de désirs voluptueux. Que dirais-tu d'une escapade dans les bosquets ?

La jeune femme l'enlaça et lui mordillant le lobe de l'oreille, lui murmura :

– Tout doux, mon beau ! N'as-tu pas envie de laisser monter en toi cette sève puissante ? Nous avons toute la nuit pour nous aimer. Suivons les autres et laissons faire les attaques de Cupidon.

Soudain se fit entendre une cavalcade. Six hommes barbus portant des cornes de chèvre et vêtus de peaux de bête se précipitèrent sur des femmes qu'ils firent mine de vouloir enlever. Leurs proies poussaient de petits cris et tentaient de leur échapper. L'une d'elles se retrouva seins nus et le satyre s'empressa d'y porter sa bouche. Des sons de lyre et de flûte provenaient des sous-bois. Sous la conduite des satyres, les invités arrivèrent au nymphée bordé par la fontaine aux dauphins. Les pots à feu[1] s'embrasèrent. Dans la lumière argentée, cinq jeunes

---

1. Éléments de feu d'artifice.

filles apparurent, se détachant des niches où leurs sœurs de pierre gardaient leur immobilité de statue. Leurs cheveux étaient liés par des cordons de fils d'or et ceints de couronnes de myrte. Elles portaient des tuniques de longueurs différentes fendues sur la cuisse, celle du dessous de satin cramoisi, la seconde de soie verte et la première de voile de coton safrané. Leurs sandales attachées par de riches rubans d'or et de soie écarlate, étaient entrelacées à l'antique de la cheville au genou.

Au son des lyres et des flûtes se mêla celui d'une harpe, musique céleste qui fit s'extasier les invités. Les voiles légers des nymphes volaient au vent, les feux se reflétaient dans l'eau claire comme du cristal. Les jeunes filles esquissèrent quelques pas de danse et laissèrent place à trois jeunes beautés dont les voiles transparents ne laissaient rien ignorer de leur anatomie. Chacun pouvait reconnaître à la pomme qu'elles tenaient à la main les Trois Grâces. Il y eut des exclamations d'étonnement parmi les invités, suivis de petits rires. Le voisin de François, un grand gaillard à la barbe rousse s'exclama :

— Vicino nous fait don de compagnes divines. Je ressens déjà avec Euphrosine l'allégresse qui doit présider au banquet des dieux.

Emilia se pencha vers lui et murmura :

— Que dites-vous de Thalie, prête à prodiguer son trop-plein de vie ? N'est-elle pas source d'abondance ?

— À moins que je ne choisisse Aglaé, la plus éblouissante ? Toutes incarnent l'intensité des plaisirs. Me voilà bien embarrassé !

Il se détourna pour accepter des dragées d'anis et de menthe que lui offrait une nymphe. La jeune fille chuchota à son oreille. François vit l'homme acquiescer, se retourner et ouvrir sa braguette. La jeune fille enduisit son membre viril d'un onguent qu'elle prenait dans une boîte d'argent ciselé.

– *Experimenti* de Catarina Sforza ? demanda François à Emilia.

La courtisane éclata de rire.

– Je vois que tu connais les bons écrits. *Experimenti* ou l'un de ces innombrables livres de secrets. Ce sont essentiellement des mélanges d'huiles de fleurs d'oranger, de benjoin, d'ambre et musc. Les hommes sont si anxieux au sujet de leur virilité !

– Je n'ai pour ma part aucune inquiétude, lui répliqua-t-il. Ne pourrions-nous, d'ailleurs, nous octroyer …

Il s'interrompit brusquement ayant cru voir, derrière une haie de genévriers, une silhouette ressemblant étrangement à Sofia. Il courut jusqu'au massif, en fit le tour sans rien découvrir. Il se traita de sombre idiot. La petite peste, même absente, n'allait pas lui gâcher sa soirée !

Les nymphes invitèrent les convives à s'approcher des tables installées près de la fontaine. Elles offrirent des coupes de liqueur à la verveine, au girofle, au romarin et au millepertuis. On trouvait des grappes de raisin frais, des pâtés de jambon, des gelées de couleur, du fenouil doux, des tourtes vertes aux pignons, des cardes crues au sel et au poivre, des petites saucisses cuites au vin, des salades de fleurs de bourrache, de la ricotta fraîche au sucre, des pâtés de pigeon, des anchois en salade, des truites au vin à la milanaise, des petits melons. Les nymphes puisaient dans de grandes corbeilles des poignées de fleurs odorantes dont elles jonchaient les tables. Entre les mets avaient été placés des Oiselets de Chypre : de la résine malaxée avec des aromates pilés, mouillée d'eau de rose qui dégageait une suave odeur.

Les convives s'échauffaient. Les satyres tournico-taient. Des couples se formaient, disparaissaient dans les bosquets. La nuit était douce. Les petits groupes de musiciens jouaient sous les arbres, des rires fusaient. Des propos galants s'échangeaient. D'autres, plus philo-sophiques, rassemblaient un petit groupe de l'*Academia* rejoint par Vicino Orsini.

François ne se sentait pas l'âme philosophe, ce soir. Le voyage qu'il espérait était celui que lui offrirait Emilia. Un voyage céleste, certes, rempli d'étoiles et de fulgu-rances qui le ferait s'envoler vers la suprême jouissance, mais qui n'avait rien d'angélique.

Il partit à la recherche de sa belle et l'entraîna vers la maison penchée. On y accédait par un petit pont. Dès que l'on y pénétrait, la tête vous tournait. Un bien curieux effet, créé par la forte inclinaison du plancher. C'était à la fois drôle et quelque peu inquiétant. François conduisit son amante dans la deuxième petite pièce, la fit tournoyer pour qu'elle perde un peu plus la tête. Il lui fit boire une coupe d'eau de cannelle musquée. Il dénuda ses seins et s'apprêtait à les baiser quand il aperçut par la petite fenêtre un étrange manège.

Les jeunes gens suspects étaient là, bien en vue, sur la terrasse en contrebas, et semblaient s'échanger des fioles. Torquato était parmi eux. Il cessa de lutiner Emilia qui protesta :

— Ne vas-tu donc jamais cesser de t'agiter ? Finissons ce que nous avons commencé.

François s'excusa de ne pouvoir continuer leurs jeux et se précipita hors de la maisonnette. Torquato était seul, assis sur un banc étrusque et semblait en proie à une pro-fonde agitation.

– La forêt revient à son état naturel, terrible par ses enchantements, disait-il d'une voix altérée. Regarde ce qu'il y a écrit là, au-dessus de moi. Je les vois tous ces monstres. Ils vont m'attaquer !

François leva la tête et vit une stèle où était inscrit : « Vous qui errez dans le monde, désireux de voir des merveilles magnifiques, venez ici où se trouvent des visages horribles, des éléphants, des lions, des ours, des ogres et des dragons. » Il prit le jeune homme par les épaules et le secoua.

– Torquato, ce ne sont que des statues de pierre. Tu ne risques rien. Qu'est-ce que ces jeunes gens t'ont donné à boire ?

– Juste un peu de vin aromatisé. Très amer. Pas bon. Je te jure François que la grosse tortue là-bas, fonce sur nous. Écarte-toi !

Torquato se jeta à terre. François eut toutes les peines du monde à le faire se relever. Il croyait revivre les sombres moments où son ami Bernd, pris de délire, finit par succomber.

Les jeunes imbéciles avaient donc mis leurs desseins à exécution. François appela Emilia et lui demanda de l'aider à amener Torquato près des grandes tables dressées au pied de la statue de Cérès. Il fallait qu'il mange le plus possible pour atténuer les effets des drogues absorbées. Ils le gavèrent d'animelles de veau à la bigarade, de pigeons rôtis à la fleur de fenouil, de pâtes safranées et de longe de veau aux olives.

Le pauvre Torquato semblait sur le point d'exploser, mais ses visions dragonesques se calmèrent. François le confia à Emilia et partit à la recherche des jeunes gens. De nombreux invités l'arrêtaient pour le féliciter de la délicatesse des mets et de la beauté du décor. Il y avait toujours autant de monde autour des tables recouvertes de nappes ivoire et bleu glacier.

Il aperçut Pirro Ligorio en équilibre plus qu'instable dans un arbre. Il cherchait à décrocher une des pommes d'ambre qui y était accrochée de manière à diffuser des senteurs d'aloès, de basilic, de menthe sèche.

— Regardez ! Je suis Hercule. Après avoir vaincu le lion de Némée, tué l'hydre de Lerne, nettoyé les écuries d'Augias et accompli quelques autres exploits, me voilà en train de cueillir les pommes d'or du jardin des Hespérides.

Aurait-il lui aussi goûté au dangereux breuvage ? Ligorio sauta lourdement à terre, renversant dans sa chute une petite fontaine sur roues, garnie de vases de parfum et de serviettes de lin.

François le fit se remettre debout et lui demanda s'il avait bu d'un mélange offert par des jeunes gens de l'assemblée.

— Que non ! Je ne m'abreuve qu'aux lèvres des nymphes et ne bois que les délicieux nectars qu'elles m'offrent.

Tout allait bien. Il n'était que passablement éméché. François l'adossa contre le piédestal d'une statue et le laissa cuver son vin. Il parcourut la terrasse où Vicino avait fait installer dans de grands vases des ceps de vigne, du houblon, des pommes, des poires, des prunes, en hommage à Cérès. Il passa devant Pégase, le cheval ailé qui avait permis à Bellérophon de vaincre la Chimère, ce monstre à tête de lion, corps de chèvre et queue de serpent. Il lui adressa une prière muette, demandant à mettre la main sur les jeunes fous avant que de regrettables incidents ne se produisent. Le cheval lui tournait le dos et semblait préférer s'envoler vers d'autres deux. François aurait bien fait de même. Emilia allait finir par perdre patience de le voir disparaître à chaque fois qu'il l'enlaçait. Il ne voyait sur son chemin que des couples goûtant aux plaisirs de Vénus. Minuit avait sonné depuis longtemps. Où diable étaient passés ces maudits jeunes gens ? Au moins, était-il sûr, à présent, que Sofia ne rôdait pas autour des invités. Il l'aurait immanquablement aperçue. Il alla jusqu'aux confins du parc où se tenait la terrible Echidna, au visage de femme et au corps de monstrueux serpent recouvert d'écailles.

Il revint sur ses pas. Les musiciens jouaient en sourdine. La nuit bruissait de conversations. Des petites grottes végétales qu'avait fait aménager Vicino sourdaient des gémissements de plaisir. Vénus et son fils Cupidon devaient être aux anges de voir l'hommage qu'on leur rendait. François se maudissait de gâcher sa nuit à courir après de fantomatiques fauteurs de troubles. Maintenant, Emilia devait lui en vouloir à mort. Il la vit accourir vers lui, l'air sombre. Elle allait sans doute lui annoncer qu'elle finirait la nuit avec un autre que lui.

– François, je crois qu'il se passe des choses…

– Qu'entends-tu par là ? Qu'as-tu vu ?

– Torquato a fini par se calmer. Il s'est endormi. J'ai voulu te rejoindre. En passant non loin de l'Orcus, j'ai cru entendre une femme hurler.

– Peut-être était-ce dû à une jouissance intense, hasarda François qui ne voulait croire à la réalisation de ses sombres pressentiments.

– Je te prie de croire que je sais faire la différence entre un cri de plaisir et un cri de douleur.

– Les jeux de l'amour sont parfois cruels.

Emilia haussa les épaules et l'entraîna vers l'ogre. L'endroit était sombre et silencieux. François se saisit d'une torche enfoncée dans le sol et pénétra dans l'antre suivi d'Emilia. Sur la table de pierre, une des nymphes gisait blanche et écarlate. Son corps nu était barbouillé de sang. Les assassins lui avaient coupé la langue et l'avaient posée sur sa bouche fermée. Le voile léger qu'elle avait porté était serré autour de son cou. Emilia se précipita sur elle et tenta de défaire le lien. François la retint en lui disant :

— C'est trop tard, elle est morte.

— Mais c'est la petite Oriana. C'est moi qui l'ai amenée, sanglotait Emilia.

Sous leurs pieds, crissaient des débris de verre cassé.

— Vite, dit François. Ces monstres ne vont pas se contenter de ce forfait.

Ils ressortirent en toute hâte après avoir couvert le corps supplicié d'Oriana. François leva sa torche et balaya les alentours. Il aperçut, entre les pattes d'un dragon de pierre, Sofia recroquevillée sur elle-même pleurant silencieusement. Il bondit jusqu'à elle, la serra dans ses bras et lui caressant doucement le front, lui demanda :

— Sofia, ma Sofia, ils t'ont fait du mal ?

La petite tremblait de tous ses membres. François desserra son étreinte, l'allongea précautionneusement sur le sol. Elle ne portait pas de marques de blessures. Mais avait-elle été violentée ? François reposa sa question. La petite s'accrocha à son cou et fit un signe de dénégation. Emilia s'était départie de son châle vénitien et en entourait les épaules de Sofia. Dans les bras de François, elle commençait à se calmer. Elle ouvrit des yeux pleins de larmes.

— Tu as vu quelque chose ? Raconte-moi ma Sofia.

– Giorgio Montefalcone. Il m'a repérée dans les four-rés. Il m'en a fait sortir. Il s'est moqué de moi, dit-elle d'une voix entrecoupée de sanglots.

François essuyait ses larmes et l'encourageait à conti-nuer.

– Il a voulu me donner quelque chose à boire. J'ai refusé, mais il m'a traitée de poule mouillée. Alors j'ai fait semblant d'en boire un peu. Il m'a entraînée jusqu'à l'ogre disant qu'on allait bien s'amuser. J'ai vu cette fille qu'ils maintenaient sur la table. Ils disaient qu'ils allaient la dévorer comme avait fait Tantale avec son fils. Ils l'ont forcée, les uns après les autres. Ils disaient que pour la faire taire, ils lui couperaient la langue. Un lui enserrait la gorge avec un voile pour l'empêcher de crier. Puis, il s'est mis à hurler qu'il fallait partir, qu'elle était morte. Je suis venue chercher refuge ici.

Sofia hoquetait.

– Sais-tu où ils sont ? demanda François.

– Ils ont dit qu'il y avait d'autres jeunes filles et que ce serait drôle de leur faire subir le châtiment du géant.

– Mon Dieu ! s'écria François qui pensa immédiate-ment à la statue représentant Hercule écartelant Cacus.

Il confia Sofia à Emilia et partit en courant à la recherche de Vicino Orsini. Il l'arracha à un petit groupe qui devi-sait gaiement.

– Venez vite. Un terrible drame est arrivé.

Arrivés aux pieds de la statue d'Hercule, ils trouvèrent une autre jeune fille, disloquée comme un pantin. Sa tête renversée touchait le sol. Une de ses jambes reposait sur la cuisse d'Hercule, l'autre pendait dans l'entrejambe de Cacus. La vision de son intimité sanglante fit se retourner François qui se précipita pour vomir dans les fourrés. Les yeux pleins de larmes, le goût de la bile amère dans la gorge, il aida Vicino à faire glisser la jeune fille le long des corps de pierre. Ils l'allongèrent sur l'herbe tendre, la couvrirent de ses voiles légers qui gisaient à quelques toises de la statue. C'était Vera, une autre des nymphes amenée par Emilia. François et Vicino se regardèrent horrifiés. Se pourrait-il qu'il y eût d'autres victimes ? Ils firent en toute hâte le tour des statues, bousculant sur leur passage des invités qui riaient de leur air égaré. Dieu merci, la folie meurtrière des jeunes gens s'était arrêtée aux pieds d'Hercule. Ils se concertèrent quelques instants. Il fallait faire évacuer le jardin au plus tôt et tenter de retrouver les coupables. Ils durent demander aux couples et trios très occupés d'interrompre leurs ébats. Ils furent agonis d'injures. Certains ne voulurent rien entendre, et continuèrent allégrement à forniquer. D'autres, croyant à quelque mise en scène destinée à pimenter la soirée, se regroupèrent pour assister au nouvel intermède. L'annonce du double meurtre finit par être entendue. Ce fut alors une débandade pitoyable, chacun rassemblant ses effets froissés et se ruant dans la nuit vers la porte crénelée et le chemin de terre qui menait au château. Les jeunes criminels avaient disparu. Ils avaient dû s'éclipser dès que l'alerte avait été donnée.

Emilia était anéantie. Deux de ses protégées avaient trouvé la mort de manière ignoble. Elle pleurait dans le giron de François qui ne trouvait aucun mot de consolation tant le drame lui faisait horreur.

Vicino, dont la pâleur attestait le désarroi, se comporta néanmoins comme s'il eut été sur un champ de bataille. Il ordonna à ses domestiques de battre les fourrés pour s'assurer qu'aucun corps supplicié ne s'y trouvait et fit transporter les cadavres au château. Sofia, confiée à Elisabetta, une cousine de Vicino, avait été la première à quitter le jardin. Il réunit autour de lui François, Ligorio et quelques amis dont il savait qu'il pouvait compter sur le silence et la loyauté. D'une voix blanche, il déclara :

— Tout indique que les misérables auteurs de ce forfait ne sont autres que les frères Montefalcone. Ils sont de très haute naissance et bénéficient des meilleures protections. Ils nieront toute accusation. D'autant qu'ils auraient beau jeu de dénoncer le caractère bacchique de notre fête. Vous savez à quel point ces divertissements sont prohibés de nos jours. Les coupables ne seront donc jamais punis.

François poussa un cri de colère que Vicino ignora.

— Le mieux que l'on ait à faire, poursuivit le seigneur de Bomarzo, est de garder le secret sur ces événements.

— Cela semble assez illusoire, l'interrompit un de ses amis, vu le nombre des invités et la manière dont ils sont partis. Tu peux être sûr que malgré la nuit profonde, tous ont fait atteler leurs voitures et rentrent à bride abattue chez eux tout en commentant abondamment les deux meurtres.

Vicino soupira profondément.

— Malheureusement, je crains que tu n'aies raison. Je ne risque pas, pour ma part, d'être inquiété. Le pape ne s'attaquera pas à un Orsini. Mais je recommande la plus grande prudence à François Savoisy qui a pris une part active dans l'organisation de cette fête. Mes amis, je suis profondément désolé de la mort de ces deux jeunes filles et des conséquences qu'elle pourrait avoir.

*

Sur ordre de Vicino Orsini, Oriana et Vera furent enterrées dans la plus grande discrétion. Emilia repartit aussitôt à Rome avec les jeunes filles qui pleuraient leurs camarades et bénissaient le ciel que le sort les ait épargnées. Vicino ressassait son erreur de ne pas avoir été plus rigoureux dans le choix de ses invités. Une telle fête ne pouvait s'adresser qu'à des âmes pures et des esprits en recherche de l'harmonie universelle et non à de vulgaires amateurs d'orgie. Il en venait à regretter que la mythologie grecque et romaine soit aussi à la mode. Tout cela importait peu à François. Deux jeunes filles étaient mortes dans d'horribles souffrances. Les meurtriers ne seraient jamais poursuivis et lui risquait les pires ennuis. Voilà qui était autrement plus préoccupant.

Vicino sombra dans une crise d'intense mélancolie, s'enferma dans sa chambre et ne voulut plus entendre parler de rien. Il demanda à François et à Ligorio de bien vouloir ramener Sofia à Rome. La petite s'était murée dans un profond mutisme.

10

Comme on pouvait s'y attendre, le bruit qu'une fête avait mal tourné ne tarda pas à se répandre. Bien entendu, on exagéra les faits. On raconta que six jeunes filles et trois jeunes garçons avaient été éventrés et qu'on avait mangé leur cœur ou bien encore que les statues de pierre avaient pris forme humaine et s'étaient jetées sur les invités pour les égorger.

La rumeur arriva jusqu'aux oreilles du pape qui entra dans une rage folle. Il promit les pires châtiments à tous les débauchés ayant pris part à cette bacchanale.

François était au plus mal. Il se reprochait, lui aussi, de ne pas avoir été assez vigilant. La vision des deux jeunes filles ne cessait de le hanter. Il essaya d'en parler à Passeroti qui ne lui prêta guère attention. Le peintre était toujours en attente de nouvelles d'Arcimboldo. François lui fit entendre que cette obsession tournait au ridicule. Passeroti lui rétorqua que sa sensiblerie était tout aussi stupide. Les deux amis finirent par se jeter à la tête des mots peu aimables. François en ressentit une profonde amertume. Il s'enferma dans une solitude ombrageuse.

Il n'avait pas revu Emilia, redoutant qu'elle n'ait un peu trop prestement oublié le drame. Une courtisane de son rang ne pouvait se permettre d'apparaître les yeux rougis de larmes. Elle devait de nouveau parader devant ses soupirants et rire à leurs compliments. François consacrait la plus grande partie de son temps libre à Sofia qui errait comme une âme en peine dans le palais Orsini. Toute vie semblait l'avoir quittée. Il essayait de la distraire, lui racontant les anecdotes de sa vie quotidienne au Vatican. En pure perte. La petite restait muette. Elle passait de longues heures, assise sur un banc de pierre à regarder les moineaux se baigner dans la fontaine. Son petit sourire triste glaçait François.

Il eut également la mauvaise surprise, quelques jours après être rentré de Bomarzo, de recevoir un message fermé par le sceau de Granvelle lui intimant l'ordre de se rendre, le soir même, à son palais. Il avait rageusement chiffonné le morceau de papier et l'avait brûlé dans sa cheminée. Il n'était pas d'humeur à subir les foucades de ce vieil homme à l'esprit dérangé !

Il fut bien content du retour de Scappi et se plongea avec frénésie dans le chapitre V de l'*Opera* consacré aux pâtes et aux tourtes. Le vieil homme s'étonna de le voir aussi ardent à la tâche. Lui lançant un regard suspicieux, il demanda :

— Tes fameuses recettes ont-elles joué un rôle dans la mort des jeunes filles de Bomarzo ? Tu connais la haine du pape pour les fêtes qu'il juge immorales. S'il peut déchaîner sa vindicte, il n'hésitera pas. Tu as intérêt à te faire tout petit, car d'une manière ou d'une autre tu es mêlé à cette fâcheuse affaire.

François redressa la tête, posa sa plume au bord de l'encrier.

— Rassurez-vous, je n'ai offert aux convives de Vicino Orsini que les meilleures chères. Je n'ai rien à me reprocher. Cette fête ne devait qu'être que la célébration des beautés de la nature. Pour un temps, je ne me joindrai pas aux activités de l'*Academia*. Je vais me consacrer à la poursuite de l'*Opera*.

– Tu m'en vois fort aise, mon garçon. Je dois t'avouer que l'écriture de cette œuvre est ma seule consolation dans cet océan de misère culinaire. Nous allons ainsi pouvoir avancer à grands pas.

Ils s'arrêtèrent longuement sur une nouveauté que proposait Scappi : une pâte feuilletée. François lui demanda :

– Comment avez-vous eu l'idée d'une telle préparation ?

– J'avais vu dans le livre de Maître Chiquart[1], une tourte faite d'empilement de pâte. Cela me semblait curieux. J'en ai ensuite parlé avec un cuisinier espagnol. Il me décrivit la technique apprise d'un vieil Andalou, descendant des Maures de Séville. Il faut brasser la pâte, la plier et la replier maintes et maintes fois, pour qu'elle se transforme, une fois cuite, en un délicieux assemblage de feuilles.

– C'est une idée de génie qui, je parie fort, va connaître un beau succès. D'autant qu'on peut l'employer pour les tourtes et tartes à base de viandes, de poissons, de légumes mais aussi de fruits.

Scappi, devant l'enthousiasme de son disciple, sourit.

– Je t'en laisse l'augure ! Allez, reprends ta plume, avançons, avançons.

Il y avait deux cent vingt-cinq recettes dans cette partie et ils discutèrent longuement de la meilleure manière de les présenter. François aurait bien aimé mettre d'abord les

---

1. Cuisinier du duc de Savoie Amédée VIII qui a publié en 1420 *Du fait de cuisine*, best-seller médiéval avec *Le Viandier* de Taillevent.

tourtes aux légumes, ses préférées, notamment celle aux petits pois, légume qu'il avait découvert en Italie. Scappi voulut commencer par les tourtes à la viande, en commençant par le bœuf, le veau, le chevreau, les volailles et petits oiseaux. Puis viendraient les poissons, ensuite les légumes, les fromages et pour finir les fruits.

François se tourna vers lui et demanda :

– Qu'est-ce que je fais de la recette intitulée « pour faire une tourte de diverses matières que les Napolitains appellent *pizza* » ? Je la mets dans ce chapitre ?

– Bien entendu. Le terme *pizza* vient du dialecte napolitain qui désigne une sorte de fouace sur laquelle on peut mettre ce qu'on veut.

– Celle avec les fruits secs me plaît bien.

– Lis-la-moi, pour voir si je n'ai rien oublié.

– Prenez six onces d'amandes douces mondées, quatre onces de pignons, trois onces de dattes fraîches, trois onces de figues sèches et trois onces de raisins secs. Pilez toutes ces choses dans un mortier, arrosez d'eau de rose, ajoutez huit jaunes d'œufs, six onces de sucre, une once de cannelle, une once de mostacholles écrasés, quatre onces de beurre frais. Garnissez une tourtière de pâte royale, versez la composition. Faites-la cuire au four sans la couvrir et servez-la chaude ou froide[1].

– Parfait.

Pris d'une nouvelle ardeur, Scappi fit mener un train d'enfer à François. La plume crissait sur le papier. François avait à peine le temps de la tremper dans l'encrier pour suivre la dictée du vieux cuisinier. Il écrivit ainsi soixante-douze recettes. Le crépuscule et la fatigue

1. Recette page 314.

144

les obligèrent à s'arrêter. François s'étira et se levant d'un bond, alla se planter devant Scappi :

– Maître, vous êtes le plus grand cuisinier de tous les temps et je suis fier de participer à votre œuvre. Ces recettes, j'en suis persuadé, feront autorité dans l'Europe entière et peut-être aux Amériques et pourquoi pas en Chine !

– Je reconnais bien là le François enthousiaste et quelque peu excessif. Dis-toi que la curiosité est à la base de notre métier et qu'il faut être attentif à toutes les nouveautés s'offrant à toi. Nous avons la chance de proposer à nos convives la quintessence des goûts existant dans la nature. Il faut aussi expérimenter en permanence. J'ai ainsi découvert qu'il fallait enfariner les viandes avant de les frire pour qu'elles n'absorbent pas trop d'huile. Ou bien cuire le sabayon au bain-marie. Ou bien encore écumer la gelée avec une écumoire en bois plutôt qu'en fer sinon elle devient amère. Maintenant, disparais, va te reposer. Ne traîne pas en chemin et reviens-moi demain avec autant de vigueur.

François salua le vieil homme et s'en fut l'âme plus légère. Travailler avec acharnement était le meilleur remède contre les pensées moroses. L'avenir était incertain, mais, peut-être pouvait-il compter sur sa bonne étoile. Ce début de soirée était doux et léger. Les nuages ressemblaient à une crème fouettée à l'eau de rose. Des jeunes gens rassemblés près du pont Saint-Ange riaient aux éclats. Dans les palais, des fêtes devaient être en train de se préparer. François sentit confusément qu'il était suivi. Se retournant, il remarqua des ombres mouvantes. Deux spadassins dont on voyait luire les poignards à la ceinture s'approchèrent. François prit ses jambes à son cou et tenta de s'enfuir par la via dei Portoghesi. Un autre homme surgit qui le ceintura.

– Si vous nous suivez sans résister, il ne vous sera fait aucun mal.

François reconnut l'homme en noir au service de Granvelle. Il fit signe qu'il ne tenterait rien. Étroitement encadré par les trois hommes, il se mit en marche. La haute silhouette du château Saint-Ange se dressait devant lui comme un sombre présage.

Granvelle l'attendait dans le même petit salon que la dernière fois. Il ne lui offrit pas de s'asseoir et il n'y avait aucune bouteille de vin sur la table.

– François Savoisy, vous avez voulu jouer au plus fin avec moi en ne répondant pas à mon invitation. C'était un mauvais calcul. J'étais prêt à passer avec vous un accord avantageux. Je crains de ne plus être dans des dispositions d'esprit aussi bienveillantes. De plus, vous m'aviez caché que votre ami Passeroti dessinait des planches pour cet ouvrage.

– Que voulez-vous de moi ? l'interrompit François d'un ton bravache.

– Ne le prenez pas ainsi ou vous rendrez les choses encore plus difficiles. Je crains que vous n'ayez plus guère le choix. Vous auriez pu convaincre maître Scappi de me faire don de son ouvrage et vous auriez été gagnants tous les deux.

– Il aurait refusé.

– Taisez-vous et laissez-moi finir. Puisque cette option ne vous a pas convenu, nous allons passer à un autre mode d'action. Vous allez me livrer les parties du livre déjà prêtes.

– C'est impossible…

146

– Silence. Et vous ferez de même avec les chapitres à venir. Si je vous ai bien compris la dernière fois, il ne vous en reste plus qu'un ou deux à rédiger. Dès que j'aurai l'ouvrage en entier, je le ferai imprimer.

– Mais c'est du vol…

– De l'emprunt tout au plus. Scappi n'est pas éternel. Il est fort possible que votre forfaiture le tue. Si vous vous avisiez de me dénoncer, sachez que je me ferais un plaisir de faire savoir que c'est vous qui m'avez proposé le marché. Cela lui brisera le cœur car il vous est fort attaché, m'a-t-on dit. Et autant vous dire qu'après une telle traîtrise, vous ne trouverez aucun travail à Rome, ou en Italie, d'ailleurs. Mais tant pis pour vous.

– Je refuse de me prêter à un tel acte.

Granvelle éclata de son rire aigrelet qui retentit aux oreilles de François comme un coup de poignard.

– Mais vous allez accepter. J'ai là un argument qui saura vous en convaincre.

Le cardinal se leva et agita sous le nez de François une feuille couverte d'une écriture soignée.

– Cette lettre est adressée au Très Saint-Père et vous désigne comme le coupable des meurtres de Bomarzo. Elle fait état de témoignages irréfutables. N'essayez pas de m'interrompre. Vous savez qu'avec de l'argent, on obtient ce qu'on veut. Au premier manquement de votre part, je la fais parvenir au pape qui sera ravi de faire un exemple pour punir ceux qui se livrent à la débauche.

Devant un tel chantage, François ne pouvait qu'accepter de se soumettre ou bien abandonner immédiatement l'Italie et s'enfuir à bride abattue.

– S'il vous passait par la tête de quitter le pays avant d'avoir honoré notre contrat, sachez que j'ai des réseaux dans l'Europe entière et que je saurai vous retrouver.

François en était persuadé et s'abîma dans un profond silence. Granvelle semblait prendre plaisir au petit jeu auquel il se livrait.

— Vous me plaisez, mon cher. Je sais reconnaître ceux qui sont capables de trahir. Contrairement à ce que l'on croit, ce n'est pas si facile.

Cette phrase rendit François fou de rage. Il apostropha le cardinal :

— Laissez donc ce vieil homme tranquille. Il ne vous a rien fait. C'est l'œuvre de sa vie.

— Justement, c'est cela que je veux. J'aime l'art sous toutes ses formes. Les femmes et les jeunes garçons ne m'intéressent pas, contrairement à nombre de mes amis cardinaux. Je voue un culte à la beauté. Il me faut être entouré des choses les plus rares et les plus précieuses. Un jour, quand nous serons amis, je vous montrerai ma collection de tableaux des plus grands peintres du moment, mes pièces d'orfèvrerie, mes livres richement reliés. À ce propos n'ayez aucune crainte, je ferai imprimer notre livre par l'imprimerie Manuce à Venise. Le vieux Alde, n'est plus, malheureusement. Mais le travail de ses héritiers sera à la hauteur de l'*Opera* de notre cher Scappi.

Son ton était devenu emphatique. Une veine battait à son cou, comme si l'évocation de ses possessions le mettait en transe. Sa voix se fit encore plus aiguë. Il se mit à vociférer :

— Je veux tout, vous m'entendez, tout ! Rien ne m'échappera. Croyez bien que je ne reculerai devant aucun obstacle. Comme pour ce maudit Arcimboldo. L'empereur Maximilien peut toujours l'attendre, à Vienne. Il ne le reverra jamais.

Devenu écarlate, il bouscula François, se saisit d'une canne et la brisa en deux sur sa cuisse.

— Voilà ce que je fais de ceux qui croient pouvoir venir voler sous mon nez des œuvres qui ne sont destinées qu'à moi.

Pantelant, le regard dément, il partit à grandes enjambées. La porte claqua si fort que les murs en tremblèrent.

Anéanti, François sortit du palais. Il était pris au piège. Quelle sottise d'avoir pu croire qu'on le laisserait en paix avec Bomarzo ! L'idée de trahir Scappi le révulsait. Comment avait-il pu se fourrer dans un tel guêpier ? Il se détestait. Il lui fallait partir, quitter Rome sur-le-champ. Mais pour aller où ? Retourner en France ? Il n'y avait plus d'attaches. Sa vie ne serait-elle jamais faite que d'errance ? Où qu'il aille, Granvelle le retrouverait. Il lui fallait rester, affronter les conséquences de ses actes, quoique cela lui coûte. À qui pourrait-il s'en ouvrir ? Granvelle avait été assez clair : s'il en parlait à qui que ce soit, les représailles seraient immédiates. Il était seul face à son destin.

François marcha sans but dans les rues de Rome. La nuit était tombée. Il se retrouva devant la lourde silhouette du Panthéon. Les dieux l'avaient abandonné. Il allait entraîner dans sa chute celui qui disait l'aimer comme un fils. Il lui fallait décider. Trahir et avoir la vie sauve ? Mourir et sauver son honneur ?

Lui revinrent alors en mémoire les phrases de Granvelle sur Arcimboldo. Que venait-il faire dans cette histoire ? Le cardinal avait dit qu'il ne reverrait jamais Vienne. Se pourrait-il qu'il soit à l'origine de sa disparition ?

11

Le cœur lourd, François reprit son service auprès de Scappi. Le vieux cuisinier se réjouissait de l'assiduité de son secrétaire tout en s'inquiétant de son teint pâle et de ses yeux battus. Ils travaillèrent avec une telle efficacité qu'il ne leur restait à rédiger que le dernier chapitre, consacré à la nourriture des malades et des convalescents. Encore beaucoup de travail en perspective : plus de trois cents recettes de potages, soupes et sauces où les fruits, les légumes et les céréales étaient à l'honneur.

Sous la dictée du cuisinier, François sentait ses doigts se crisper à l'idée de livrer ces écrits à l'abominable Granvelle. Pour l'heure, il se contentait de faire comme l'autruche, cet animal dont son ami Aldrovandi lui avait dit qu'elle mettait la tête dans le sable pour échapper à un danger. Au souvenir du médecin bolonais, son cœur se serra. Lui était devenu un très grand personnage, reconnu de tous et menant sa vie et ses amours avec brio. François se sentait misérable, un être non accompli et qui plus est, un félon en puissance.

Un après-midi où ils attaquaient les délicates recettes de décoctions de fruits, Passeroti fit irruption dans le cabinet de travail. Après avoir salué Scappi, il s'adressa à François :

– On ne te voit plus nulle part. Tous les amis de l'*Academia* s'inquiètent. Emilia est folle de rage. Elle clame partout que tu as une nouvelle maîtresse, qu'elle va t'arracher les couilles, les rôtir à la broche et te les faire manger. À ta place, je me méfierais, elle en est capable.

François fronça les sourcils et fit signe à Passeroti qu'il ne souhaitait pas aborder le sujet.

– Maître Scappi et moi travaillons jour et nuit. Et toi, tu avances dans tes croquis ?

– Hélas, c'est ce qui m'amène. Je vais pouvoir vous remettre les dessins des différents instruments, mais pour ce qui est des gestes de cuisine, je suis resté sur ma faim. Les cuisines ressemblent au château d'une princesse endormie.

– À qui le dites-vous, gémit Scappi.

– Si se tourner les pouces est un geste de cuisinier, je pourrais en faire une étude complète.

– *Porco diavolo* ! s'étrangla Scappi.

– Je vais devoir vous rendre mon tablier, faute d'avoir quelque rôt à me mettre sous la dent.

Le vieux cuisinier semblait sur le point de défaillir. François fit signe à Passeroti d'arrêter ce jeu cruel. Scappi s'était effondré sur une chaise.

– Je suis désolé de vous offrir ce spectacle de déchéance. Si vous saviez comme une cuisine est belle quand elle est en activité. Ah ! La danse des mortiers, le tournicotis des cuillères ! Les marmites qui grondent et laissent échapper un jet de vapeur ! C'est le plus beau spectacle du monde. Je ne connais rien de tel qu'une rôtissoire en mouvement.

Il se leva soudain et se mit à arpenter la pièce en faisant de grands moulinets comme s'il se prenait pour ladite rôtissoire.

Passeroti avait étalé ses dessins sur la table de travail. Scappi s'en approcha, chaussa ses lunettes. Il émit un léger sifflement et déclara :

– C'est exactement ça. Vous avez parfaitement reproduit la cuisine principale, grande et large. À côté de la cheminée, le potager : un muret à hauteur d'homme, fait en briques avec des alvéoles dans lesquelles on met des braises. On y pose une grille et on peut cuisiner à l'aise. Vous n'avez pas oublié l'arrivée d'eau reliée à de grandes bonbonnes placées à l'extérieur. Il y a bien les étagères qui permettent de poser différentes choses. Elles ne doivent pas dépasser trois palmes de large[1]. On voit aussi les crochets pour suspendre les viandes qui vont être rôties. Sans oublier les deux crédences fermées à clé pour conserver la nourriture qui servira le jour même et y ranger nappes, torchons et tabliers.

François se pencha à son tour sur les dessins. Revigoré, Scappi continua avec une once de fierté dans la voix :

– Vous avez bien fait figurer le muret perpendiculaire à la cheminée, indispensable pour que le rôtisseur, placé derrière, soit protégé de la chaleur. L'emplacement spécial pour le grand mortier, le billot pour couper les viandes, les six tables de huit palmes de long avec des trépieds afin de pouvoir les transporter facilement y sont bien. Ainsi que la grande table de seize palmes servant à farcir et à apporter la dernière touche de décoration aux mets avant de les servir. Plus l'autre, en noyer ou autre bois, très lisse pour y travailler les pâtes. Et les petites de quatre palmes pour vider et écailler les poissons. Vous avez, me semble-t-il, parfaitement respecté les proportions.

– C'est mon métier, répondit Passeroti d'un ton pincé.

---

1. Une palme : 12,40 cm.

– Voyons le dessin de la pièce où l'on travaille les aliments comme les pâtes, les gelées et les blanc-manger. Elle doit être claire et aérée par des petites fenêtres pour faire reposer la pâte. Au milieu, on voit bien la grande table de bois lisse pour tirer la pâte. Vous avez fait apparaître en haut, sous la voûte, les barres de fer où pendent les toiles qui servent à couvrir les pâtes et autres plats.

Scappi prit un autre dessin en main.

– Et voilà la courette qui jouxte les cuisines de manière à faire la semoule, plumer les volailles, écorcher les agneaux, chèvres, moutons, sangliers, chevreaux. Il y a une grande table de seize palmes pour y disposer les herbes. Cette petite cour doit avoir un puits avec un grand bac pour laver toutes les nourritures. Elle doit posséder un large accès pour évacuer les ordures. Vos dessins sont parfaits. On y voit même que tout est d'une propreté irréprochable. Évidemment, vous n'avez pas pu montrer que la cuisine doit être située assez loin des lieux d'habitation pour éviter les bruits et les odeurs gênantes. Il faut aussi qu'elle soit accessible de plain-pied. Des escaliers casseraient le dos de ceux qui portent le bois, l'eau et les victuailles.

– Vous me voyez ravi que mes dessins vous plaisent et vous soient utiles. Je vous laisse les autres planches représentant les marmites, les couteaux, les rôtissoires.

Passeroti ne semblait guère avoir envie de subir une explication sur les usages des *ghiotella, bolsometo, stufatoro* et autre *cucumo*. Cela pouvait durer des heures, François pouvait en témoigner.

Ils laissèrent Scappi s'émerveiller sur la vingtaine de dessins de couteaux. François entraîna Passeroti dans l'antichambre. Il s'excusa de ne pas avoir donné de nouvelles et l'assura qu'il regrettait ce qu'il lui avait dit au sujet d'Arcimboldo. Le drame de Bomarzo l'avait boule-versé, il avait les nerfs à fleur de peau…

Le regardant attentivement, Passeroti l'interrompit :

– Je ne t'en veux pas. Nous avons tous vécu des moments difficiles, mais tu m'as l'air encore bien soucieux. Que se passe-t-il ?

– J'ai des ennuis. Je ne peux rien te dire pour le moment. J'ai besoin de quelques informations. Que sais-tu du cardinal de Granvelle ?

Passeroti le regarda avec étonnement.

– Tu t'intéresses à la politique internationale main-tenant ? À moins que tu n'aies décidé de prendre fait et cause pour ce barbon de Philippe d'Espagne.

– Rien de tout cela, mais il faut que je sache qui est cet homme.

– La première chose à savoir c'est de ne pas te trouver sur son chemin. C'est un tueur.

François pâlit et demanda :

– Qu'entends-tu par là ?

– Voilà ce que c'est que d'avoir le nez constamment au fond de tes marmites. Tu n'as jamais entendu notre ami Van Poulsen raconter comment Granvelle avait maté les rebellions en Flandres ? Comment il avait fait assassi-ner les opposants à sa politique ?

– Ça, je le sais. Mais s'intéresse-t-il à l'art ?

– C'est bien la seule chose qu'on ne puisse lui repro-cher. Quoique ses manières ne soient pas des plus recom-mandables.

– Que veux-tu dire ?

– Il veut tout pour lui. Il ne supporte pas que d'autres achètent les œuvres qu'il convoite. Il est très riche et rafle tout ce qu'il peut trouver.

– Vous devez l'adorer, vous les peintres ?

– Détrompe-toi. Il a des exigences insupportables. Un jour, il a roué de coups un peintre milanais qui ne lui avait pas livré son tableau en temps et en heure. Une autre fois, il a écrabouillé à coups de masse un superbe ciboire que Benvenuto Cellini avait promis au cardinal Altemps. Il préfère détruire une œuvre plutôt qu'elle ne lui échappe.

François écoutait Passeroti avec une inquiétude grandissante.

– Rien ne peut donc le raisonner ?

– Rien de rien. Il entre dans des colères folles et comme il accorde peu de poids à la vie humaine, il est capable de tout. Mais pourquoi veux-tu savoir tout ça ? Toi, au moins, tu n'as rien à lui vendre.

– Non, non, marmonna François, mais je me disais que certains cardinaux pourraient s'intéresser à un livre sur les recettes aphrodisiaques.

– Si tu veux mon avis, tu devrais te calmer de ce côté-là. Le sujet est trop brûlant en ce moment. Et Granvelle, désolé de te faire de la peine, ne s'intéresse qu'aux artistes consacrés.

– Est-il en concurrence avec Arcimboldo ?

– Pourquoi me demandes-tu ça ? Il le déteste. Toutes les œuvres qu'Arcimboldo rassemble partent pour Vienne et ça rend Granvelle fou de rage. Aurais-tu appris quelque chose sur sa disparition ?

François lui mit la main sur l'épaule.

– Rien de tangible, mais pourrais-tu me rappeler quelle est la teneur du message qu'il a laissé ?

Passeroti tira de la bourse attachée à sa ceinture un petit papier plié en quatre :

– « Thétys me montre la voie, il n'est pas de chemin inaccessible à la vertu. » Cela fait des semaines que je me creuse la tête pour savoir ce qu'il a bien voulu dire.

– Peux-tu me le laisser ? demanda François.

– Si tu veux. Tu te passionnes pour les rébus ? Je te trouve bien mystérieux. Si tu sais quelque chose, dis-le-moi.

Passeroti le regarda d'un air inquiet et ajouta :

– Je n'aime pas te voir dans cet état. Je pense que tu devrais de nouveau te joindre à nous. Cela te changerait les idées. Demain, nous nous réunissons dans mon atelier. Viens y faire un tour.

François le laissa partir en lui disant qu'il y songerait. Il était à peu près sûr, désormais, que Granvelle était bien l'auteur de l'enlèvement d'Arcimboldo. Il se terra pendant deux jours dans le bureau de Scappi qui finit par s'étonner :

– Que se passe-t-il, mon garçon ? Toi qui as toujours tendance à filer comme un lapin, te voilà accroché à ta table de travail comme un bigorneau à son rocher. Écoute les conseils de ton ami. Va voir ta belle courtisane. Je n'ai aucune envie de te retrouver à l'état de chapon. Tu ne vas tout de même pas passer la nuit ici ?

François aurait bien aimé ! Il quitta les lieux, rasa les murs jusqu'au palais Orsini, redoutant une nouvelle rencontre avec les sbires de Granvelle. Barricadé chez lui, il pensait et repensait aux maigres chances qu'il avait de sauver sa vie et son honneur.

Il lui vint une idée pour gagner du temps. Il remettrait à Granvelle des recettes, mais qu'il aurait auparavant trafiquées. Le cardinal était peut-être un grand amateur d'art, capable de juger de la valeur d'un tableau, mais François doutait qu'il s'y connaisse aussi bien en cuisine. Il se mit fiévreusement à réécrire certaines recettes en changeant les indications sur les proportions, notamment d'épices. Si quelqu'un s'aventurait à préparer une tarte royale de pignons et d'amandes avec neuf onces de gingembre au lieu d'une demie, il aurait de mauvaises surprises ! Tout en écrivant, il se demandait où pouvait bien être Arcimboldo. Qu'il fût à Rome semblait assez improbable. Le peintre était très connu et même au fin fond d'un palais, quelqu'un pourrait très bien le reconnaître. Mais la campagne romaine regorgeait de châteaux, de villas où Granvelle pouvait le tenir enfermé. Sans compter qu'il était peut-être beaucoup plus loin, en Ombrie ou en Toscane. Il fut pris d'un grand découragement. Il n'avait aucune piste, aucun moyen de savoir.

Il entendit derrière la porte des pas légers annonçant l'arrivée de Sofia. Avant qu'elle ne frappe à sa porte, il l'ouvrit et l'invita à entrer. Depuis quelques jours, la petite allait mieux. Elle sortait peu à peu de son mutisme. Pourtant, ce soir, elle n'avait guère l'air vaillant.

De grands cernes voilaient son regard et elle se laissa tomber sur le fauteuil en face de François.

– Ma Sofia, je suis bien content de te voir. Tu vas me distraire de mes soucis.

– N'y compte pas, répliqua-t-elle. J'ai les miens.

Elle éclata en sanglots et enfouit son visage dans ses mains. François lui tapota le dos, lui chatouilla l'oreille en lui disant :

– Calme-toi et dis-moi plutôt ce qui se passe.

Ses pleurs redoublèrent. François la prit dans ses bras, et la berça gentiment.

– On veut me marier, parvint-elle à dire dans un hoquet.

– C'est bien ce que tu voulais. Ne plus être considérée comme une petite fille.

Sofia tourna ses yeux noyés de larmes vers lui.

– Je croyais que c'était ce que je voulais. Mais depuis Bomarzo, j'ai changé d'avis.

– Après tout ce que tu as pu me dire ! Quand je pense que tu voulais que je t'enlève et je ne sais encore quelles folies !

La petite renifla bruyamment.

– Oui, mais toi, ce n'est pas pareil. Tu es mon ami. Je n'ai rien à craindre de toi. François, emmène-moi. Partons en France. Je te jure que je me ferai toute petite. Je ne t'ennuierai pas, je ne te demanderai rien.

L'espace d'un instant, François se vit sur une route, poursuivi par les hommes de Granvelle et ceux, tout aussi redoutables, de la famille Orsini. Il en eut des sueurs froides.

– Sofia, c'est impossible, je te l'ai déjà dit. Je me ferai tuer pour avoir voulu enlever une jeune, riche et belle héritière et toi, tu serais enfermée dans un sombre couvent.

La petite fit une grimace.

– Il doit bien y avoir un endroit au monde où l'on nous laisserait en paix….

– La Chine, peut-être, lui répondit François, mais je ne crois pas que tu aimerais les robes que les femmes portent là-bas et moi je détesterais manger avec des baguettes comme il semble que cela se pratique.

– Je suis sérieuse, François, lui dit-elle d'un ton de reproche.

– Moi aussi. Aussi vais-je te parler avec franchise. Je t'aime beaucoup ma Sofia, bien que tu sois une vraie peste. Je t'aime comme ma petite sœur ou comme l'enfant que j'aurais pu avoir. Je me soucie de toi. Ton destin est d'épouser un homme noble et riche. Peut-être l'aimeras-tu d'amour, peut-être pas. Mais la vie est là et tu dois la prendre à bras-le-corps.

Il se tut un instant, repensant aux corps suppliciés des deux jeunes filles de Bomarzo.

– Si tu acceptais de t'enfuir avec moi, la vie serait plus belle, insista la petite.

– Imagine-nous sur les routes, hâves et dépenaillés, demandant l'aumône aux passants, couchant dans des granges, transis de froid.

– On aurait la goutte au nez, on tousserait à fendre l'âme et on finirait par mourir dans un hospice.

– Et on nous jetterait dans la fosse commune où des chiens viendraient déterrer nos ossements.

Ils éclatèrent de rire. Pour l'un comme pour l'autre, cela faisait bien longtemps que cela ne leur était pas arrivé. La petite se leva et farfouilla sur la table de travail à la recherche de quelque friandise qu'elle savait pouvoir y trouver. Déçue qu'il n'y ait ni cotignac ni pastille d'anis, elle fit un tas des recettes écrites par François.

– Tu te mets à étudier Ovide ? demanda-t-elle en agitant le message d'Arcimboldo.

– Pas le moins du monde. Pourquoi dis-tu cela ?

– Parce que la deuxième phrase est tirée des *Métamorphoses*. Elle est dite à Enée par la sibylle de Cumes.

– Comment sais-tu cela ?

– Tout le monde le sait. Il suffit de lire Ovide.

François la regarda avec des yeux ronds, pensant aux efforts déployés depuis des semaines par Passeroti pour déchiffrer ce message. Comment cela avait-il pu lui échapper, lui qui se disait fin connaisseur des textes antiques ?

– Et la trompette, et la feuille de figuier, tu sais ce que cela signifie ?

— Évidemment. La trompette est celle de Misène, un compagnon d'Hector. La légende dit qu'il s'est noyé après un concours de trompette avec le dieu Triton. Quant au figuier, non je ne vois pas.

François, en proie à une profonde agitation, lui demanda :

— Et ton Misène, il s'est noyé où ?

— Quelque part du côté de Naples, je crois.

François partit d'un grand rire, lui prit les mains et la fit tournoyer.

— Sofia, tu es la jeune fille la plus extraordinaire que je connaisse. Tu viens peut-être de me sauver la vie.

— Alors, en guise de récompense, tu m'enlèves et nous partons loin d'ici.

— Tu es plus têtue que trois mules ! C'est toi qui vas partir d'ici. Il faut absolument que je réfléchisse à l'énigme que tu viens de résoudre.

Il poussa gentiment la petite vers la porte. Elle posa un baiser léger sur la joue de François et partit en disant :

— Peut-être va-t-il falloir que je tue mon mari pour que tu croies enfin à mon amour.

Il referma la porte derrière elle et poussa un cri de triomphe. Naples, bien sûr, ce ne pouvait être que Naples ! La ville faisait partie du Royaume des Deux-Siciles qui, après une histoire mouvementée, appartenait désormais à l'Espagne. Là-bas, en tant qu'ambassadeur de Philippe II, Granvelle pouvait agir en toute liberté. C'était là qu'il retenait Arcimboldo prisonnier. François commençait à imaginer un plan pour sortir de ce piège.

12

Il était illusoire de vouloir affronter Granvelle seul. Arcimboldo, ami intime de Maximilien de Habsbourg, souverain du Saint Empire germanique, le pourrait. Une fois libéré, il aurait beau jeu de confondre le cardinal. Le scandale serait énorme. Granvelle ne s'en remettrait pas et ses tentatives de chantage cesseraient d'elles-mêmes.

La première chose à faire était de trouver Torquato Tasso ou Pirro Ligorio. Torquato, né à Sorrente, Pirro né à Naples pourraient lui fournir des informations utiles.

François se rendit le lendemain soir chez Passeroti où se réunissaient les membres de l'*Academia*. L'ambiance était maussade. Son arrivée suscita des cris de joie. Tous se réjouissaient de le revoir et l'entouraient tout en lui lançant quelques quolibets sur sa défection et l'obligation qu'ils avaient eue de commander leurs repas chez d'infects aubergistes. Emilia restait à l'écart, nullement pressée de l'accueillir. Il s'approcha d'elle, mais comprit à son regard froid qu'il aurait du mal à reconquérir la belle. Elle n'avait sans doute pas supporté qu'il ne lui témoigne plus un empressement de tous les instants. François prit conscience qu'une page de sa vie était tournée. Adieu l'insouciance et la vie facile ! Il déposa un baiser léger sur la main qu'elle lui tendait et inclina la tête pour lui signifier qu'il avait compris le message. Sa vie amoureuse sombrait, elle aussi, dans le néant. À vrai dire, il n'en éprouvait ni peine ni regret. Sa relation avec Emilia n'était basée que sur les artifices de la vie romaine et elle aurait pris fin, un jour ou l'autre.

Auprès d'elle Torquato lui débitait compliment sur compliment. François demanda l'autorisation à la courtisane de lui enlever le jeune homme quelques instants. Emilia lui lança un regard plein de reproches et s'éloigna. Torquato bougonna que François avait laissé le champ libre et qu'il s'était senti autorisé à prendre sa place.

— Fais ce que tu veux avec elle, cela m'importe peu, le rassura François.

Torquato le regarda avec étonnement et voulut rejoindre Emilia. François le retint par la manche.

— Attends, j'ai besoin de toi. Tu connais bien Naples ?

— Bien sûr. Sorrente n'en est qu'à quelques dizaines de milles et j'y ai même passé une partie de mon enfance.

— La sibylle de Cumes, cela te dit quelque chose ?

— Évidemment, mais j'ai mieux à faire que de m'occuper d'une vieille femme laide et rabougrie, morte depuis mille ans, alors que la plus jolie fleur de Rome attend que je prenne soin d'elle.

— Raconte-moi à quoi ressemblent les lieux, insista François.

— Tu m'ennuies avec ta sibylle. Si tu es si intéressé, viens avec moi. Je pars pour Naples dans deux jours. Fin octobre, je dois accompagner mon protecteur, Louis d'Este, en France. Auparavant, je souhaite revoir quelques lieux qui ont ensoleillé mes jeunes années. Pour l'instant, laisse-moi m'occuper de la belle Emilia.

Partir à Naples. C'était, bien sûr, ce qu'il devait faire, même si l'entreprise était incertaine. Comment s'y prendrait-il pour retrouver la piste d'Arcimboldo? Mais plutôt que de se ronger les sangs à Rome, mieux valait aller de l'avant.

Fort de sa décision, il se mêla aux discussions de ses camarades. Passeroti faisait part, une fois de plus, de son inquiétude pour Arcimboldo. François fut tenté de dévoiler ses soupçons sur Granvelle. Mais ses amis étaient capables de voir rouge et d'aller se planter sous les fenêtres du cardinal pour l'obliger à donner des explications. Se sentant menacé, ce dernier n'hésiterait pas à en faire subir les conséquences à Arcimboldo. Mieux valait tenir sa langue et ne pas mettre en péril son plan.

Lavinia Fontana[1], une jeune femme peintre arrivée depuis peu de Bologne et placée sous la protection de Passeroti, émit une proposition :

– Pourquoi ne créerions-nous pas un tableau en l'honneur d'Arcimboldo? Nous pourrions lui présenter à son retour.

Intrigué, Passeroti lui demanda :

– À quoi penses-tu?

– Arcimboldo est le plus original d'entre nous. Plutôt que de ressasser nos craintes et nos rancœurs, nous pourrions les représenter dans la manière composite qui est la sienne, en nous servant d'allégories.

Zuccari prit la parole :

– Lavinia a raison. Nous pourrions ainsi dénoncer la censure de plus en plus présente. Le concile de Trente, pour lutter contre l'avancée des protestants, a émis des directives dont des cardinaux zélés comme Paleotti[2] et

----

1. Lavinia Fontana (1552-1614) : peintre de grand talent. Engagée comme portraitiste par le pape Clément VIII, elle fut la première femme à être admise à l'Académie romaine.

2. *Discorso intorno alle imagini sacre et profane*, 1582.

Borromée se sont faits les chantres. Ils conçoivent la peinture comme une arme au service de la foi. Tout doit être utile et convenable.

– C'est vrai que cet âne de Paleotti ne veut plus entendre parler de façades ornées de grotesques ou de tableaux montrant Actéon transformé en cerf ou Daphné métamorphosée en laurier. Quant aux masques et animaux contrefaits, comme il dit, ils ne peuvent que détourner le bon catholique de ses pieuses pensées, ajouta Passeroti.

Zuccari s'échauffait :

– Le pire c'est ce traître de Gilio. Son livre *Dialogue sur les erreurs des peintres* est une honte. Il nous traite de pervers et prône le retour à l'ordre. Il ne veut que de la vraisemblance, du sérieux. Plus de fabuleux, rien que du vrai. Terminé la poésie, nous devons faire de l'historique. Et il nous faudra respecter les proportions, sinon point de salut. Mais moi, je l'affirme : la peinture n'est pas fille des mathématiques, mais de la nature et du dessin. Plus d'enthousiasme, plus de fureur poétique, nous ne pourrons peindre que des jeux d'enfants et des marchands comptant leurs sous. Fini les licornes joueuses, les dauphins rieurs, les satyres fantasques. Au rancart Pontormo, Parmiggiano, Primaticcio ! Toi, Passeroti, tu peux brûler tes pinceaux et moi, je n'ai qu'à en faire un paquet cadeau et les envoyer au pape.

La voix rocailleuse de Van Poulsen domina le brouhaha qui s'ensuivit :

– Au moins vous avez la chance de pouvoir continuer à peindre. Pour nous, les peintres de Flandres, c'est une autre histoire. J'ai dû fuir ma ville de Gand, il y a quatre ans de cela, après que des foules menées par des pasteurs acharnés eurent détruit dans les églises tous les tableaux, autels, orgues, vitraux qui, selon eux, ne sont qu'idolâtries offensant Dieu. Tout ça à cause de ce satané Granvelle dont l'intransigeance a mis le feu aux poudres.

Soudainement intéressé par le débat, François lui demanda de raconter ce qui s'était passé.

– Tout a commencé vers 1558, reprit-il avec son fort accent batave. Les protestants ne cessaient de gagner du terrain et Granvelle s'était opposé à la réunion des états généraux, ne voulant pas donner la parole à « ce méchant animal nommé le peuple ». Les soulèvements se multiplièrent dans tout le pays. Le 13 août 1566, le cloître de Bailleul est mis à sac. Le mouvement des gueux, comme ils se faisaient appeler, atteint le Brabant, l'Artois, la Zélande, Anvers, Utrecht, Delft. Le 22 août, des centaines de casseurs s'emparent des rues de Gand. Je m'en souviens comme si c'était hier. Armés de gourdins, de masses, de haches, ils se rassemblèrent au Tempelhof, suivirent les quais de la Lys et se partagèrent les quartiers de la ville. Huit églises paroissiales, vingt-cinq monastères, dix hôpitaux et sept chapelles furent complètement dépouillés de leurs tableaux, statues et ornements liturgiques. On les entendait crier à chaque fois qu'ils s'attaquaient à une image : « Si tu es Dieu, défends-toi, si tu es Dieu, fais miracle. » Je n'ai pas demandé mon reste et je suis venu me réfugier ici. Mais certains y ont laissé leur peau et autant vous dire qu'il n'y a plus aucune commande avec ce refus des protestants de toute représentation religieuse. Même chose en Allemagne et en Suisse.

François n'insista pas. Il commençait à en savoir plus qu'assez sur les exactions de Granvelle. Et que les partisans de Calvin ne veuillent pas voir Dieu en peinture ne le concernait pas.

Marc-Antoine Muret prit à son tour la parole :

– Vous pourriez également vous élever contre votre confrère Lomazzo qui, par souci de pureté religieuse, préconise de représenter saint Sébastien criblé de flèches et couvert du sang de ses blessures et non pas nu et la peau immaculée ?

L'assemblée éclata de rire car nul n'ignorait ses penchants pour les jeunes hommes. Passeroti lui tapa sur l'épaule et déclara :

– Comment veux-tu qu'on ne voie pas dans ces tableaux des invites au péché de sodomie ! Quand saint Sébastien est représenté comme un éphèbe se déhanchant langoureusement dont on devine sans peine le sexe gonflé sous les drapés du *perizonium*[1], ce n'est plus un martyr, c'est Apollon dont on espère les faveurs ! On peut comprendre que cela provoque les vitupérations de nos bien-pensants. Tu es d'accord avec moi, Marc-Antoine ?

Muret prit un air pincé :

– C'est méconnaître le lien qui unit le maître et le disciple, répliqua-t-il d'un ton acerbe. Selon Platon, entre amants, il y a échange de beauté. Le plus âgé jouit par les yeux de la beauté du plus jeune ; le plus jeune atteint par l'intelligence la beauté du plus âgé. L'adolescent n'est pas encore un homme, il n'est pas femme, c'est un ange.

– Je te l'accorde, continua Passeroti. J'aurais mauvaise grâce à reprocher les œuvres angéliques qu'ont ainsi produites nos meilleurs artistes. Que ce soit Donatello, Botticelli, Mantegna, Perugino, Pontormo, sans oublier notre bon vieux Sodoma toujours entouré de jeunes gens imberbes dont il se montrait fort amoureux ! Ne dit-on pas qu'avant de partir pour la France, Léonard de Vinci vivait

---

1. Morceau d'étoffe servant à cacher la nudité du Christ et des martyrs.

avec deux jeunes élèves, Giacomo Caprotti et Francesco Melzi, une merveilleuse créature de quinze ans aux longs cheveux blonds ? Et notre maître à tous, Michel-Ange pour qui chaque œuvre est une ode à la puissance et à la beauté du corps masculin ? Sans son amour pour les garçons, aurions-nous le *David*, le *Bacchus ivre* et surtout le *Jugement dernier* de la chapelle Sixtine ?

– Sauf que, fit remarquer Muret, cet imbécile de Paul IV a cru bon de faire voiler ces magnifiques anatomies par Daniele de Volterra qu'on a depuis surnommé le *braghetone*[1].

À ces mots, François se revit sept ans en arrière. Il entretenait alors une liaison orageuse avec Giuseppe, un apprenti de l'atelier de Michel-Ange. Le jeune homme se glorifiait que le peintre, alors âgé de plus de quatre-vingts ans, le complimentait sur ses fesses fermes et ses longues jambes aux mollets galbés. François n'avait pas résisté au charme du jeune homme l'entraînant vers des plaisirs, certes illicites, mais ô combien célébrés, dans l'Italie tout entière. Les papes n'étaient d'ailleurs pas les derniers à sacrifier au culte de Ganymède. Pie II, auteur de poésie érotique, se délectait en organisant des courses de jeunes gens tout nus. Son successeur Paul II se fardait et serait mort, dit-on, dans les bras d'un de ses favoris. Quant à Sixte IV, il ne voulait aucune femme dans son entourage, que des mignons ! Jules III était tombé amoureux d'un garçon de treize ans qu'il s'empressa de nommer cardinal quand il en eut dix-sept. Jules II avait fait de même pour son cher Francisco, le compagnon de toute une vie. Depuis quelques années, le retour à l'ordre moral, concile de Trente oblige, faisait craindre que ce qui appa-

---

1. Culottier.

raissait comme le plus naturel du monde ne soit plus aussi bien toléré. François avait aimé Giuseppe, son odeur de jeune mâle, leurs nuits voluptueuses, mais s'était lassé de ses crises de jalousie dès qu'une femme apparaissait et qu'il se croyait délaissé.

Passeroti, ayant vainement tenté de s'exprimer dans le brouhaha, leva les mains et réclama le silence :

– C'est une excellente idée. Nous pourrions faire un tableau qui se lit à l'envers.

– Que veux-tu dire ? demanda Zuccari.

– Pensez au tableau d'Arcimboldo intitulé *Le Jardinier*[1]. D'un côté on croirait un plat garni de divers légumes mais, en le retournant, on y voit le portait d'un homme. On pourrait essayer de faire de même sur le thème de notre choix.

Tous applaudirent et ce fut alors un moment de pur délire, chacun lançant une idée, certains commençant à dessiner sur le bois de la table. Zuccari s'en prit même au mur jusqu'à ce que Passeroti lui demande un peu de retenue.

– Voilà un travail d'atelier peu banal, fit remarquer Zuccari. L'idée de Lavinia est remarquable d'ingéniosité. Je propose que, dans les jours qui viennent, ce soit elle qui recueille nos propositions et trace les premières lignes du tableau.

Il y eut quelques grognements de désapprobation, mais la plupart adhérèrent à l'idée.

Rassérénés par cette perspective, les membres de l'*Academia* avaient retrouvé le sourire et se livrèrent à

---

1. Il s'agit du tableau figurant en couverture de ce livre.

un festival de plaisanteries et de bons mots. Le pape et Calvin en firent les frais.

François prit discrètement congé de ses amis. La tâche qui l'attendait était autrement plus ardue. Il aurait, le lendemain, à obtenir de Scappi l'autorisation de s'absenter. Quant à Granvelle, il devait tout lui cacher, lui faire croire qu'il travaillait d'arrache-pied. Pour cela, il lui faudrait lui remettre avant son départ le maximum de fausses recettes. Il se mit en route pour le Vatican où il passa la nuit entière à recopier les textes en changeant les proportions des différents ingrédients.

*

C'est à peine s'il osa lever les yeux vers Scappi qui s'étonnait de le trouver au travail, de si bon matin et le regardait d'un air soucieux :

– François, tu ne vas pas bien. Je te vois triste et abattu. Tu as fait un magnifique travail et nous arrivons presque au bout de notre tâche. Que dirais-tu de revoir le chapitre sur les poissons avant de le clore définitivement ? On m'a apporté quelques beaux esturgeons ainsi que des daurades. Nous pourrions allier la théorie et la pratique en les préparant de diverses manières.

François acquiesça sans enthousiasme et suivit Scappi aux cuisines. La suite fut pour lui un calvaire. Scappi, pour le dérider, était particulièrement disert, lui racontant ses parties de pêche à l'anguille à Comacchio, au bord de la mer Adriatique.

Il lui demanda de relire le paragraphe sur l'esturgeon et de noter quelques ajouts. François aurait voulu devenir sourd ou être saisi d'une soudaine paralysie de la main qui l'aurait empêché de noter. Bredouillant, il rappela que les poissons de mer étaient meilleurs que ceux de rivières ou de lac mais que les plus savoureux étaient, sans conteste, ceux qui vivaient dans les deux éléments. L'esturgeon était un de ceux-là. Si on en trouvait toute l'année, la période la plus propice à sa dégustation allait de mars à août. Scappi refusa que François relise les vingt-sept recettes qui lui étaient consacrées, se contentant de dire :

– Pour ma part, je le préfère bouilli à l'eau et au sel plutôt qu'avec du vin. Pourrais-tu juste me rappeler ce que je dis sur la préparation du caviar.

D'une voix morne, François lui relut le passage :

– « Les œufs sont meilleurs entre avril et fin mai. Plus ils sont noirs, plus ils seront savoureux. Il faut, avec grande délicatesse, enlever la petite pellicule qui les entoure. Puis les mettre dans un pot en bois et pour chaque livre d'œufs, ajouter une demi-once de sel, une once d'huile d'olive douce, bien mélanger en faisant attention de ne pas casser les œufs. Puis il faut les mettre dans une caissette de bois bien lisse, large de trois palmes, haute de quatre doigts et longue d'un bras. Puis les mettre dans un four à pain et les cuire jusqu'à ce qu'ils forment une pâte crémeuse bien noire. Pour conserver le caviar, on le mettra dans un pot et on le recouvrira d'un mélange de clous de girofle, noix de muscade et huile, sinon il risque de moisir. »

– C'est bien ça, approuva Scappi. Tu peux juste rajouter que le caviar se sert sur des tranchettes de pain et que si je ne parle pas du caviar cru qui se fait avec du sel et que l'on conserve dans des barils c'est parce que ce n'est pas là, manière digne d'être servie à la cour d'un prince.

L'esturgeon rissolait doucement dans une grande poêle placée sur des braises. Scappi avait refusé l'aide des cuisiniers présents et s'animait au fur et à mesure de la préparation. Il s'attaquait maintenant à deux belles daurades qu'il avait placées dans une cocotte avec huile, vin, verjus, sel et poivre, cannelle et safran. Il posa un couvercle sur le plat et se tournant vers François lui dit :

— Écris qu'en été on y rajoute des petits oignons et en hiver des pruneaux. Avant de servir, on parsème le poisson d'herbes hachées. Si l'on veut que le bouillon soit plus consistant, on y met des amandes pilées[1].

Il fallait que François se décide, qu'il dise à Scappi qu'il devait s'en aller. Il se jeta à l'eau :

— Maître Scappi, j'ai de gros ennuis. Il me faut vous quitter quelques jours pour régler un problème de la plus haute importance.

— Ça tombe mal mon garçon. Je pensais que nous pourrions mettre un point final à notre ouvrage dans quelques semaines. Ne peux-tu attendre ?

François secoua la tête.

— Hélas non. Il me faut partir sur le champ.

— Et où vas-tu donc ainsi ?

François hésita puis finit par murmurer :

— En Campanie.

— Ah ! La Campanie bénie des dieux, s'exclama Scappi. Tout y pousse. Les citrons de Sorrente, les marrons de Roccadaspide ! Sans compter les lapins d'Ischia, les anchois de Menaica et les merveilleux poissons de la baie de Naples !

Scappi s'interrompit, fronça les sourcils et déclara d'un ton joyeux :

---

1. Recette page 306.

– Les poissons ! Quelle meilleure manière de finir notre chapitre sur les poissons que d'aller y goûter ! Je t'accompagne. Comme ça, nous ne perdrons pas de temps. Et tu pourras régler tes mystérieux problèmes.

François n'eut pas le cœur de le contredire. Il attendrait le lendemain pour lui annoncer qu'il partait seul.

Il ne lui restait plus qu'à livrer les fausses recettes à Granvelle. Le cardinal l'accueillit avec un sourire narquois.

– Alors mon jeune ami, vous m'apportez des choses intéressantes ?

Sans un mot, François jeta sur la table un paquet de feuilles que Granvelle s'empressa de rassembler et qu'il tint dans son poing fermé comme s'il tordait le cou à une sarcelle.

– Voilà qui est bien, mais je croyais que vous étiez bien plus avancé.

– Nous avons quelques soucis avec certains produits, notamment les poissons. Je ne vous l'ai peut-être pas dit, mais maître Scappi souhaite donner des précisions au lecteur sur la saison et les lieux où se procurer les meilleurs produits.

– Je m'en moque, l'interrompit Granvelle. Ce que je veux c'est le livre.

– Alors, vous n'avez qu'à l'écrire.

– Petit insolent, s'insurgea Granvelle qui avait saisi sa canne et en menaçait François.

Ce dernier, bien décidé à ne pas se laisser impressionner, continua d'une voix suave :

– C'est très important de vérifier les différentes informations. Comme vous le savez sans doute, puisque vous savez tout, je m'y connais bien en poisson, ayant été l'élève de feu le professeur Rondelet, auteur d'un livre qui fait autorité en la matière[1]. Savez-vous que la truite à Milan est servie coupée en morceaux, alors qu'à Rome elle se présente entière, que le saumon frais est une rareté en Italie et qu'il est importé salé, que de très bonnes murènes sont vendues au marché de Rome pendant toute l'année, que l'émissole et le requin ne sont pas des poissons dignes des banquets royaux, que la perche est recommandée aux malades, qu'au marché de Rome on trouve des tortues de mer si grandes qu'elles ne peuvent pas être soulevées par une seule personne…

Le cardinal, cramoisi, fulminait d'impatience. Il faisait de grands moulinets avec sa canne.

— Je ne pourrai donc pas, pendant une quinzaine de jours, vous livrer de recettes, conclut François.

— Tu comptes me fausser compagnie ?

— Vous m'avez fait savoir ce qu'il m'en coûterait. Je ne vais pas prendre de risque inutile.

— Je te laisse deux semaines, pas un jour de plus, grommela Granvelle. Cela ne me plaît guère. Mais il est vrai que je vais être fort occupé à négocier la préparation de la Sainte Ligue qui va nous débarrasser des Turcs. J'attends également l'arrivée de l'ambassadeur de Philippe d'Espagne qui doit confirmer ma nomination en tant que viceroi de Naples. Tu vois que tu n'as pas fait le mauvais choix en misant sur un homme aussi puissant que moi.

L'évocation de l'étendue de son pouvoir l'avait calmé. Il caressait la tête d'une statuette en bronze représentant un petit faune endormi. François, sans un mot, s'inclina et s'esquiva.

---

1. *Histoire entière des poissons*, 1558.

13

François avait tout fait pour dissuader Scappi de se joindre à l'expédition. Il lui avait signifié qu'ils ne pourraient voyager en voiture, les routes étant trop mauvaises. Scappi avait assuré que quatre ou cinq jours de chevauchée au grand air lui feraient le plus grand bien. François lui avait décrit tous les dangers : attaques de brigands, risques d'attraper les fièvres des marais. Rien n'y fit. Scappi avait rejeté ces mises en garde d'un revers de main dédaigneux. François était allé jusqu'à lui décrire l'épouvantable spectacle de voyageurs dévorés par les loups. « Les loups, on en entend hurler jusque sous les murailles du Vatican », avait répondu Scappi. François s'était résolu à louer deux chevaux à un maître de poste du port de Ripetta, à la sortie de la ville. C'est là qu'il avait rencontré Guido, un marchand florentin qui attendait de se joindre à un groupe de voyageurs pour aller passer commande de soie grège à Naples.

En revanche, il ne céda pas aux pressions du cuisinier qui voulait faire une première étape dans son petit domaine de Frascati. Scappi eut beau vanter les mérites de son célèbre vin blanc à la robe dorée, la beauté de la villa Tusculana que le cardinal Altemps venait de faire construire… À ce train-là, se disait François, il leur faudrait cent ans pour arriver à Naples !

Il lui fallut aussi batailler pour que Scappi n'emporte que le strict nécessaire. Le vieil homme protesta, bougonna et en profita pour dicter à François un paragraphe sur ce qu'un maître-queux devait emporter quand son seigneur partait en voyage : « Il devait choisir des bagages légers et des assistants opérationnels et fiables, des porteurs jeunes et gaillards ainsi que huit belles mules. Les garçons allant à pied devaient être équipés de bonnes chaussures. Il fallait deux coffres avec des poignées, quatre coffres à ferrures, trois paires de grands paniers en paille, deux paires de caisses cerclées de fer. Pour les repas pris en cours de route, trois garçons étaient chargés d'aller chercher l'eau, le bois, préparer les tables, sortir des coffres les nappes et tabliers ainsi que les épices et les nourritures froides. Tout devait être bien rangé pour s'en saisir prestement afin que le prince soit servi sans attendre. Dans les deux coffres à poignées, on trouvait : fil et aiguille, ficelle, papier, flacons en étain pour le verjus et le vinaigre, cuillères en argent pour les potages, couteaux, fourchettes à mettre sur la table, sac en laine pour passer la gelée, bouteilles étamées pour contenir du bouillon de poule et du lait d'amandes, ainsi que les petits sachets dans lesquels on avait mis épeautre, riz, amandes, raisins secs de diverses sortes, pignons, pistaches, graines de melon…

Dans les quatre coffres à ferrures, on devait ranger nappes, tabliers, draps et chemises. Les trois paires de paniers étaient destinées à transporter les gros ustensiles : mortiers en pierre, casseroles grandes et moyennes avec couvercles, poêle à tourte, pots de toutes sortes avec couvercles, terrines, poêle à long manche, plats à poisson, poêle à œil de bœuf pour faire les omelettes, lèchefrites, louches, casseroles en cuivre, petit et grand four, trois trépieds pour grosses casseroles, triangles, chaînes à attacher à la cheminée, grilles grandes et petites, grande poêle pour frire, râpe, mortier en bronze, couteaux, hachettes, lampes à huile, chandeliers en fer, cuillères percées et non percées, rouleaux à macaronis, pilons en bois, passoire, torchons et sacs en chanvre, formes à ravioli, rouleau à pâte, soufflet, seringue en étain pour passer le beurre. Il fallait bien faire attention à ce que toutes les choses en cuivre soient rangées ensemble et séparément du fer. »

Tout en écrivant sous la dictée de Scappi, François rongeait son frein. Encore un jour de perdu !

*

Ils partirent un samedi matin, de très bonne heure. Il faisait encore chaud pour la saison. Scappi, gai comme un pinson, se hissa sur sa monture. Il avait roulé sa cape de voyage et l'avait attachée au paquetage à l'arrière de la selle. Il avait belle allure pour un homme aussi âgé. Il portait une cotte et des hauts de chausse de drap bleu azur, des gants de cuir couleur garance. Une fraise à petits godrons soulignait la noblesse de son visage. Un large chapeau de feutre le protégerait des ardeurs du soleil comme des attaques de la pluie.

Torquato ne semblait pas aussi vaillant. Le teint pâle, l'œil sombre, il ne prononça pas une seule parole, les yeux fixés sur les oreilles de son cheval. Guido, le marchand florentin, était tout aussi perdu dans ses pensées. Peut-être calculait-il, en son for intérieur, ce qu'allait lui rapporter la revente de la soie achetée à Naples.

Ils longèrent les ruines des thermes de Caracalla, vestiges des temps antiques où les plaisirs du bain faisaient partie de la vie quotidienne.

176

Scappi, tout heureux de prendre la route, faisait des grands mouvements de bras tout en disant :

– Vous vous rendez compte que plus de mille cinq cents baigneurs pouvaient bénéficier des piscines d'eau chaude et froide ainsi que des services d'épilation, de coiffure et de massage. Bien entendu, on y mangeait. La coutume était de se baigner juste après les repas. De là les morts subites et sans testament. Aujourd'hui, c'est aux alentours de ces ruines qu'on enterre les pèlerins morts à Rome. C'est aussi une manne providentielle pour les carriers et les architectes qui viennent se fournir à bon compte en bonnes pierres déjà taillées.

Ces paroles firent sortir Torquato de sa léthargie.

– C'est un scandale ! C'est une honte ! Le pape Paul III a pillé les lieux pour construire la basilique Saint-Pierre et ça continue. Quand je pense que c'est ici qu'on a trouvé la superbe statue d'Hercule que la famille Farnese s'est appropriée !

Il retomba dans un mutisme profond. François se dit que le voyage n'allait pas être de tout repos entre un Scappi pépiant en permanence et un Torquato vitupérant. Seul, le Florentin avait le bon goût de se taire.

Ils passèrent sous l'arche de Drusus menaçant ruine, puis juste après, sous la porte San Sebastiano flanquée de deux tours. La voie Appia s'offrait à eux. La « reine des routes », selon les anciens Romains, allait les mener jusqu'à destination, cent vingt milles[1] plus loin.

Scappi qui frétillait sur son cheval comme un enfant lâché dans un jardin, reprit la parole :

– Très forts ces Romains, vraiment très forts. Quand on pense qu'ils ont construit cette route trois cents ans

---

1. 1 mille = 1,9 km.

avant la naissance de Notre Seigneur. Regardez, les pierres sont si parfaitement jointes qu'on ne pourrait y glisser une lame de couteau.

François ne voyait que des dalles de grandeur inégale, grises et rousses, très dures sur lesquelles il allait falloir chevaucher pendant quatre jours. Il n'y trouvait rien d'admirable. Pas plus qu'à la campagne déserte qui s'étendait à perte de vue. C'est à peine si l'on discernait quelques arbres. Aucune maison ne venait rompre la monotonie du paysage. Seules les silhouettes des grands aqueducs qui menaient autrefois l'eau à Rome depuis les montagnes distantes de plusieurs lieues, se profilaient à l'horizon. La ville, aujourd'hui, était moins bien pourvue en eau qu'au temps des Romains. Il fallait se contenter de citernes ou de l'eau du Tibre vendue par les *acquerenari* qui la puisaient en amont du port de Ripetta. Jusqu'à peu, un seul aqueduc romain était encore en service : l'Acqua Virgo. Le pape Nicolas V l'avait fait restaurer et avait fait aménager la modeste fontaine de Trevi, au pied du Quirinal[1]. Cette année, de nouvelles fontaines avaient fait leur apparition grâce à des travaux de grande ampleur décidés dix ans auparavant par le pape Paul III[2].

Scappi voulut s'arrêter à l'église Santi Nero e Achilleo, où selon la tradition, saint Pierre aurait perdu la bande de tissu qui protégeait son pied blessé par les chaînes. François refusa vigoureusement, mais dut faire face à la même demande quelques centaines de toises plus loin, devant l'oratoire San Giovanni in Oleo. Scappi argua que le bâtiment avait été construit par un compatriote

---

1. La célèbre fontaine de Trevi que nous connaissons actuellement a été construite entre 1732 et 1762.

2. C'est avec Grégoire XIII (1572-1585) que Rome deviendra la ville des fontaines.

de François, le cardinal Benoît Adam, à l'endroit où saint Jean était sorti sain et sauf de la marmite d'huile bouillante dans laquelle il avait été plongé, avant d'être exilé à Patmos. Devant le refus de François, il le traita de mécréant et se mit à lui raconter une autre histoire édifiante, celle de saint Laurent. L'empereur Valérien avait fait fracasser les mâchoires du saint à coups de pierres, puis avait ordonné de le dépouiller de ses vêtements et de l'étendre sur un gril posé sur des charbons ardents. Sommé une dernière fois de sacrifier aux dieux, Laurent avait déclaré : « Moi, je m'offre au seul vrai Dieu en sacrifice d'agréable odeur, parce que le sacrifice qui convient à Dieu c'est un cœur broyé et humilié. » Comme les bourreaux activaient le feu, il dit au tyran : « Apprends, malheureux, que ce brasier m'apporte le rafraîchissement, mais à toi le supplice éternel. Maintenant que je suis cuit d'un côté, tourne-moi donc de l'autre ! » Quand on l'eut retourné, il adressa une dernière prière : « Je Te rends grâce, Seigneur Jésus-Christ, parce que j'ai mérité de franchir les portes de Ton Royaume. » Puis il rendit l'esprit.

François regrettait plus que jamais d'avoir accepté que Scappi l'accompagnât. Ils n'étaient qu'à quelques milles de Rome et déjà le voyage lui semblait interminable. Il aurait dû partir en cachette.

Ce fut au tour de Torquato de manifester l'envie de s'arrêter. Ils étaient arrivés dans la zone où se dressaient les tombeaux des anciens Romains. Pirro Ligorio lui avait confié qu'il existait dans le coin des catacombes où se faisaient enterrer les premiers chrétiens. Il proposait ni plus ni moins de s'arrêter pour fouiller la terre[1]. François

---

1. Les premières catacombes furent découvertes par Antonio Boso en 1593 puis vers 1850 par Gian Battista De Rossi.

n'eut même pas besoin de s'y opposer. C'est le marchand florentin qui s'en chargea. Il hurla qu'il allait les laisser en plan s'ils ne consentaient pas à avancer.

Scappi et Torquato se murèrent dans une bouderie jusqu'à leur premier arrêt à Ciampino pour un méchant dîner composé de tripes fricassées à l'huile puante. François dut retenir Scappi qui parlait d'aller casser le museau à l'aubergiste. Comme il ne se calmait pas, François lui proposa de faire demi-tour. Frascati n'était pas loin, il pourrait se réfugier chez lui. Scappi ne voulut pas en entendre parler, repoussa son assiette et se contenta de mauvais pain. Ce qui ne l'empêcha pas de continuer à pépier :

— Ces campagnes désertes et sans cultures me font mal au cœur. Voilà le résultat des guerres, des impôts trop lourds et de la multiplication des bandits.

Pour une fois, le marchand florentin sortit de son silence et regardant François d'un sale œil, prit la parole :

— Depuis la fin de la guerre avec les Français[1], on les voit pulluler, ces bandits. Bon nombre d'hommes d'armes inoccupés ont formé des bandes et vivent du fruit de leurs rapines.

— Sans compter les seigneurs qui se sont mis de la partie pour contrer l'autorité du pape, continua Scappi. Comment voulez-vous que les paysans continuent à vivre sur leurs terres en sachant que leur récolte va être saccagée ? Ils vont grossir le nombre des pauvres à Rome. Souvenez-vous de la disette de 1567. Les inondations du Tibre avaient été terribles, des pirates étaient en faction à l'embouchure du fleuve. Résultat, le pain vint à manquer. Le pape dut faire venir du blé des Marches et même de

---

1. En 1559.

Provence. Le blé français était plutôt bon quoiqu'un peu léger.

Ils se remirent en route. Scappi somnolait sur sa monture. François commençait à regretter de s'être lancé dans cette aventure.

Le soir, ils s'arrêtèrent à Velletri, une petite ville sur une hauteur, à l'extrémité des monts Albains. Ils n'eurent d'autre choix qu'une mauvaise auberge, aux grabats durs comme des pierres, abondamment fournis en puces. Scappi continuait à rouspéter et François, perdant patience, lui proposa à nouveau de retourner à Rome. Scappi plongea le nez dans sa soupe de courge et grommela :

— Il n'y a que de l'eau dans ce potage. Moi j'y mets du bouillon de viande, des petites tranches de jambon entrelardées. Dès que la courge est cuite, j'y rajoute des groseilles à maquereau ou du verjus ainsi qu'une poignée d'herbes hachées, du poivre, de la cannelle et du safran[1].

La soirée fut morose. Le marchand florentin compulsait ses listes de prix. Torquato, très agité, écrivait fiévreusement dans un petit carnet relié de cuir. Ils allèrent se coucher très tôt. Ils pourraient ainsi rattraper leur retard. Ils n'avaient parcouru que vingt milles. Il leur en restait presque une centaine.

Le lendemain matin, ils se préparèrent après avoir grignoté un morceau de pain dur et avalé le reste de la soupe de courge. Seul Torquato manquait à l'appel. François le retrouva, roulé en boule sur sa paillasse, le visage tourné vers le mur. Inquiet, il le secoua et fut violemment repoussé par le jeune homme.

— Torquato, tu es malade ? Tu ne te sens pas bien ?

---

1. Recette page 302.

– Il me faut voir un confesseur. Je suis en état de péché mortel.

– Qu'est-ce que tu racontes? s'énerva François qui voulut l'obliger à se lever.

– Je crois que je suis hérétique. J'ai entendu cette nuit, sur un fond de cloches funèbres, la voix de Calvin qui m'appelait à le rejoindre. Fais venir immédiatement un Inquisiteur.

– Calme-toi. Il n'y a ici qu'un curé de village…

– Fais-le venir, je te dis. Tu sais que Ferrare, où je vis maintenant, est un repaire de protestants. Peut-être ai-je été contaminé. Je vais tout confesser.

Il fallait calmer Torquato. Que surtout il n'aille pas voir de curé. Son état de surexcitation le désignerait aussitôt comme coupable. Ce pauvre garçon avait les nerfs malades. François lui demanda de ne pas bouger, l'assurant qu'il se mettait en quête du curé. Il alla puiser dans la cour un baquet d'eau, le remonta et le balança sur Torquato. Le jeune homme reçut la douche glacée, poussa un hurlement et s'ébroua comme il put. François le saisit, lui fit dévaler les escaliers et sous l'œil médusé de ses compagnons le hissa, encore dégoulinant, sur son cheval. Il sauta à son tour sur sa monture, prit la bride de celle de Torquato et partit au petit trot suivi par les autres qui ne pipaient mot. Ce voyage tournait au cauchemar.

Ils chevauchèrent plusieurs heures dans une plaine entourée de marais. L'endroit était inhospitalier à souhait. Quand ils s'arrêtèrent à midi pour se restaurer, ils firent tous cercle autour de Torquato qui semblait épuisé. Scappi voulut savoir ce qui préoccupait tant le jeune homme. D'une voix morne, il répondit :

– Je me sens indigne. Je suis damné. La quête permanente du savoir universel, la vérité sur toute chose, la perfection de l'art me dévorent. Les ténèbres m'enveloppent, j'ai peur.

Scappi jeta un regard inquiet à François qui lui fit signe de laisser parler le jeune homme.

– La terre devient immense, l'univers n'a plus de fin. L'homme gothique n'avait que Dieu et son châtiment à redouter. Nous sommes plus clairvoyants, nous savons que nous sommes responsables de nos souffrances. Ceux qui par dégoût de la vie se sont donné la mort, ne sont-ils pas proches de la sagesse ? Le fardeau de la vieillesse me pèse.

– Mais tu n'as que vingt-six ans, l'interrompit François.

– J'eus trop tôt connaissance des malheurs. L'amertume des faits et des douleurs me rendit mature avant le temps. La dure nécessité de mourir, les malheurs qui fondent sur toi, les flots de fiel qui imbibent toute chose, les maux que l'Homme inflige à l'Homme me font peine. Je m'agite sans but. Je suis né sous l'influence de Saturne qui m'incline à la mélancolie.

– Mais c'est aussi une marque de génie. Tout le monde sait que c'est la plus noble des planètes qui donne à voir les choses secrètes, supérieures. C'est bien connu, tous les hommes qui ont excellé dans un art ou une science étaient tous des mélancoliques, tenta de le rassurer François.

– Aristote l'a dit, intervint le marchand florentin, les mélancoliques ont plus d'esprit que les autres.

– Dans cette cage aux fous, les parfaits idiots s'en sortent mieux, reprit Torquato. Je n'en puis plus de toujours devoir me trouver de nouveaux protecteurs.

François n'osa lui dire que s'il se comportait de manière plus sensée, il n'aurait pas à courir de prince en duc et de duc en cardinal.

– Mes adversités commencèrent avec ma vie. La cruelle fortune m'arracha des bras de ma mère. Je me souviens de ses baisers mouillés de larmes, de ses prières que les vents ont emportées. Je ne devais plus presser mon visage contre son visage. D'un pas mal assuré, je suivis mon père errant et proscrit. C'est dans la pauvreté et l'exil que j'ai grandi. À douze ans, je l'ai rejoint à Rome. Je l'ai suivi à Ravenne, Pesaro, Urbino, Venise, Padoue. Puis je suis rentré au service de Luigi d'Este à Ferrare, j'ai continué mes études à Padoue, à Bologne. À Ferrare j'ai connu Lucrezia, mon bel amour, et Marcello qui me rendit fou de désir.

« Dans un mois, je quitte l'Italie pour la France, dans les bagages de Louis d'Este. Je suis sûr qu'il va me retirer sa confiance. Sous le poids de mes infortunes, j'ai renoncé à toute pensée de gloire ; je m'estimerais heureux si je pouvais seulement éteindre la soif qui me dévore… Je m'agite, je ne reste pas en place, ma grande œuvre m'attend.

– Marsile Ficin a dit : « Ces temps-ci, je ne sais, pour ainsi dire, ce que je veux ; à moins peut-être que je ne veuille pas ce que je sais et veuille ce que je ne sais pas. », ajouta le marchand florentin.

François le regarda avec curiosité. Ne savait-il parler qu'en citations ? Était-ce là l'effet de vivre dans une ville où les arts et les lettres étaient à l'honneur depuis des siècles ? Tous les habitants pouvaient-ils ainsi citer à volonté Platon, Dante, Pétrarque, Ficin et autres gloires de la littérature ?

– Je devrais me précipiter sur une épée, mettre fin à cette vie de douleur, reprit Torquato en essayant de se saisir du couteau avec lequel Scappi coupait un morceau de fromage.

– Luther a dit : « Toutes les tristesses et mélancolies viennent de Satan, celui qui est tourmenté par la tristesse, le désespoir et autres crève-cœur a un ver dans la conscience. Se suicider, c'est se donner au diable », énonça doctement le marchand florentin. Vous devriez inhaler des plantes, porter des talismans permettant d'équilibrer les mauvais effets de Saturne, vous entourer de couleurs vives et plaisantes : rouge, jaune, vert.

– Ce jeune homme devrait surtout mieux se nourrir, dit Scappi. Regardez-le, il a l'air d'une brindille. Enténébré d'une épaisse fumée, l'esprit se trouve tout triste et fâché, il lui faut des nourritures ardentes et gaies.

– Maître Scappi a raison, poursuivit François, se souvenant de ce qu'on lui avait enseigné à Montpellier. Ton corps est soumis à la trop grande pression de ta pensée. Tu as trop de bile noire. La bile en excès se corrompt, fait monter des vapeurs chaudes, qui passent du cerveau dans l'œil et provoquent des idées noires.

– Dès ce soir, conclut Scappi, nous nous mettrons en quête de véritables auberges capables de servir une nourriture saine et variée.

À Terracina, les montagnes cailouteuses rejoignaient la mer. Le paysage était enchanteur, la ville fort ancienne mais misérable.

Dans la pauvre auberge qui n'avait que des litières de paille hachée à leur offrir, Scappi fit un scandale. Il poursuivait son projet de faire manger à Torquato une nourriture adéquate et exigea des poulets pour préparer un *zambaione* au lait d'amandes. L'aubergiste eut beau dire que pour les amandes, il n'y avait pas de problème, mais que les poulets étaient rares, Scappi lui promit les foudres de l'enfer s'il ne lui en trouvait pas. Terrorisé, le pauvre homme partit en courant et frappa à toutes les portes. Il revint avec trois pauvres volailles étiques. Scappi l'attendait, un couteau à la main, l'air féroce. L'aubergiste se confondit en excuses : les temps étaient durs, les brigands mettaient le pays à sac, les pirates sillonnaient la mer. Scappi ne l'écoutait plus. Il mit à cuire les volailles dont il garda le bouillon. Il pila les amandes, les mélangea à de l'eau et en recueillit le lait avec soin. Il y ajouta le bouillon de volaille bien dégraissé, dix jaunes d'œufs frais, six onces de sucre fin, un peu de la cannelle et de l'eau de rose qu'il avait apportés de Rome, se disant, à juste titre, qu'il n'en trouverait pas dans ces contrées misérables. Puis il fit cuire le tout, à bonne distance de la flamme, jusqu'à ce que le mélange s'épaississe.

François, le regardant faire, se disait avec soulagement qu'ils avaient fait la moitié du voyage. Quand le *zambaione* fut prêt, Scappi l'apporta cérémonieusement à Torquato et ne le quitta pas des yeux jusqu'à ce qu'il en ait bu la dernière goutte.

Le jeune poète semblait aller mieux. Il riait de bon cœur jusqu'au moment où une ombre passa sur son visage et se tournant vers la mer, il déclama d'une voix altérée :

Que soleil fasse nuit
Que le jour monte avec la blanche lune,
Que naître soit un deuil, mort un plaisir
Que l'été porte gel
Et que le ciel nous soit un affreux enfer
Ou l'enfer même au ciel
Que nature et destin rompent leurs lois
Si le brise l'amour

Si cruauté récompense un cœur noble
Et tendresse l'ingrat.

Scappi soupira et murmura :

– *Per tutti santi*, ce n'est pas gagné. Demain, j'essaie-rai de lui faire une soupe de laitue et une omelette aux herbes sauvages. Et qu'on ne vienne pas me dire que les pirates et les brigands ont emporté ce qui restait de sarriette et d'origan !

14

Un soleil radieux, une mer aux couleurs variant du bleu turquoise au vert profond, un air léger et embaumé : leur avant-dernière journée de voyage s'annonçait sous les meilleurs auspices. Torquato semblait en bien meilleure forme. Scappi se réjouissait des premiers effets de sa cuisine.

Ils chevauchèrent sans encombre le long des marais où paissaient buffles et bufflones. On entendait le bruit des vagues se brisant sur le sable. Se rapprochant de François, Scappi lui glissa dans le creux de l'oreille :

– Dis-moi, mon garçon, t'es-tu déjà baigné dans la mer ?

– Oui, avec mon maître Rondelet, nous avions l'habitude de piquer une tête après nos parties de pêche.

– Et quel effet cela fait-il ?

– C'est agréable. L'eau bouge autour de vous. Elle vous porte. On s'y sent bien.

– Ne pourrions-nous essayer ? J'en meurs d'envie. Arrêtons-nous quelques instants.

– NON ! aboya François éperonnant son cheval qui partit au grand galop.

À quelques milles de Terracina, ils se retrouvèrent devant la vieille muraille qui signalait la séparation entre les États pontificaux et le royaume de Naples. Ils avaient préparé leurs documents de voyage, mais durent affronter la mauvaise volonté des gardes : leur capitaine n'était pas encore arrivé et ils devaient l'attendre. François insista. Le vieux moustachu qui s'abreuvait en permanence à une outre de vin, malgré l'heure matinale, le prit mal. Avec les hordes de bandits dans la région, il avait ordre de ne laisser passer personne. François lui fit remarquer qu'ils n'avaient rien de bandits, qu'ils étaient d'honnêtes voyageurs pressés. Qu'y avait-il à redouter d'un vieillard à la barbe blanche, d'un jeune homme frêle perdu dans ses pensées et d'un marchand bedonnant ? Le garde, pour toute réponse, cracha un jet de salive jaunâtre aux pieds de François. C'en était trop ! François le bouscula et cria à ses compagnons de le suivre, qu'ils n'attendraient pas une minute de plus. Le garde appela à la rescousse ses trois compagnons affalés sur une table branlante. Ils se saisirent de leurs escopettes et mirent en joue les voyageurs. Leurs armes étaient si rouillées qu'elles ne devaient guère être capables de faire du mal à un papillon, mais l'ébriété avancée des hommes imposait la prudence. Les gardes les firent asseoir sur le sol poussiéreux et leur intimèrent l'ordre de ne pas bouger. François était au bord de la crise de nerfs. Scappi tenta d'amadouer leurs geôliers en leur glissant quelques pièces qu'ils empochèrent sans mot dire. François demanda quand arriverait le capitaine. On lui répondit que seul Dieu le savait et que le capitaine ne passait pas tous les jours. François laissa échapper un long chapelet de jurons, Dieu merci en français, et s'absorba dans la contemplation de l'horizon marin. Torquato avait repris son carnet. Le marchand était plongé dans ses calculs, à moins qu'il ne fût en train de se remémorer quelque citation.

L'heure tournait. Le soleil était de plus en plus haut dans le ciel et la chaleur se faisait accablante. François fit une nouvelle tentative pour obtenir leur libération. Le vieux moustachu le toisa et lui dit :

– Vous voyez sur la côte, à cinq milles d'ici, la petite ville de Sperlonga ? C'était une cité charmante et bien vivante. Elle a été ruinée en 1534 par les pirates de Barberousse. Il n'y a plus que cinquante habitants. Vous comprenez pourquoi on fait attention.

– Mais c'est ridicule, s'emporta François. Nous n'avons rien de pirates. Quel mal pourrions-nous faire ?

Scappi le voyant prêt à exploser de nouveau, intervint :

– Il se fait tard et j'entends mon ventre gargouiller. N'y aurait-il pas quelque auberge dans les environs ?

Les quatre gardes éclatèrent de rire. Le moustachu déclara :

– Ça se voit que vous venez de Rome. Mais il n'est pas dit que pour votre arrivée dans le royaume de Naples, nous manquions aux règles de l'hospitalité. Si vous avez quelques sous, nous pouvons vous offrir un festin à notre manière.

François leva les yeux au ciel et s'apprêtait à répondre qu'en guise d'accueil, ils feraient mieux de les laisser passer. Scappi lui fit signe de se taire et sortit des pièces de sa bourse. Un des gardes détala aussitôt pour revenir une demi-heure plus tard avec un grand panier d'osier. Il en tira une montagne d'olives, des tresses d'un fromage d'un blanc éclatant, des petits anchois en marinade, une énorme miche de pain et une outre de vin. Il déclara :

– Je vous ai apporté ce qu'il y a de mieux. Des olives de Gaeta…

À ces mots, Scappi se précipita sur les olives, en prit une, la mira et la mit délicatement dans sa bouche. Avec un soupir d'aise, il dit :

– C'en est bien une. Noire presque violette, d'une saveur profonde, juste piquante comme il se doit. Les meilleures olives du monde ! Qui valent toutes celles de Toscane et des Pouilles ! Une merveille ! Un cadeau des dieux ! Une ode à la création !

Le garde lui jeta un regard étonné.

– C'est vrai qu'elles sont bonnes. Mais goûtez donc à notre fromage *fior di latte.*

Avec son coutelas, il trancha le fromage faisant apparaître une pâte d'un blanc de porcelaine d'où perlaient de délicates gouttes de lait nacrées. Il poursuivit :

– Nous sommes pauvres, mais nos bufflonnes nous donnent leur lait tous les jours. C'est bien les seuls animaux qui arrivent à survivre dans les marais. Les buffles sont si puissants et leurs sabots si larges qu'ils ne risquent pas de s'enfoncer. C'est ma femme qui a fait ce fromage, vous m'en direz des nouvelles.

Scappi prit délicatement une tranchette, l'approcha de ses lèvres, y planta ses dents, ferma les yeux, et rugit :

– C'est la meilleure *provatura*[1] que j'aie jamais mangée. Tendre, souple, aigrelette à souhait avec un petit parfum de mousse. Il faut absolument que je rencontre votre femme pour qu'elle m'explique comment elle la fait.

– Oh, ce n'est pas bien compliqué. Il faut juste avoir le tour de main : il faut la filer, c'est-à-dire soulever et tirer la pâte plusieurs fois avec une écuelle ou un bâton. Ici on appelle ce fromage *mozzarella* parce qu'elle est *mozzata*, c'est-à-dire coupée pour lui donner la bonne dimension.

---

1. Fromage frais.

La *mozzarella* de bufflonne est éclaboussée de lait alors que celle de vache ne fait que suinter. Il faut dire que ma femme est d'Agerola, après Naples et Positano, dans les Monti Lattari, où sont fabriquées les meilleures.

L'air radieux et la mine gourmande, Scappi demanda :

– Et votre vin, là, une piquette du pays ?

– Si vous voulez ! Il vient de Mondragone à trente milles d'ici. C'est du *falerne*.

Scappi faillit s'étrangler avec sa poignée d'olives et rugit :

– Du *falerne* ? Du vrai ?

Il se servit aussitôt dans le gobelet de terre vernissée que lui tendait le garde et avala avidement.

– C'est du bon ! Ce vin qui faisait fureur chez nos ancêtres Romains. Nous sommes au Paradis, c'est sûr.

Il tapa sur l'épaule du garde qui lui resservit du vin en lui disant :

– Ça fait plaisir de voir des gens qui apprécient les bonnes choses. Le Royaume de Naples ne va pas vous décevoir.

François était toujours d'humeur sombre. Il reconnut que les olives, le fromage et le vin étaient excellents, mais une mission autrement plus importante l'attendait et il désespérait d'arriver au bout de la route.

En début d'après-midi, le fameux capitaine apparut, tout aussi débraillé que ses hommes et non moins aviné. François faillit le prendre à la gorge quand il déclara que les gardes n'auraient pas dû retenir de si nobles voyageurs dont on voyait bien qu'ils n'avaient rien de dangereux brigands et qui, de surcroît, avaient l'air si pressés.

François sauta à cheval, imité par Torquato et le marchand florentin. Seul Scappi restait à terre. Il écoutait avec attention le moustachu lui recommander divers lieux où il pourrait trouver les meilleures spécialités napolitaines. Malgré tout le respect qu'il lui devait, François hurla qu'ils partaient. Scappi se résolut à se mettre en selle. Le garde le suivait à pied lui disant :

– Si vous passez par Benevent, goûtez au nougat, il est excellent. À Avellino, ce sont les noisettes et les truffes qui font la renommée de la ville.

François passa au trot, suivi par les autres. Le pauvre homme s'essoufflait. On l'entendit encore dire :

– … soupes de grenouilles et d'anguilles à…

Le reste se perdit dans le bruit des sabots. Scappi fit la tête un bon moment, mais la chevauchée au bord de la mer le dérida. À partir de Sperlonga, la côte devenait très découpée. Ils longèrent une multitude de petites baies aux plages ourlées de sable blanc que Scappi regardait avec envie. Le chemin escarpé les retarda de nouveau et pour couronner le tout un violent orage éclata, transformant la route en bourbier. François était au désespoir. Inutile d'essayer d'aller plus loin que Gaeta où ils arrivèrent au moment où un superbe arc-en-ciel, prenant naissance dans la mer, venait frapper le cœur de la citadelle.

– Excellent présage, dit Torquato qui continua :

« Comme sur l'océan qu'infeste et obscurcit la tempête, le pilote fatigué lève la tête, durant la nuit, vers les étoiles dont le pôle resplendit, ainsi fais-je, dans ma mauvaise fortune. Tes yeux me semblent deux étoiles qui brillent devant moi… Ô lampe de mes veilles ! Si Dieu vous garde de la bastonnade, si le ciel vous nourrit de chair et de lait, donnez-moi de la lumière pour écrire ces vers. »

À la minute où il mit pied à terre, Scappi disparut à la recherche d'un vendeur des sublimes olives locales. Il revint chargé de pots hétéroclites et s'escrima à les faire entrer dans son sac de voyage. François épuisé, le regarda faire d'un œil torve. Il n'en pouvait plus de leur train d'escargot, de Scappi la Pie qui n'arrêtait de parler et de s'émerveiller, de Torquato et son mal à l'âme. Seul le marchand florentin ne lui donnait pas d'envie de meurtre.

Par bonheur et pour la première fois depuis leur départ, l'auberge était confortable. Elle donnait sur le port où des barques se balançaient sur les flots cristallins. Ils soupèrent dehors pour profiter des dernières lueurs du jour. On leur servit une excellente friture de calamars, crevettes et petits poissons du golfe.

Le lendemain, devant le visage fermé de François, ses sourcils froncés et son œil mauvais, personne ne rechigna à se mettre en selle. Il leur restait quarante milles à parcourir pour atteindre Naples. Scappi commençant à ressentir les fatigues du voyage, ne réclama aucun arrêt intempestif.

Ils arrivèrent à Naples au crépuscule. La ville leur parut affreusement pauvre et désordonnée. Torquato était le seul à ne pas faire attention au brouhaha, aux gesticulations, aux cris. Il les mena parmi les rues encombrées, bordées de hautes maisons blanches, jaunes, rouges et roses. Ils débouchèrent sur une rue rectiligne qui semblait ne pas avoir de fin.

– *Spaccanapoli*, annonça Torquato. Ça veut dire « fend Naples ». Un vieux souvenir des Romains pour qui une rue ne saurait être que droite.

– Les Napolitains sont-ils en mouvement perpétuel ? Ne s'arrêtent-ils jamais de courir ? hasarda Scappi qui venait de se faire bousculer par un adolescent poursuivi par un homme vociférant.

– Tous les étrangers débarquant à Naples ont l'impression d'arriver en pleine émeute ou au plus fort d'une guerre. C'est ainsi ! répondit Torquato.

Ils arrivèrent devant un palais imposant, via Toledo. Torquato avait proposé à François de demander l'hospitalité à son vieil ami Giambattista Della Porta, un gentilhomme bien connu pour ses travaux scientifiques sur la magie. Ils prirent congé de Guido qui logeait dans une auberge fréquentée par les marchands florentins. Dans la cour du palais, des dizaines de personnes s'affairaient. Un vieux, bossu et édenté, les conduisit à l'étage et les confia à un valet qui alla prévenir son maître. Ce dernier arriva presque aussitôt et prit affectueusement Torquato dans ses bras.

– Te voilà de retour après une si longue absence !

L'homme, âgé d'un peu plus de trente ans, était petit, noir de peau, avait l'œil brillant et le sourcil broussailleux, comme tout bon Napolitain.

Mettant un terme à leurs effusions, Torquato présenta ses amis. Della Porta les assura qu'il serait heureux de leur faire découvrir Naples, bien qu'il soit fort occupé à la rédaction d'une nouvelle édition de son ouvrage *De la magie naturelle*.

François l'informa qu'il avait entendu parler de lui, il y a quatorze ans de cela, par Ulisse Aldrovandi.

– Ulisse ! Quel dommage que nous ne vous voyons pas plus souvent ! Je lui ai rendu visite à Bologne lors de mon retour d'Allemagne. Ses travaux sont remarquables. Il m'avait promis de venir me voir, mais je l'attends toujours… À quel propos vous avait-il parlé de moi ?

– Je crois qu'il s'agissait de vos travaux sur la physiognomonie…

– C'est vrai qu'ils font grand bruit. Je pars d'un principe simple : chaque espèce animale a une physionomie correspondant à son caractère et à ses passions. L'homme qui possède les mêmes traits a, par conséquent, un caractère analogue. C'est ainsi que dans mes illustrations, on peut découvrir l'homme-brebis, l'homme-lion, l'homme-loup… Mon livre n'est pas encore prêt à être publié. Que voulez-vous, je m'intéresse à tellement de choses : les mathématiques, l'art de l'optique, la médecine, l'alchimie. Sans compter mon Académie des Secrets qui m'occupe beaucoup.

L'homme était si bavard qu'on le voyait mal garder un secret ! Mais François fut rassuré. Il se souvenait de Nostradamus, un énergumène pas facile d'approche, à qui il avait eu affaire. Les savants l'inquiétaient toujours un peu. Il avait eu la chance de rencontrer des êtres exquis comme Rondelet et Aldrovandi, mais il gardait de cuisants souvenirs du docteur Saporta à Montpellier ou de Gabriel Fallope à Padoue. Della Porta n'avait rien de terrifiant, malgré son crâne chauve curieusement allongé et tout bosselé. Peut-être étaient-ce toutes ces connaissances engrangées dans son cerveau qui avaient du mal à se caser et se battaient entre elles…

Scappi piquait du nez, épuisé par la longue chevauchée.

Della Porta proposa que le souper soit immédiatement servi, afin qu'ils puissent prendre un repos bien mérité.

Les calamars farcis arrachèrent des exclamations de plaisir à Scappi. La soupe de tellines lui tira des larmes de joie. Un excellent *soffrito* – ragoût de cœur, foie et poumons de porc fut suivi de saucisses accompagnées de délicieux légumes à la saveur légèrement amère. Scappi s'en étonna.

– Ah les *friariello*! Ce sont des longues pousses feuillues bien vertes frites à l'ail, précisa Della Porta. Leur amertume se marie bien à la viande de porc. On n'en trouve qu'à Naples. Les Napolitains aiment les légumes et les herbes. C'est ce qui leur vaut, dans le reste de l'Italie, le surnom de « mangeurs de feuilles ». Savez-vous que je m'intéresse beaucoup aux fruits et légumes et à la manière de les rendre plus savoureux ou plus ou moins tardifs?

Scappi s'arrêta de manger :

– Voilà qui est intéressant. J'ai toujours rêvé d'avoir des fruits et légumes en dehors de leurs saisons naturelles. Ce serait extraordinaire pour le cuisinier et ses convives d'avoir des melons ou des cerises en hiver.

– Je n'en suis pas tout à fait là, mais j'ai déjà écrit sur la manière d'avoir des raisins au printemps, faire croître le persil et les concombres en très peu de temps ou faire des fruits à partir de plusieurs espèces.

Stupéfait, Scappi le regardait, la fourchette en l'air.

– Qu'entendez-vous par là?

– Par exemple faire une pomme d'une pêche ou une pêche-noix, ou des pêches-amandes. Ou bien encore produire un fruit sans noyau, un raisin sans pépin, une noix tendrelette sans coquille, des artichauts sans épines. J'aimerais bien aussi trouver le moyen de garder long-temps les sorbes, les poires, les raisins et les grenades.

Pendant le dîner, François resta silencieux. Une fois Scappi et Torquato partis se coucher, le maître de maison lui offrit un verre de *Lachryma christi*, vin issu du raisin des pentes du Vésuve. François lui dévoila alors que sa présence à Naples était dictée par une énigme qu'il devait résoudre s'il voulait sauver son honneur.

– J'adore les énigmes, s'exclama Della Porta frétillant comme un chien découvrant un os de gigot. Fait-elle appel à des symboles mathématiques ? Utilise-t-elle des hiéroglyphes ? J'adore les hiéroglyphes. Dites-la-moi. Il m'est arrivé, à l'Académie des Secrets, d'organiser des séances de décryptage et je m'en suis toujours sorti haut la main. Ou bien alors, peut-être pourrait-on proposer votre énigme à la prochaine réunion ? Mais dites-moi, avez-vous à votre actif une découverte scientifique de quelque importance ? Car c'est une condition *sine qua non* pour faire partie de l'Académie.

François, noyé sous le flot de paroles, le regardait s'agiter. Il tenta d'expliquer son affaire :

– À vrai dire, l'énigme est assez simple. Je crois l'avoir déchiffrée.

Della Porta lui lança un regard chargé de déception.

– Il me faut découvrir le lieu où un de mes amis est séquestré, continua François. Je pensais qu'en tant que magicien, vous pourriez m'aider à le retrouver. Vous devez connaître quelques sortilèges…

François vit le visage du savant se fermer. Il lui répondit d'un ton très froid.

– Que croyez-vous donc ? Je ne suis pas un charlatan, un diseur de bonne aventure. Je m'intéresse à la magie naturelle que chacun devrait vénérer et honorer. Elle est douée d'une considérable puissance et abonde en mystères cachés. C'est le sommet de la philosophie. Je ne veux pas entendre parler de magie infâme, faite d'enchantements et d'esprits immondes. Elle n'est que curiosité mauvaise et ne cherche qu'à susciter charmes et fantômes.

Della Porta était devenu tout rouge. Sous l'effet de ses mâchoires contractées et de ses sourcils froncés, son crâne semblait agité de soubresauts. François enrageait. Sans son aide, il ne pourrait rien. Il n'allait tout de même pas parcourir les rues de Naples en hurlant le nom d'Arcimboldo ou fouiller les milliers de maisons de cette grande ville.

— Je me suis mal exprimé. Il me faut retrouver cet homme. Je ne connais pas Naples. J'ai besoin d'aide. Je sais juste qu'il doit être détenu dans un endroit gardé par les Espagnols.

— Je hais les Espagnols, s'exclama Della Porta. Comme je hais les Normands, les Souabes et les Français, croyez-le bien. Depuis des siècles, ces pays se disputent notre terre. Vous devez savoir que Naples n'est pas romaine. Naples est grecque depuis plus de deux mille ans et le restera. Elle est la glorieuse Parthénope, du nom de la pauvre sirène amoureuse d'Ulysse qui, hélas, la dédaigna.

— Tout comme Naples, je veux dire Parthénope, fut le tombeau de Misène, compagnon d'Hector et trompette d'Énée, ajouta François pour abonder dans son sens.

— Exactement. Ces chiens d'Espagnols ne vont pas faire la loi chez nous. Napolitains nous sommes et Napolitains nous resterons. Dites-m'en plus sur votre ami. Si les Espagnols sont dans le coup, je vous jure, on va le tirer de là. Qu'avez-vous comme élément ?

Devant un tel revirement, François resta coi. Il sortit le petit morceau de papier écrit par Arcimboldo et le tendit à Della Porta.

— Je vois pourquoi vous parliez de Misène. L'allusion est claire, les trompettes sont là pour le prouver. Mais vous avez un autre indice avec la feuille de figuier.

François sentit son cœur bondir. Della Porta allait-il si vite découvrir le lieu d'emprisonnement d'Arcimboldo ?

— La feuille de figuier ne peut que figurer la sibylle de Cumes. La coutume voulait qu'on lui apporte des

offrandes sur une feuille de figuier. C'est très simple :
votre homme doit être entre le cap Misène et Cumes.

François bondit sur ses pieds et s'exclama :

— J'y vais.

— Ne dites pas de bêtises. Vous ne connaissez pas les
lieux. Nous partirons dès le lever du soleil. En attendant,
je vais vous situer le cap Misène et Cumes par rapport à
Naples.

Tout en dessinant une sorte de carte, le savant lui
expliqua qu'après la baie de Naples, il y avait celle de
Pouzzoles, fermée par le cap Misène. Cumes se trouvait
juste derrière. Les chemins étaient en bon état et il ne fallait que quelques heures pour y aller.

Torquato partit pour Sorrente aux aurores. François
tenta de convaincre Scappi de visiter la ville, ses marchés,
ses auberges, ses églises. Il ne voulut rien savoir et tint à
les accompagner. Le vieil homme commençait à devenir
suspicieux. François était conscient qu'il ne pourrait garder le secret bien longtemps. Mais il voulait à tout prix
éviter à Scappi de découvrir que l'œuvre de sa vie était
menacée par un odieux chantage. Arcimboldo une fois
libéré, François pourrait passer sous silence ce qui s'était
tramé.

15

Malgré l'inquiétude qui le tenaillait, François prit un grand plaisir tout au long du trajet qui les menait à Cumes. Il se promit de revenir un jour pour apprécier pleinement les merveilles qui s'offraient à ses yeux. Ils quittèrent Naples par la colline du Pausilippe, couverte de jardins et de vergers dévalant la pente jusqu'à la mer d'un bleu profond. Pausilippe signifie « lieu qui met fin aux soucis », leur confia Della Porta. Tous les puissants : Sylla, Pompée, Crassus, Cicéron, César y avaient possédé un domaine. Sans oublier l'ineffable Lucullus dont l'immense fortune provenait des guerres menées pour la République. Il avait quitté la politique pour une vie de voluptés dans sa somptueuse villa. C'est dans sa bibliothèque, contenant des milliers d'ouvrages, que Virgile avait écrit son œuvre immortelle, *L'Énéide.*

– Et ses fameux viviers, en voit-on encore la trace ? demanda Scappi, plus intéressé par la réputation de fin gourmet de Lucullus que par ses activités de mécène.

– Hélas, tout a disparu. On dit qu'après sa mort, les poissons qu'il élevait par milliers furent vendus pour quatre millions de sesterces.

Soudain Scappi immobilisa son cheval, se retourna pour regarder Naples et demanda d'une voix inquiète :

– Vous ne sentez rien? N'y aurait-il pas eu un léger tremblement? Ne serait-ce pas quelque éruption en préparation?

L'imposante silhouette du Vésuve se dressait au loin. Avec sa couronne de petits nuages blancs, il n'avait rien de menaçant.

Della Porta éclata de rire.

– Rassurez-vous. La dernière colère de notre volcan date de 1500. Mais il peut se réveiller à tout moment...

Scappi frémit.

– C'est vrai qu'il faut s'en méfier, continua Della Porta d'un ton léger, mais sans lui nous n'aurions jamais une terre aussi fertile. Un de nos proverbes dit : « Une goutte d'eau la nuit, un jardin le lendemain. »

Scappi hocha la tête, nullement convaincu des effets bénéfiques du volcan. Juste avant d'arriver à Pouzzoles, des fumerolles apparurent dans le lointain. Il demanda à ce qu'ils pressent l'allure et affirma :

– Je suis sûr d'avoir senti une secousse. Et cette odeur d'œufs pourris, d'où vient-elle?

Della Porta tenta de le rassurer :

– Ce n'est que la Solfatara, un tout petit cratère. Voulez-vous qu'on aille y jeter un œil?

François s'apprêtait à dire qu'ils n'en avaient pas le temps, mais Scappi le devança.

– Je n'y tiens guère. Je n'ai aucune envie de connaître le même sort que ces pauvres gens de Pompéi ensevelis sous des coulées de lave.

– Nous ne risquons rien, continua Della Porta. Certes, il y a des boues brûlantes et des émanations de gaz, mais les Romains les exploitaient déjà en leur temps. Et c'est ce qui a fait la grande renommée des thermes de Pouzzoles. Tous les gens riches venaient s'y faire soigner. C'est là aussi qu'on recueille le réalgar et l'orpiment, deux substances dangereuses qui peuvent conduire à la mort mais qui font de belles couleurs orangées utilisées par nos peintres.

Scappi jetait des regards apeurés de tous côtés et tentait de retenir sa respiration. Il ne retrouva toute son assurance que quand leur guide annonça qu'ils longeaient le lac Lucrin.

– Quoi! s'exclama Scappi. Cette vulgaire mare aux canards est le célèbre Lucrin où Sergius Orata avait installé des viviers pour faire croître des huîtres connues dans tout le monde antique?

– Hélas, une éruption volcanique en 1538 a fait naître une petite montagne, le Monte Nuovo, et le lac fut comblé dans sa plus grande partie.

– Quel dommage! se lamenta Scappi. Nous aurions pu mettre quelques huîtres au gril, et les préparer à ma manière avec un peu de jus d'orange amère et du poivre[1].

– Je ne vous propose pas d'aller faire un tour au lac Averne, à quelques centaines de toises d'ici, reprit Della Porta. Que les anciens Romains y aient situé l'entrée des Enfers, n'a rien d'étonnant. Les émanations de soufre sont si importantes qu'aucun animal ne peut vivre dans ses parages. Les oiseaux, s'ils ont le malheur de le survoler, tombent comme des pierres, asphyxiés.

Scappi éperonna son cheval tout en disant :

– Passons au large. Ces lieux ne me disent rien qui vaille.

---

1. Recette page 304.

François était impatient d'arriver à Cumes. Malgré l'assurance dont faisait preuve Della Porta, François savait qu'un coup de pouce du destin ne serait pas superflu.

Ils durent auparavant traverser Baïes, un autre lieu de villégiature très prisé des Romains où, le rappela Della Porta, ce fou de Caligula avait fait construire un pont constitué de milliers de bateaux pour rallier Pouzzoles. Il l'avait parcouru au galop sur son cheval bardé d'or !

La déception de François fut grande quand il s'aperçut que Cumes n'était qu'un pauvre village perdu dans une campagne désolée. Della Porta n'écoutant pas ses protestations, les conduisit près d'un amoncellement de rochers où il désigna une fente étroite[1].

– C'est là que se trouve l'antre de la Sibylle.

François le regarda d'un air désolé :

– Mais c'est impossible. Ça ne peut pas être là. Personne ne peut y pénétrer. On voit bien que le lieu est inoccupé.

Mal à l'aise, Della Porta se grattait la barbe.

– C'est vrai qu'on imagine mal qu'on puisse y séquestrer quelqu'un. Seuls les bergers doivent passer par là. Quelque chose dans le message a dû nous échapper.

Scappi s'était éloigné pour cueillir de la sarriette qui poussait en abondance. Il revint vers ses compagnons et leur déclara :

– Vous avez l'air bien songeurs. Pourrais-tu me dire, François, ce que nous venons faire dans ce lieu hostile ?

– Je ne le sais pas moi-même, répondit François qui s'assit sur un rocher et se prit la tête entre les mains. Se tournant vers Della Porta, il lui demanda :

_____

1. Le site de l'antre de la sibylle ne sera redécouvert qu'au xxe siècle.

– Et si nous continuions vers le cap Misène ?

– Inutile, c'est un lieu tout aussi désert.

François regardait au loin les deux terres se détachant à l'horizon.

– Et ces deux îles ?

– N'y pensez pas. À Procida, il n'y a que des citrons et à Ischia que des lapins et des sources d'eau sulfurée.

– Les lapins d'Ischia, tenta Scappi. Il paraît qu'ils sont très bons. Ne pourrait-on aller y goûter ?

– NON, rugit François.

– Mais vas-tu me dire, à la fin, ce que tu cherches ? Je te vois inquiet. Tu as perdu ta bonne humeur et tu me réponds comme si j'étais un vieillard gâteux.

Pris de remords, François s'excusa pour son ton peu amène. Après tout, son maître n'y était pour rien et il se comportait comme un sauvage. Décidant de lui faire plaisir, il demanda à Della Porta où était la plage la plus proche.

– À Torregaveta, qui n'est distant que d'un mille, il y a une grève de sable.

– Alors, allons-y.

François, invita ses compagnons à se remettre en selle. Interloqués, ni Della Porta ni Scappi ne pipèrent mot. Arrivés à la plage, François fit signe à Scappi de le suivre, se déshabilla et courut dans les vagues. Interdit, Scappi le regardait faire. François, ruisselant, sortit de l'eau et revint vers lui.

– Allez, c'est le moment ou jamais. Venez donc !

– Je n'ose pas. N'est-ce pas dangereux ?

– Pas plus que de passer sa vie la tête dans un four.

Scappi éclata de rire, se défit de ses vêtements et suivit craintivement François. Il mit un pied dans l'eau, recula précipitamment en voyant une vague arriver, s'enhardit, pénétra dans les flots jusqu'à mi-cuisse et se laissa choir en poussant un grand cri. François l'entraîna un peu plus loin, le fit se mettre sur le dos et le tira comme il aurait remorqué un navire. Scappi avalait de l'eau, crachotait. Quand François le lâcha, il se mit à tourner comme une toupie dans la mer, puis à se jeter contre les vagues. Il hululait de bonheur et François eut le plus grand mal à le faire sortir. Il avait des algues dans la barbe, les yeux rougis de sel, mais affirmait que ce bain de mer avait été divin et qu'il était fort heureux de l'avoir expérimenté avant de mourir. François le frictionna avec sa chemise et lui intima l'ordre de se rhabiller *illico presto* s'il ne voulait pas, justement, attraper la mort.

Sur le chemin du retour, il s'entretint longuement avec Della Porta. Scappi, fatigué par son bain, dodelinait de la tête et ne manifestait aucune intention de se mêler à la conversation. Della Porta déclara qu'il était illusoire de rechercher Arcimboldo avec aussi peu d'indices. Il y avait tant de cavernes, de souterrains dans la région sans compter les places-fortes et les citadelles, qu'il faudrait mille ans pour tout explorer. Devant la mine désespérée de François, il lui proposa de soumettre l'énigme aux membres de l'Académie des Secrets, assurant que tous étaient gens de confiance, rebelles aux Espagnols et rusés comme des renards dès qu'il s'agissait de percer un mystère. La prochaine réunion avait lieu le lendemain. François donna son accord, tout en ne voyant pas bien ce que les éminents académiciens pourraient découvrir de plus. L'espoir de retrouver rapidement Arcimboldo s'évanouissait. D'autre part, il lui fallait se débarrasser de Scappi qui lui faisait perdre trop de temps et devenait trop curieux. Il demanda à Della Porta de trouver un guide pouvant emmener le cuisinier en excursion, à la recherche des trésors culinaires des environs de Naples.

Le lendemain matin, Scappi partit en compagnie d'un des proches de Della Porta. François souhaita bonne route à son maître. N'ayant rien d'autre à faire, il alla jusqu'à la place San Domenico. C'était un bel endroit, encadré de palais, où les Napolitains aimaient flâner.

Il entra dans l'église et resta longtemps au pied de la statue de saint Antoine. Il lui adressa d'ardentes prières pour que sa quête aboutisse. Comme l'avait souligné Granvelle, ses sentiments religieux manquaient singulièrement de profondeur, mais il avait toujours aimé les dévotions aux saints en qui il voyait de bons compagnons toujours prêts à écouter d'une oreille attentive les doléances des fidèles.

Il retourna sur la place et, assis sur une borne de pierre, observa longuement la façade de l'église. Y était accolée une drôle de tour percée de petites fenêtres grillagées qui, curieusement, faisait ressembler l'édifice à un visage avec ses deux yeux, son nez et sa bouche. Le parapet crénelé pouvait figurer les crans d'une chevelure courte. On aurait cru un dessin d'Arcimboldo. Était-il si obnubilé que tout ce qu'il voyait lui rappelait le peintre ? Sa raison était-elle en train de faiblir ? Un éclat de lumière vint violemment lui frapper l'œil. Il alla s'asseoir sur une autre borne et quelques secondes plus tard, reçut le même trait lumineux. Il regarda autour de lui. La place était pleine de monde, mais nul se semblait incommodé par un incident du même genre. Il soupira. Il se sentait si nerveux qu'il était fort capable d'imaginer les choses les plus étranges. La fréquentation de Della Porta n'y était pas pour rien. Le savant ne parlait que de magie et de phénomènes extraordinaires. François essaya vainement de se rappeler l'une de ses découvertes : la *camera obscura*[1], un procédé optique permettant de copier des images. Obscur, ça l'était ! Il ne comprenait pas ce qui poussait certains à s'intéresser à de telles choses. Une troisième fois, il reçut l'éclat de lumière.

Il quitta la place et descendit vers le port, où une multitude de bateaux étaient à quai. Il n'en avait jamais vu autant, même à Marseille. Il continua son chemin jusqu'au château de l'Œuf. Encore une de ces croyances qui pullulaient à Naples ! On disait que dans les entrailles de ce vieux fort, se trouvait un œuf magique dont le destin était lié à celui de la ville. Tant qu'il resterait intact, la ville ne souffrirait aucun dommage. La journée lui semblait interminable. Au moins n'avait-il plus Scappi dans les jambes.

Quand vint l'heure de la réunion de l'Académie, il repartit via Toledo et vit avec surprise son hôte l'attendre avec deux paires de torches, alors qu'on était au début de l'après-midi.

– J'ai oublié de vous dire que la réunion a lieu dans les souterrains de Naples. Nous y sommes plus tranquilles. Non pas que nos réunions méritent un tel luxe de précautions, mais les temps sont à la suspicion pour tout ce qui touche aux sciences. Au moins, avons-nous la chance d'avoir échappé à la présence de l'Inquisition. En 1547, le vice-roi Don Pedro voulut l'introduire à Naples. Le 16 juillet, le bruit courut que le tribunal était aux portes de la ville. Le peuple prit les armes et, sous la conduite du père de notre ami Torquato, se révolta. L'Inquisition ne mit jamais les pieds à Naples.

---

1. Ancêtre de l'appareil photo et de la caméra dont Della Porta n'est pas l'inventeur mais qu'il décrit précisément.

Ils partirent pour le Vomero, une colline toute proche où Della Porta possédait une maison de campagne. Ils traversèrent les quartiers espagnols, nouvellement construits pour y cantonner les soldats. Devant les centaines de maisons de deux étages, François put se rendre compte que la puissance des occupants n'était pas feinte. Que pouvait-il espérer, lui tout seul, face à un tel déploiement de force ? Il sentait sa résolution fléchir et faillit annoncer à Della Porta qu'il abandonnait ses recherches. D'autant que la perspective de devoir descendre dans des souterrains le paniquait, lui qui détestait les lieux clos, *a fortiori* situés sous terre. Il serait volontiers resté dans le délicieux jardin planté d'arbres fruitiers entourant la maison de Della Porta, mais ce dernier le pressait et ne voulant pas passer pour un pleutre, il s'engagea dans le puits que lui indiquait son compagnon. Des fers avaient été fixés dans la paroi et faisaient office de marches. François crut que son cœur allait cesser de battre quand il s'aperçut que le diamètre du puits allait en se rétrécissant, permettant tout juste à un individu de sa corpulence de s'y glisser. La descente lui sembla infiniment longue. Quand il toucha le sol, il poussa un tel soupir de soulagement qu'il faillit éteindre la torche. L'endroit était impressionnant, aussi grand et haut qu'une cathédrale. Della Porta lui expliqua que depuis les Romains, le sous-sol de Naples servait de carrière. C'est de là qu'on tirait les blocs de tuff servant à construire maisons et palais. Au moins, on respire, se consola François. L'épreuve serait moins dure qu'il ne pensait. Hélas, Della Porta l'entraîna vers un boyau, lui recommandant de baisser la tête et de tenir sa torche devant lui, car le couloir était très étroit. François avait le cœur au bord des lèvres, les jambes flageolantes et des étoiles dansaient devant ses yeux. Au débouché du couloir qui devait bien faire deux cents toises, il se laissa glisser le long de la paroi de pierre.

– Vous avez l'air d'une souris noyée dans l'huile, lui dit en riant Della Porta. Je sais, la première fois, c'est assez éprouvant.

Pour François, il n'y aurait pas de deuxième fois, la chose était sûre. Ils se trouvaient devant une porte ressemblant étrangement à celle de l'ogre de Bomarzo. François suivit Della Porta avec appréhension. Les membres de l'Académie ne tardèrent pas à arriver, riant et parlant fort. Ils ne semblaient nullement affectés par leur descente, alors que François arrivait tout juste à calmer le tremblement de ses membres.

Au nombre de vingt, ils étaient tous élégamment habillés, traduisant ainsi une appartenance à la haute société napolitaine. Tous sauf un, qui portait une soutane élimée. François reconnut immédiatement Giordano Bruno, le défenseur de Copernic qui avait fait un esclandre dans la librairie de Lafrery. Voilà qui promettait des échanges vigoureux !

Della Porta, après leur avoir souhaité la bienvenue, leur annonça que l'ordre du jour allait être bouleversé. Ils n'évoqueraient pas, comme il était prévu, les artifices du feu, notamment les moyens de faire un feu brûlant sous l'eau et d'avoir des torches que le vent ne peut éteindre.

Giordano Bruno protesta qu'il avait beaucoup travaillé sur le sujet et qu'il avait également trouvé un artifice permettant de produire une lumière par laquelle les hommes sembleraient des géants et un autre où ils apparaîtraient avec des têtes de chevaux ou d'ânes. Della Porta promit que ces sujets seraient abordés lors de la prochaine séance. Il présenta la requête de François. Tous se mirent alors à parler ensemble, lançant des propositions toutes plus irréalistes et saugrenues les unes que les autres. François n'en fut ni surpris, ni déçu. Sa confiance en Della Porta s'était sérieusement érodée. Il n'avait qu'une hâte : sortir de ce maudit piège à rats. Les Académiciens se mirent d'accord pour se pencher sur l'énigme et faire parvenir à Della Porta le fruit de leurs réflexions.

*

Della Porta assurait avoir grande confiance dans la perspicacité des membres de l'Académie. François ne partageait pas son optimisme. *Festina lente*, autrement dit « Hâte-toi lentement » ne cessait de lui répéter le savant, en le voyant tourner comme un lion en cage. C'était, sans nul doute, une belle maxime philosophique, mais il n'était guère en état de l'apprécier et surtout pas de la mettre en pratique. Malgré toutes les distractions d'une ville comme Naples, il n'avait goût à rien. Il errait sans but dans les rues, si étroites et aux maisons si hautes et si proches, qu'on avait du mal à apercevoir le ciel. Quand une troupe de cavaliers s'annonçait, il valait mieux se plaquer contre le premier mur venu si on ne voulait pas terminer en charpie sous les sabots des chevaux. L'impression de guerre permanente qui régnait dans la cité le rebutait. Tout comme ces *bassi*, sombres rez-de-chaussée où des familles s'entassaient misérablement, mangeant à même le sol ou sur une table branlante. La seule chose qu'il trouvait amusante, c'était le système de paniers montant et descendant le long des façades pour éviter aux occupants de passer leur vie dans les escaliers.

Il retourna plusieurs fois prier saint Antoine à l'église San Domenico et presque à chaque fois, sur la place, l'étrange phénomène lumineux se reproduisit. Il finit par se dire que c'était là une des bizarreries dont Naples avait le secret. Ainsi, Della Porta l'avait mis en garde contre les jeteurs de sort et lui avait recommandé de se munir, en guise de protection, de ces petites cornes de corail qu'on vendait à chaque coin de rue. Il avait ajouté qu'il devait absolument éviter de croiser le regard des hommes pâles et maigres avec des yeux de crapauds : c'étaient immanquablement des *jettatore*. Il pouvait éventuellement conjurer le mauvais sort en gardant les doigts de la main repliés dans le dos. Au début, François avait ri, puis au fil des jours, à force de voir des gens discuter, le bras replié, il s'était procuré toute une collection de cornes de différentes grandeurs. Le sort était déjà assez cruel. Inutile d'en rajouter !

Il pensait sérieusement à rentrer à Rome et il l'aurait certainement fait si Scappi avait été de retour. À son désespoir de ne pas trouver trace d'Arcimboldo s'ajoutait l'inquiétude de ne pas voir revenir son vieux maître. Lui serait-il arrivé quelque chose ? François se voyait mal annoncer que le cuisinier secret du pape avait été enlevé par des pirates barbaresques ou qu'il était tombé dans le cratère du Vésuve. Il notait précieusement les recettes des plats qu'il découvrait pour lui en faire part, notamment la sublime *pastiera*[1], un gâteau alliant la douceur de la ricotta, l'onctuosité du blé, la délicatesse du cédrat confit et de l'eau de fleur d'oranger. Un avant-goût de paradis…

---

1. Recette page 315.

C'est avec un immense soulagement, qu'un soir, il entendit un valet annoncer le retour du cuisinier prodigue. Il se précipita dans la cour où il vit un Scappi, la barbe en bataille, les vêtements poussiéreux mais la mine réjouie et l'œil brillant. Il donnait des ordres pour le déchargement des quatre mules qui, de toute évidence, faisaient partie de son escorte.

– Attention aux bonbonnes de Taurasi, n'allez pas me perdre cet excellent vin rouge !

Apercevant François, il courut vers lui, le prit par le bras et s'exclama :

– Tu ne peux pas imaginer ce que j'ai trouvé. Du *Greco di Tufo*, le meilleur des vins blancs. Des figues de Cilento : elles sont fourrées d'amandes et enveloppées dans une feuille de figuier. Une merveille ! Tout comme les *follovielli* : des raisins secs et des morceaux de cédrat confit dans une feuille de cédrat. J'en ai rapporté autant que j'ai pu.

– Je vois, je vois, répondit François.

Scappi courait d'un tas à l'autre, brandissant de gros sacs de jute.

– Des pois chiches de Cicerale, des petits oignons Nocerino, des fèves de Miliscola. Et regarde, j'ai tout un chargement de pommes Anurca, la reine des pommes.

François regardait avec épouvante les tas de victuailles s'amonceler dans la cour.

Au souper, Scappi monopolisa la parole, racontant comment il avait goûté aux premiers citrons de Sorrente, s'émerveillant de voir autant de fruits sur les arbres, des fruits qui parfois atteignaient la taille de deux poings d'homme. À Pisciotta, au petit matin, il avait assisté au retour des pêcheurs d'anchois. À peine débarqués, les anchois étaient lavés, salés et mis dans des jarres de terre où ils resteraient trois mois. Il en avait, bien entendu, fait provision. Della Porta l'écoutait avec bienveillance, ravi de l'enthousiasme de son invité pour la Campanie. François se réjouissait qu'il ait pris tant de plaisir à son voyage. Hélas, cela n'atténuerait en rien le choc quand il apprendrait que son secrétaire n'avait pu s'opposer au vol de sa grande œuvre.

Scappi racontait, non sans émotion, sa découverte de Gragnano, la vallée des moulins et ses fabriques de pâtes. L'air y était particulièrement favorable : chaud mais sans trop, avec toujours une petite brise marine permettant aux pâtes de bien sécher, étalées dans les rues du village. Della Porta répliqua que, certes, le climat était excellent mais que la qualité des pâtes était surtout due à la semoule de blé dur *saragolla*, une variété que les Napolitains faisaient venir des Pouilles.

– Tout le monde dit que Marco Polo a rapporté l'art des pâtes de Chine, poursuivit-il. Ici on sait bien que c'est faux. Nos ancêtres les connaissaient bien avant ! Ce sont les Arabes, occupant la Sicile, qui nous en ont appris la technique. J'ai trouvé dans les écrits du géographe Idrisi qui vivait au XIIe siècle un passage disant que près de Trabia, à côté de Palerme, il y avait de grands domaines dans lesquels on fabriquait des pâtes que l'on exportait dans tous les pays musulmans et chrétiens.

– Maintenant, on en fabrique partout. À Gênes, en Lombardie, à Bologne. Pour ma part, je ne fais pas entièrement confiance aux pâtes des manufactures. Je les préfère fraîches et préparées dans mes cuisines, répliqua Scappi avec une petite moue.

– C'est une pratique de grands seigneurs ! À Naples, les pâtes deviennent un mets de plus en plus populaire,

214

même si macaroni et lasagnes sont encore trois fois plus chers que le pain. Mais vous verrez : grâce aux progrès techniques, Naples deviendra la capitale des pâtes !

– J'en accepte l'augure. Les recettes, elles-mêmes évoluent. Si Maître Martino, il y a un siècle, recommandait une cuisson d'une heure, moi je me contente d'une demi-heure. Elles sont alors parfaitement onctueuses. J'y ajoute toujours du fromage dur râpé, le meilleur étant celui de Plaisance ou de Lodi[1], du sucre et de la cannelle.

François grinça des dents. Il adorait les *tagliatelle*, les *tortelli*, les *crozetti*, les *millefanti* et autres *ravioli*, mais une fois de plus, déplorait la manie d'y ajouter des épices et du sucre. Il les préférait avec juste un peu de beurre et de fromage. Scappi avait vu la grimace de son secrétaire et ajouta aussitôt :

– Pour les *macaroni* de Carême, je les fais avec une sauce comportant noix pilées, gousse d'ail, sel et poivre ou encore avec une sauce verte à base d'herbes aromatiques. La *pasta* est un très bon accompagnement pour les viandes bouillies et rôties ainsi que pour les poissons. En ce qui concerne la semoule de blé dur, je la recommande pour un plat très nouveau, qu'on nomme sucussu à la mauresque[2].

Plus personne ne l'écoutait. Della Porta, les yeux dans le vague, suivait le vol hésitant d'un papillon de nuit quand soudain, il s'exclama :

– Et s'il y avait un message caché ?

– Dans le sucussu ? répondit Scappi, interloqué.

– Non, je parle du message d'Arcimboldo.

---

1. Parmesan.
2. Première mention du couscous dans un livre de cuisine occidental.

Scappi le regarda comme s'il était devenu fou. Il commença une phrase, aussitôt interrompu par François :

– Que voulez-vous dire ?

– Le message comporte, peut-être, des mots qui ne peuvent se lire qu'en interposant la lumière ou qui ne sont visibles que par le feu ou dans l'eau.

– Comment serait-ce possible ? Arcimboldo n'a certainement pas disposé de beaucoup de temps pour écrire son message.

– C'est le citron de Sorrente qui m'y a fait penser. Donnez-moi la feuille.

François lui tendit le message qu'il gardait toujours sur lui. Della Porta avait coupé un des citrons rapporté par Scappi, il en aspergea le papier et l'approcha de la flamme d'une bougie.

François voulut lui arracher, mais à sa grande stupéfaction, il vit apparaître une ligne jusqu'alors invisible.

16

SAN DOMENICO.

Les lettres étaient pâles mais parfaitement lisibles.

François se leva précipitamment, Della Porta sur ses talons lui criant de l'attendre. Scappi s'égosillait, demandant qu'on lui explique ce qui provoquait un tel branle-bas de combat.

À cette heure tardive, la place San Domenico était loin d'être déserte. Des groupes jouaient aux dés, d'autres chantaient. La façade de l'église était sombre. À sa droite, dans l'étrange tour à figure humaine, on apercevait la lueur vacillante d'une chandelle.

François restait silencieux, scrutant l'obscurité. Della Porta l'exhortait à rentrer. Ils ne pouvaient rien tenter sans avoir un plan d'action précis. François en était bien conscient, mais décida de rester. Il alla se planter devant la tour. Une lourde porte abondamment munie de ferrures en barrait l'entrée. Les fenêtres étaient équipées de barreaux. S'y introduire relevait de l'exploit.

Sur la place, des jongleurs s'étaient installés. D'autres saltimbanques arrivèrent et à la lueur de grandes torches commencèrent à jouer une pantomime. François les regardait d'un œil distrait quand il remarqua les étranges mouvements de la chandelle dans la tour. Elle décrivait des ronds, des lignes droites et d'autres sinueuses. Les mêmes signes étaient répétés en permanence. François regrettait que Della Porta soit parti. Avec sa science du décryptage, peut-être y aurait-il vu quelque chose d'intelligible. Il essaya de suivre plus attentivement. Il y avait un rond, deux lignes droites et deux autres signaux qu'il distinguait mal. Il repartit en courant via Toledo, réveilla Della Porta et lui expliqua l'étrange phénomène. Il saisit une bougie, alla se placer dans un coin sombre de la chambre et s'appliqua à reproduire les formes qu'il avait cru déceler.

– Cela m'évoque des lettres… Si on rapporte vos mouvements à l'alphabet, je dirai qu'il y a deux O, un I ou un L et…

Della Porta bondit hors du lit, courut vers son écritoire, traça des lettres et demanda à François de recommencer sa démonstration. Il rajouta un T puis un V.

– Désolé, ça ne veut rien dire. À moins que …. Ce pourrait être AIUTO[1].

– Mais oui, hurla François. C'est ça ! Arcimboldo appelle au secours. Depuis quelques jours, il se passe des choses bizarres sur cette place.

Il raconta les éclats de lumière qui l'avaient frappé à plusieurs reprises.

– Ce pourrait effectivement être un signal fait à l'aide d'un miroir. Mais rien ne nous dit qu'il s'agit d'Arcimboldo.

François était sûr de son fait. Trop d'indices convergeaient. Restait à savoir comment procéder pour libérer le peintre. Della Porta demanda à François de se calmer. Il avait besoin d'un peu de temps pour obtenir de plus amples informations.

---

1. À l'aide.

Au petit matin, il réveilla son vieux domestique, l'édenté, et le chargea de savoir ce qui se tramait dans la tour. Le vieux revint en fin de matinée. S'exprimant en langue napolitaine, François ne comprit rien à ses propos. Della Porta lui traduisit, qu'en effet, la tour abritait un étranger fort aimable qui n'avait pas le droit de sortir et passait son temps à dessiner des fruits et des légumes. Il l'avait appris de la nièce d'un des bedeaux de San Domenico chargée d'apporter la nourriture du prisonnier. Il lui avait promis un peu d'argent, car la pauvre fille était terrorisée à l'idée de dévoiler un secret. Della Porta voulut savoir qui gardait le prisonnier. Le vieux raconta, qu'au début, deux soldats espagnols avaient été assignés devant la porte, mais que cela avait fait gronder les gens du quartier. Comme le prisonnier était fort courtois et ne manifestait pas de velléités de s'enfuir, les Espagnols avaient été remplacés par quatre bons Napolitains bien connus du vieux. Ils étaient cousins par le beau-frère de sa grand-mère et quoique ne les ayant jamais vus, il répondait de leur aide, moyennant quelques subsides. L'affaire s'annonçait bien. Ils n'auraient pas à affronter une troupe armée. Si Arcimboldo avait été retenu au fort Saint-Elme, il n'aurait même pas été envisageable d'essayer de le libérer. Battons le fer tant qu'il est chaud, disait Della Porta. François n'osait croire à leur chance.

Et pourtant !

La libération d'Arcimboldo fut d'une simplicité angélique.

François et Della Porta se présentèrent à l'heure de la sieste devant la porte de la tour. Ils frappèrent. La jeune nièce du bedeau vint leur ouvrir, un grand sourire aux lèvres. Elle savait qu'elle pourrait compter sur une somme rondelette lui permettant de repartir dans son petit village de Massa Lubrense. Tirés de leur sommeil, les cousins du vieil édenté ne manifestèrent aucune surprise et s'empressèrent de les conduire jusqu'au prisonnier. Ils se confondirent en remerciements quand Della Porta leur remit un petit sac de pièces d'or. Ils auraient eux aussi, de quoi couler quelques années tranquilles loin de Naples. Ils tirèrent le verrou. François, l'espace d'un instant, redouta que le prisonnier ne fût pas Arcimboldo. C'était bien lui. Il le prit dans ses bras, le serra à l'étouffer. Le peintre lui tapait dans le dos et réussit à s'extraire de son étreinte.

– J'ai bien cru que tu ne remarquerais jamais mes signaux ! Je n'en revenais pas de te voir, errant sur cette place. J'ai immédiatement cassé un morceau de miroir et j'enrageais de te voir essayer de l'éviter. Cette nuit, je ne pouvais pas savoir que tu étais là, mais j'ai tenté le coup avec une chandelle.

François allait répondre quand Della Porta déclara :

– Nous devons partir. Cette libération s'est fort bien passée, au nez et à la barbe des Espagnols. Il ne faut pas tenter le diable. Vous vous expliquerez plus tard.

Arcimboldo rassembla en toute hâte un gros tas de dessins et ils quittèrent la tour, nièce et cousins compris. Munis de leurs belles pièces d'or, les ex-geôliers assurèrent à Arcimboldo qu'il avait été un prisonnier modèle et qu'ils étaient bien aises de le voir partir dans de si bonnes conditions. Ils disparurent dans une ruelle.

François, Della Porta et Arcimboldo repartirent en toute hâte via Toledo. Della Porta donna l'ordre de préparer des chevaux. Ils devaient partir sur le champ. Les Espagnols ne tarderaient pas à découvrir que leur prisonnier s'était envolé. François courut jusqu'à la chambre de Scappi, frappa, entra et ne trouva personne. Le vieil homme était censé faire la sieste. Où donc avait-il pu bien aller ? François se souvint qu'il avait parlé d'aller du côté du marché aux poissons de Pignaseca. Il prit ses jambes à son cou, enfila les ruelles encombrées des petites voitures à bras des marchands. Il se fit insulter à plusieurs reprises, mais ne ralentit pas l'allure. À son grand soulagement, il aperçut Scappi devant un étal, tenant dans une main une énorme daurade et dans l'autre un petit thon. En deux enjambées, il fut auprès de lui. Il lui prit les poissons des mains, les reposa sur l'étal, attrapa le vieil homme par le bras en lui disant :

– Nous partons.

– NON ! tempêta Scappi. Ça suffit ! Je ne bougerais pas tant que tu ne m'auras pas expliqué ta conduite insensée. Et redonne-moi cette daurade et ce *tarentello*, je vais les cuisiner ce soir.

– Maître Scappi, c'est impossible. Nous rentrons à Rome. Je vous en supplie. C'est une question de vie ou de mort. Faites-moi confiance. Je vous expliquerai en chemin.

– Tu me dis toujours ça et tu ne m'expliques jamais rien.

Sous l'œil médusé du marchand, Scappi avait repris les poissons et les serrait contre sa poitrine. François, ne voulant pas prolonger l'incident, céda, demanda le prix au poissonnier qui en profita pour énoncer une somme astronomique. Scappi voulut marchander. François mit dans la main du marchand une montagne de pièces qui aurait permis d'acheter son étal et celui de son voisin.

Scappi fulminait tandis que François l'entraînait via Toledo. Dans la cour du palais, les chevaux étaient sellés, Della Porta avait réuni quelques proches devant servir d'escorte aux voyageurs. Quand il les vit arriver, il se précipita vers eux :

– Vous n'avez pas une minute à perdre. Rassemblez vos affaires et sautez à cheval.

Scappi le regarda comme s'il avait perdu la raison :

– Mais c'est impossible ! Mes citrons, mes anchois, mes vins ! Il va me falloir des heures pour les emballer de manière à ce que les mules ne les malmènent pas.

François le regarda d'un air implorant.

– Nous ne pouvons pas les emporter, Maître Scappi. Nous n'avons pas le temps et un convoi de mules nous ralentirait.

– Je ne partirai pas sans mes trésors, répondit-il jetant un regard féroce à François.

Della Porta, voyant que rien ne ferait céder le vieux cuisinier, déclara :

– Je vous promets de faire préparer avec soin des caisses qui vous seront livrées à Rome dans quelques jours. Croyez François. Il vous faut partir.

– Je ne comprends rien à ce qui se passe. Mon secrétaire se conduit d'une manière que je réprouve grandement. Vous nous avez reçus de façon admirable, aussi me plierais-je à vos volontés. J'ose espérer, qu'un jour, je connaîtrai le fin mot de l'histoire.

Ignorant François, il alla dans sa chambre et revint quelques minutes plus tard avec son sac de cuir d'où sortaient des saucissons et des chapelets d'ail qu'il y avait hâtivement enfournés. Il se mit en selle, salua profondément Della Porta et suivit le groupe qui passait déjà la porte du palais. Il refusa de répondre à François qui chevauchait à ses côtés et tentait de lui parler. Le regard froid, fixé sur l'horizon, il se mura dans un silence réprobateur.

Bien longtemps après être sortis de Naples, il vit un des hommes du groupe s'approcher de lui. Il portait une longue cape munie d'une capuche rabattue sur son visage. Il détourna la tête pour signifier qu'il ne souhaitait pas parler. L'homme rabattit sa capuche et d'une voix douce, lui dit :

– Maître Scappi, je suis Giuseppe Arcimboldo. François m'a sauvé d'un grand danger. J'étais retenu prisonnier et au péril de sa vie, il m'a libéré. Il a fait preuve de beaucoup de sagacité et de courage. Je vous en supplie, ne lui en veuillez pas. Pour ne pas vous inquiéter, il ne voulait pas vous révéler sa véritable quête. Je m'en voudrais terriblement d'être la cause de la rancœur que vous lui manifestez.

Stupéfait, Scappi le regarda fixement.

– C'est pourtant vrai que vous êtes Arcimboldo ! Ce que vous me contez là est extraordinaire. Cela expliquerait les cachotteries et la conduite détestable de mon secrétaire. Mais je ne lui pardonnerai jamais de m'avoir obligé à me défaire de tous mes merveilleux produits.

– Vous avez la parole de Giambattista Della Porta. Tout vous sera livré à Rome. Et vous savez que la parole donnée à un ami par un Napolitain est chose sacrée. Il doit déjà être en train de faire charger les mules et peut-être les verrons-nous nous dépasser au grand galop.

Scappi ne put s'empêcher de sourire.

– Je préférerais qu'elles aillent d'un pas raisonnable pour ne pas gâter le vin et briser les pots d'anchois.

François avait expliqué à Arcimboldo le chantage auquel se livrait Granvelle et lui avait demandé de surtout ne pas en parler à Scappi. Leur affaire n'était pas terminée et il ne voulait pas inquiéter le vieil homme. Qu'il se fasse du souci pour ses olives et ses anchois, n'était pas plus mal. Ainsi, ne poserait-il pas de questions embarrassantes sur les raisons qui avaient poussé François à partir à la recherche d'Arcimboldo.

Peu après leur départ, François avait demandé au peintre comment il avait eu l'idée d'écrire avec du citron.

— Je ne fréquente pas pour rien les savants et les alchimistes qu'apprécie beaucoup l'empereur Maximilien. Cet artifice est bien connu. J'avais à ma disposition les fruits laissés par Torquato. J'ai entendu les sbires de Granvelle parler du lieu où il devait me conduire. J'ai pu ainsi, dans le peu de temps dont je disposais, tracer quelques mots en plongeant la plume dans un citron.

*

Menant bon train, ils réussirent à rallier Rome en trois jours. Arcimboldo n'avait cessé de chanter les louanges de François et Scappi finit par presque complètement pardonner à son secrétaire. Il lui restait, malgré tout, une petite pointe d'acrimonie que François ressentit quand ils le raccompagnèrent à ses appartements. Il ne cesserait de lui battre froid qu'à l'arrivée des mules !

Pendant le voyage, Arcimboldo et François avaient longuement discuté de la conduite à tenir pour confondre Granvelle. À leur arrivée à Rome, ils ne prirent même pas le temps de faire un brin de toilette et se présentèrent, crasseux et couverts de poussière à son palais. Les domestiques ne voulurent pas laisser entrer ces deux individus à l'air de vagabonds, mais le ton impérieux d'Arcimboldo ne leur en laissa pas le choix. Ils n'attendirent pas dans l'antichambre, comme on leur avait demandé, mais poussèrent la porte du cabinet de travail de Granvelle. Assis devant un miroir, il attachait une superbe broche d'or ciselé à son costume d'apparat. Il devait être sur le point de se rendre à quelque cérémonie au Vatican. Il se leva d'un bond à la vue des deux intrus.

– Qu'est-ce que…. Dieu du Ciel… Arcimboldo… Mais je ne comprends pas…

– Vous comprenez fort bien, l'interrompit Arcimboldo. Vous m'avez fait enlever et retenu prisonnier. Je tiens à obtenir réparation de cette grave offense.

– Je ne vois pas de quoi vous voulez parler. Vous délirez, mon pauvre ami. On m'avait bien dit que vous aviez l'esprit qui bat la campagne.

– Ne cherchez pas à fuir vos responsabilités. Je sais tout de vos manigances. François Savoisy pourra en témoigner.

– Pffft ! Que peuvent valoir les assertions d'un vulgaire cuisinier face à la parole d'un cardinal ?

Arcimboldo restait d'un calme olympien alors que François bouillait de rage et avait du mal à ne pas se jeter sur le cardinal.

– Je crois pouvoir m'honorer de l'amitié de l'empereur Maximilien de Habsbourg et de son fils Rodolphe. Je suis persuadé qu'ils obtiendraient sans mal votre relégation dans quelque province de Transylvanie.

Granvelle pâlit. Ses mains se crispèrent sur le rebord de sa chaise. Il lança un regard plein de morgue à Arcimboldo et siffla entre ses dents :

– Vous avez cherché ce qui vous est arrivé. Comment vouliez-vous que j'accepte de vous voir repartir avec des œuvres que je convoite depuis longtemps ? Vous auriez tout raflé, ne me laissant que des miettes. Cela m'est insupportable. Quand j'ai appris votre mésaventure avec cet idiot de Milando, cela m'a donné l'idée de vous mettre à l'écart. Ce fut un jeu d'enfant de vous enlever. Vous étiez à ma merci et je vous aurais libéré à la condition que tous vos tableaux me reviennent. Avez-vous produit quelque chef-d'œuvre dans la solitude de votre geôle napolitaine ? Me les feriez-vous voir ?

Comment ce diable d'homme, coupable des pires infamies, pouvait-il croire qu'Arcimboldo se prêterait à ce jeu ? Sa soif d'appropriation touchait au délire. Arcimboldo le regarda avec mépris.

– Oui, je crois avoir eu quelques bonnes idées, mais je les garde pour mes amis.

Cette réponse rendit le cardinal fou de rage. Il se mit à gesticuler, agiter sa canne, les yeux exorbités. Il ne retrouva son calme que quand Arcimboldo lui déclara :

– Je ne veux rien savoir de plus et j'espère ne jamais vous revoir sur mon chemin. Je vous propose un marché, tout à votre avantage. Je ne dirais rien de mon enlèvement à mes maîtres. En contrepartie, j'exige que vous détruisiez sous nos yeux la lettre accusant François Savoisy d'être l'auteur des meurtres de Bomarzo. En outre, il vous faudra abandonner définitivement l'idée de vous emparer du livre de Maître Scappi. Si par malheur, vous veniez à faillir à ces engagements, l'empereur Maximilien serait immédiatement prévenu des avanies que vous m'avez fait subir.

Granvelle comprit qu'il s'en tirait à bon compte. Aussi n'hésita-t-il pas à sortir la lettre d'un des tiroirs d'un meuble ouvragé. L'approchant d'une bougie, il y mit le feu et elle se consuma lentement. Dans un rictus, il dit à François :

– Retournez donc dans vos cuisines empuanties. J'ai mieux à faire que de m'occuper de sauces grasses et de brouets épais.

François ne répondit pas. Il avait hâte de quitter ce lieu. Arcimboldo mit fin à l'entrevue en proférant une dernière menace :

– Ne vous avisez pas de vous attaquer à un de mes amis peintres. Je serai vigilant et je n'hésiterai pas à les dissuader de vous vendre quoi que ce soit.

Granvelle émit un gémissement traduisant que c'était bien là la pire chose qui pouvait lui arriver.

En sortant, François sentit un immense poids glisser de ses épaules. Le cauchemar avait pris fin. Libre, il était libre ! Il remercia de nouveau Arcimboldo qui l'arrêta d'un geste de la main.

– Sans ta perspicacité, je serais toujours en train de croupir à Naples.

– Allons annoncer la nouvelle à tous nos amis.

– Je t'en laisse le soin. Mais n'oublie pas la version que je souhaite donner : je me suis absenté de Rome car j'avais besoin de solitude pour créer de nouveaux tableaux. Je tiendrai ma parole de ne rien révéler tant que Granvelle tiendra la sienne.

À peine François avait-il prévenu Passeroti du retour d'Arcimboldo que tout Rome fut au courant. Que François ait rencontré Arcimboldo par hasard alors que Scappi et lui faisaient des recherches sur les poissons de Naples, parut un peu bizarre à Passeroti. Mais, tellement content du retour du peintre, il ne chercha pas à en savoir plus.

– *Magnifico, magnifico*, ne cessait-il de répéter. C'est un grand bonheur. Nous sommes invités demain à la villa d'Este pour le départ du cardinal Louis en France, nous en profiterons pour fêter le retour d'Arcimboldo.

– Dis-moi, Torquato est-il revenu ? s'exclama François se frappant le front.

Avec toutes ces aventures, il avait complètement oublié le jeune poète.

– Il a fait savoir qu'il serait là demain, mais avec lui on peut s'attendre à tout.

*

François retrouva Scappi au Vatican. Il embrassa son vieux maître, l'entraîna dans quelques pas de danse et lui jura un dévouement éternel.

Scappi, un doigt sur les lèvres le regardait en hochant la tête avec un brin de consternation.

– Mon pauvre François, quand cesseras-tu d'être aussi fantasque ? Tu passes de l'humeur la plus sombre à la joie rayonnante. Il y a quelque chose qui me tracasse dans cette histoire. Je suis sûr que tu ne me dis pas tout. Mais puisque tu es en de si bonnes dispositions, finissons-en avec l'*Opera*.

– Si vous saviez comme je suis heureux de m'y remettre !

Scappi leva les yeux au ciel.

Réflexion faite, Scappi estima que le chapitre sur les poissons n'avait pas besoin de modifications. Il voulut juste rajouter la recette des calamars farcis goûtés à Naples. Avec entrain, François nota sous sa dictée :

– Que l'on prenne des calamars ni trop gros ni trop petits. Il faut les nettoyer, les couper par moitié et garder la poche d'encre. Puis les remplir avec parmesan râpé, jaunes d'œufs crus, mie de pain râpée, herbes coupées, poivre, cannelle, raisins secs et safran. On peut remplacer cette farce par une autre : noix, noisettes, amandes avec mie de pain mouillée dans du verjus et mêmes épices.

228

Dans les deux cas, si on le souhaite on peut ajouter au jus de cuisson la poche d'encre[1].

Le cuisinier se tut. Il pencha la tête et passa la main dans ses cheveux. D'une voix où perçait la fatigue, il déclara :

– Ce sera tout. Ce voyage m'a épuisé. Ce n'est plus vraiment de mon âge. Va-t'en retrouver tes amis. Moi, je vais aller me renseigner auprès des gardes, des fois que mes mules soient arrivées…

François le serra de nouveau dans ses bras. Il n'irait pas chez Passeroti où les membres de l'*Academia* devaient prendre un peu d'avance sur la fête prévue le lendemain. Il rentrerait chez lui et savourerait le calme retrouvé.

Quand il arriva au palais Orsini, il s'enquit de Sofia. On lui raconta qu'elle était partie à Urbino, rencontrer son futur époux. Tout se passait fort bien. Le jeune homme était à son goût et elle avait commencé à le faire tourner en bourrique. François s'en réjouit tout en regrettant qu'elle ne fût pas là pour entendre le récit de son voyage et de ses aventures.

1. Recette page 305.

17

Tout n'était que lumière et scintillement. François sentait sur sa peau le doux friselis de l'eau fraîche. Il entendait le bruissement des cascades et le murmure des fontaines. Les moindres fibres de son être se réjouissaient de la caresse de l'air. Il revivait au monde. Jamais il n'avait ressenti un tel apaisement. Rien ne pouvait l'atteindre et il écoutait d'une oreille distraite les conversations de ses amis. Il s'éloigna d'eux et longea les charmilles, laissant sa main jouer négligemment avec l'eau de l'allée des Cent Fontaines. Toutes les tensions des dernières semaines s'étaient envolées et il goûtait pleinement au miracle des jardins de la villa d'Este. Tout dans ce lieu invitait à l'émerveillement, au repos de l'âme et à la joie du corps. Sa vie avait basculé à Bomarzo parmi les monstres et les chimères, il renaissait ici dans les senteurs aromatiques et la résonance des cascades. Il se sentait aussi léger qu'un oiseau. Et c'est ainsi qu'il allait, se posant longuement au bord de la fontaine du Dragon où les bruits de tonnerre qui jaillissaient de l'axe central lui faisaient penser au fracas de la vie, aux guerres incessantes que se livraient les hommes. Le dragon cracheur d'eau était-il aussi féroce qu'il en avait l'air? Les petits dauphins qui jouaient à ses pieds ne semblaient nullement effrayés. Il se réfugia dans les grottes de la fontaine de l'Ovale et se laissa aller à l'enchantement que lui procuraient les larges éventails d'eau fusant entre les colonnes de marbre. L'eau du bassin était d'un vert profond, ourlé du blanc neigeux de l'écume projetée par la cascade. Après les sombres moments qu'il avait vécus, la lumière lui semblait le bien le plus précieux. Il ne pourrait jamais plus être le même. Où ce nouveau chemin le mènerait-il, il n'en savait rien. Au moins se sentait-il en paix. Il alla jusqu'à la fontaine de la Chouette. Une vingtaine d'oiseaux métalliques installés sur une branche d'olivier gazouillaient allégrement. Soudain, une chouette, tout aussi artificielle qu'eux, apparut et ils se turent. Ils reprirent leur chant dès qu'elle se retira. N'était-ce pas, là, le signe qu'il fallait se montrer attentif aux messages de sagesse que la vie délivrait et ne pas s'en détourner pour quelque frivolité? L'ingéniosité mécanique du procédé l'avait mis en joie. Il lui fallait absolument féliciter Pirro Ligorio, l'inventeur et le concepteur du jardin. Il partit à sa recherche et le trouva près de la fontaine de l'Orgue, encore en construction. Il était en grande conversation avec Luc Leclerc, un des maîtres-fontainiers. François les écouta évoquer le système très complexe permettant de mélanger air et eau et d'actionner les vingt-deux tuyaux de l'orgue. Leclerc donna l'ordre de mettre la fontaine en eau pour un essai. Il y eut d'abord le son de deux trompettes qui ne pouvaient être que celles de la Renommée! Puis l'orgue se mit à jouer un délicieux madrigal à cinq voix. Pour finir, un déluge d'eau tomba d'une nuée de conduites en terre cuite pendant que s'élevaient d'autres jets. Le triton, au milieu de la vasque, se mit à jouer du buccin de plus en plus fort. Puis le son s'atténua comme si l'animal marin repartait vers les profondeurs de la mer. François n'en croyait ni ses oreilles ni ses yeux. Un nuage de fines gouttelettes translucides les enveloppait et un magnifique arc-en-ciel se forma dans la lumière douce de ce jour d'automne. Ligorio était aux anges. « Ça marche ! Ça marche ! » disait-il. « Nous allons bientôt pouvoir présenter cette nouvelle fontaine au cardinal Hyppolite. » Le fontainier semblait plus circonspect. Il fit remarquer que ce dispositif allait demander un énorme travail d'entretien et qu'il n'était pas sûr que cette fontaine soit appelée à un grand avenir. Ligorio balaya ces objections d'un revers de main et lui demanda des précisions sur l'acheminement de l'eau. François ne voulut pas interrompre cette discussion technique. Il remercierait Ligorio plus tard pour tout le bonheur qu'offraient ces théâtres d'eau. Il repartit, le nez en l'air, à l'affût de toutes les gracieuses trouvailles dont le jardin était truffé.

Il entendait des rires et de la musique, mais n'avait toujours aucune envie de se mêler à ses amis. C'est à peine s'il avait écouté Torquato, arrivé de Naples le matin même, lui disant ne rien avoir compris au récit de Della Porta. Il était question de la libération rocambolesque d'un prisonnier où les geôliers avaient eux-mêmes ouvert la porte. François se contenta de répondre que Della Porta manquait parfois de clarté. Torquato ne s'était pas attardé et avait filé présenter ses hommages fleuris à Emilia. François avait ensuite décliné l'invitation d'aller écouter Palestrina dans un des salons du palais.

– Tu as tort. Sa musique est divine. Voilà qui nous change des vieux motets, lui avait dit Marc-Antoine Muret.

En revanche, il ne put échapper à Passeroti venu le chercher pour assister au dévoilement du tableau réalisé par les membres de l'*Academia* en hommage à Arcimboldo.

Le peintre était l'objet de toutes les attentions. À son arrivée, François s'était contenté d'échanger avec lui un regard complice.

C'est à Lavinia Fontana que revint l'honneur de lever le voile couvrant le tableau. Tous les regards se tournèrent vers Arcimboldo dont on attendait impatiemment les réactions.

– C'est bien ma manière, dit-il sobrement.

Hyppolite d'Este, leur hôte, ajouta :

– Voilà résumée toute la bêtise du monde.

Louis, son neveu, renchérit :

– Très intéressant mais très osé ! Ce tableau n'est pas à mettre entre toutes les mains, ou devrais-je dire devant tous les yeux.

Le tableau représentait un cul de babouin dans lequel on pouvait distinguer d'un côté le pape Pie V et de l'autre son ennemi juré : Calvin. Les traits des deux personnages étaient habilement composés d'éléments de la nature et on les reconnaissait sans peine. L'effet était saisissant. On pouvait y lire le fanatisme du pape, la morgue de Calvin. Le pape était coiffé d'une cloche dans laquelle apparaissaient en frise, des évêques transformés en crocodiles, ânes, pourceaux, le tout croulant sous des amas d'or et de pierres précieuses. Ses petits yeux cruels étaient ceux d'un requin. Calvin n'était pas mieux traité. Dans son béret noir qui lui couvrait les oreilles et son col de fourrure apparaissaient des tableaux en proie aux flammes, des autels renversés, des robes lacérées. Sa barbe n'était autre qu'une queue de hareng et sa moustache les pattes crispées d'un poulet. Tout cela n'était pas bien méchant. En revanche, avoir mis un étron à la place du nez du pape et un membre viril à la place de celui de Calvin, ne manquait pas d'audace.

François s'y intéressa peu. Ses amis voulaient manifester leur crainte d'un monde où leur liberté serait remise en cause, mais il ne souhaitait pas se mêler à leurs discussions passionnées. La politique ne l'intéressait pas et ce qu'il avait vécu avec Granvelle l'avait dégoûté à tout jamais de ceux dont l'appétit de pouvoir était insatiable. Plus il se tiendrait loin des puissants et mieux il se porterait. L'après-midi se poursuivit, délicieuse. Des domestiques apportaient des mets délicats et des boissons d'eaux florales. Il y trempait les lèvres, heureux, tout simplement heureux ! Hyppolite d'Este était un vieillard affable, attentif à ses invités. Déçu de n'avoir jamais accédé à la tiare pontificale, malgré ses cinq tentatives, il avait fait de sa villa de Tivoli un havre de beauté où il recevait penseurs et artistes. Marc-Antoine Muret, Torquato Tasso et, bien entendu, Pirro Ligorio bénéficiaient de ses largesses.

Alors que François s'apprêtait à partir, Passeroti vint lui dire qu'il passerait dans quelques jours aux cuisines du Vatican, pour dessiner la dernière planche qu'il avait promise à Scappi. Il lui répondit de ne pas tarder car le manuscrit de l'*Opera* était presque terminé et il serait bientôt envoyé à Venise pour y être imprimé.

Les trois jours suivants furent à la fois joyeux et mélancoliques. Scappi et François étaient très excités à l'idée que, dans quelques mois, ils auraient en main un gros ouvrage de plus de cinq cents pages, le fruit de leur travail. Mais ils savaient, l'un et l'autre, que cela signifierait la fin de leur précieuse collaboration. François percevait, parfois, dans les yeux de Scappi une infinie tristesse. Loin de ses cuisines tant aimées, le vieil homme ne survivrait certainement pas très longtemps. François s'employa à le faire rire, lui racontant toutes les bêtises qui lui passaient par la tête. Ils n'évoquèrent pas un seul instant son avenir.

Il serait toujours temps d'y penser. François savait que ces moments resteraient parmi les meilleurs souvenirs de sa vie et il en savourait chaque minute.

Passeroti les trouva se tordant de rire. François venait de raconter à Scappi comment il avait réussi à extorquer à Nostradamus la recette de ses célèbres massepains. Passeroti annonça qu'il descendait aux cuisines.

Quand François le rejoignit, il ne s'étonna pas de trouver les lieux déserts. Le pape avait profité de l'absence de Scappi pour congédier la plupart des cuisiniers. À peine avait-il franchi les portes, qu'un grand fracas se produisit. Que pouvait bien faire Passeroti ? Avait-il malencontreusement renversé une pile de marmites ? François entendit des exclamations suivies de cris. Il se précipita. Passeroti, réfugié derrière une grande table, faisait face à un homme armé d'un grand coutelas. Il tenait contre lui ses dessins. Apercevant François, il hurla :

– Il veut me voler mes dessins. Fais quelque chose !

François reconnut aussitôt un des hommes de main de Granvelle. Ainsi ce traître n'avait pas tenu parole. Son sang ne fit qu'un tour. Il s'approcha de l'homme qui fit volte-face et brandit son couteau. Cherchant des yeux une arme, il saisit une grande écumoire, bondit et rata son assaillant. Sa haine décupla. Il sauta sur la table, cria à Passeroti de s'enfuir. Il dominait l'homme qui ne pouvait plus l'atteindre. Son avantage ne durerait pas. D'un bond, il sauta à terre. Il était à une toise de la cheminée. L'œil rivé sur l'homme qui s'approchait, il attrapa une longue fourchette qui traînait sur la sole. Avec un cri rauque, il se rua sur lui et sans prendre garde à la lame menaçante, lui plongea l'ustensile dans le corps. Il vit ses yeux s'agrandir. L'homme poussa un hurlement de bête.

François tenait toujours le manche de la fourchette. Il sentit le corps vaciller. Il recula et l'homme s'abattit face contre terre. Il l'avait touché en plein cœur. Une large tache de sang se formait sur le carrelage. Pris de faiblesse, François s'accota à la table, passa la main dans ses cheveux et d'une voix tremblante déclara :

– Je l'ai tué.

Passeroti qui avait assisté, muet, au drame se précipita vers son ami.

– Tu es fou ! Ce ne sont que des dessins. Je lui aurais donné. Avec un cadavre sur les bras, nous voilà dans de beaux draps.

François le regarda avec gravité.

– L'affaire est beaucoup plus sérieuse que tu ne le crois.

Il lui raconta toute l'histoire. Pantois, Passeroti ne posa aucune question. François lui fit jurer, quoiqu'il arrive, de ne rien dévoiler à Scappi. Avisant un grand coffre où étaient habituellement rangées des nappes et des serviettes, François le vida, demanda à son ami de l'aider à y transporter le corps.

– Je vais ordonner à des hommes de peine de transporter le coffre chez toi.

Passeroti le regarda d'un air affolé.

– Si on me pose des questions, je dirais qu'il s'agit de ton matériel de peintre. Ce soir, nous irons jeter le corps dans le Tibre.

*

Quand il revint dans le cabinet de travail de Scappi, François savait qu'il vivait ses dernières heures dans ce lieu. Arcimboldo tiendrait promesse et avertirait l'empereur Maximilien du forfait de Granvelle. Mais il faudrait beaucoup de temps avant que des sanctions soient prises et François était sûr que le cardinal chercherait à se venger et à l'éliminer par quelque moyen que ce soit. Cette fois, il lui fallait vraiment partir, abandonner Rome. Pour aller où, il n'en savait rien. Et comment l'annoncerait-il à Scappi ? Ce dernier l'attendait avec impatience.

— Je me demandais ce que tu étais devenu. J'ai failli aller vous rejoindre. Passeroti est-il content de son dernier passage dans les cuisines ? Y a-t-il vu des choses intéressantes ?

— Voilà l'ultime planche qu'il m'a demandé de vous remettre.

— Magnifique ! Nous pouvons estimer que notre *Opera* est fini.

Le vieux cuisinier avait les larmes aux yeux. François aussi. Ils s'étreignirent longuement.

— Ce soir, mon cher garçon, je t'invite à un souper de fête. D'autant que mes mules sont enfin arrivées. Je vais pouvoir te faire goûter à tous mes trésors.

— Hélas, Maître, ce ne sera pas possible ce soir.

— Demain alors ? demanda Scappi visiblement déçu.

— Demain bien sûr, répondit François, sachant que le lendemain, il serait loin de Rome.

Il dut faire d'immenses efforts pour ne pas tout raconter à Scappi, lui demander pardon de ne pas avoir su éviter tous ces drames et surtout se faire pardonner son abandon imminent.

En sortant, il passa par la cour du Belvédère qu'il ne reverrait certainement jamais, puis par celle du Perroquet où il tomba sur Martin, le Garde Suisse, encombré d'un volumineux paquetage.

– François, quelle chance ! J'ai bien cru que j'allais partir sans te dire adieu.

– Ainsi, ça y est. Ton engagement est fini ?

– J'en suis fort heureux. Je devrais déjà être parti. J'ai hâte de retrouver mes chères montagnes. Si un jour tu passes du côté de Sion, viens me voir. Il y aura toujours un morceau de fromage et un verre de vin pour toi.

– Martin, pourrais-tu me rendre un immense service ?

– Dis toujours…

– Accepterais-tu de retarder ton départ jusqu'à demain ?

Martin le regarda en secouant négativement la tête.

– Impossible ! La saison est déjà bien avancée. Toute journée perdue peut nous valoir des chemins enneigés. Et je ne suis pas seul à partir, nous sommes trois. Devant la mine désespérée de François, il ajouta :

– Qu'est-ce qui t'arrive ? Tu as des ennuis ?

– J'ai tué un homme et je dois quitter Rome.

– Ah ! Ça change tout !

Le Garde Suisse n'avait pas l'air particulièrement troublé à l'idée que François soit un meurtrier. Il ne cherJcha pas à en savoir plus. Il posa une partie de son chargement.

– Je vais convaincre mes compagnons de patienter jusqu'à demain. Je te donne rendez-vous à la poterne Nord à sept heures. Sois à l'heure, nous ne t'attendrons pas. Au fait, où vas-tu ?

– Je n'en sais rien, répondit piteusement François.

Martin le regarda avec compassion, lui tapa sur l'épaule et avec sa placidité habituelle, déclara :

– Tu pourrais venir m'aider à garder les vaches. À demain.

Passer les portes de Rome, sans espoir de retour, serait peut-être moins difficile avec Martin, se dit François, même s'il n'en croyait rien.

*

La nuit venue, il accomplit avec Passeroti le macabre voyage vers le Tibre. Ils déchargèrent le corps de la charrette à bras qu'ils avaient empruntée, le firent glisser le long du petit raidillon herbu et l'abandonnèrent au fil de l'eau. Ils partirent en courant, traînant la charrette qui faisait un bruit de tous les diables dans les rues désertes. Peu de temps après leur retour chez Passeroti, des coups retentirent à la porte. Avec appréhension, le peintre alla ouvrir. C'était Arcimboldo qui avait perdu sa bonhomie habituelle. Il convint avec François qu'il devait s'enfuir s'il voulait rester en vie.

– D'autant, dit-il, que le tableau de l'*Academia* commence à faire des remous. Certains n'ont pas su tenir leur langue, et il est arrivé aux oreilles de l'Inquisition qu'un tableau blasphématoire circulait dans Rome. Nous sommes tous en danger.

François et Passeroti se regardèrent avec inquiétude. Passeroti s'exclama :

– Il faut le détruire.

– C'est ce que nous ferons en dernier recours. Mais j'ai une idée. François va être obligé de fuir Rome, d'abandonner sa carrière et je m'en sens un peu responsable. Je suis sûr que l'empereur Maximilien lui fera un bon accueil à Vienne et lui offrira une place de maître-queux, si je le lui demande.

François lui jeta un regard étonné.

– Devenir cuisinier à la cour des Habsbourg serait pour moi un grand honneur.

Arcimboldo reprit :

– François pourrait emporter avec lui le tableau. Je crois que Rodolphe, le fils de Maximilien, l'apprécierait beaucoup. C'est un homme à l'esprit libre qui réprouve profondément les fanatismes, de quelque bord qu'ils soient. Mais c'est prendre un risque de voyager avec un tableau aussi compromettant. Je comprendrais très bien que tu refuses, dit-il en se tournant vers François.

– Au point où j'en suis, cela ne m'importe guère. Et si je peux ainsi arriver à Vienne avec un présent qui me vaudra la bienveillance de mes futurs maîtres, je suis prêt à le faire.

– Il faudrait te trouver une escorte, fit remarquer Passeroti. Tu ne vas pas te lancer tout seul sur les routes…

– Affaire réglée. Je pars demain en compagnie de trois Gardes Suisses qui rentrent dans leur pays. Je suis assuré, jusqu'à Bologne, de ne courir aucun risque avec ces gaillards armés jusqu'aux dents. Après, j'en fais mon affaire.

– Fort bien, conclut Arcimboldo. Ainsi donc, François, nous nous retrouverons à Vienne. Pour l'heure, tu vas venir avec moi. Je te donnerai le tableau ainsi que les lettres de recommandation pour Maximilien et Rodolphe.

Les adieux entre François et Passeroti furent déchirants. La vie leur avait permis de se retrouver, mais ce miracle avait peu de chance de se reproduire. Ils se souhaitèrent mutuellement tous les bonheurs du monde. François chargea Passeroti de transmettre ses amitiés à tous les membres de l'*Academia* avec une pensée toute particulière pour Torquato.

*

Le reste de la nuit fut pour François une rude épreuve. Après qu'Arcimboldo lui eut remis le tableau étroitement roulé dans un étui de cuir, il repartit au palais Orsini. Il rassembla quelques souvenirs de sa vie romaine qu'il souhaitait emporter : son pourpoint de soie damassée, des livres dont les *Sonnets luxurieux* de l'Arétin illustré par Giulio Romano, une statuette de bronze représentant un satyre que lui avait donné Ligorio, un dessin de Passeroti…

Il écrivit un petit mot à Sofia lui souhaitant une longue et heureuse vie avec son futur époux et lui demandant de donner aux pauvres les vêtements et objets qu'il laissait derrière lui.

Le jour n'allait pas tarder à se lever et il lui restait encore à écrire sa lettre d'adieu à Scappi.

Il saisit son sac, l'étui contenant le tableau, jeta un dernier regard sur l'endroit où il avait passé de si bons moments et prit le chemin du Vatican. Il lui fallut réveiller un des gardes en faction qui le laissa entrer sans problème. Il grimpa l'escalier quatre à quatre. Son cœur battait à tout rompre. Il huma l'odeur d'encre fraîche et de biscuit qui régnait toujours dans le cabinet de travail de Scappi, alluma un chandelier, prit une plume et une belle feuille de papier.

Il écrivit :

Très cher maître Scappi,
Ces années à vos côtés furent les plus heureuses de ma vie. J'ai appris les choses les plus extraordi-

naires en cuisine et j'essaierai de m'en montrer digne.
On m'offre une place de maître-queux à la cour des
Habsbourg. Je dois partir sur le champ. J'aurais tant
voulu vous serrer dans mes bras et vous dire que je
vous aime comme un fils.

Sentant l'émotion l'étreindre, il s'arrêta un moment.
Il regarda l'écritoire, le bureau de Scappi où traînaient
ses petites lunettes, la grande table où était, bien rangé,
l'épais manuscrit de l'*Opera*. Soudain, il sut ce qu'il
devait faire. Il enleva quelques livres de son sac. Il y pla-
ça les feuilles avec soin. Il reprit sa plume et rajouta à la
fin de la lettre :

Je me charge d'apporter le manuscrit chez l'impri-
meur. Il m'est si précieux que je ne pourrai vivre sans
le savoir en sûreté.

L'idée que Granvelle puisse tenter une ultime action
pour le voler venait de lui traverser l'esprit. S'il n'était
plus là pour le protéger, Scappi serait à la merci de ce
forban.

Les premières lueurs de l'aube caressaient les statues
de la cour du Belvédère. Il devait se dépêcher. Martin ne
l'attendrait pas. Il courut jusqu'à la poterne Nord. Les
trois Suisses venaient d'enfourcher leurs montures. Il leur
cria de l'attendre.

18

Les quatre jours de chevauchée jusqu'à Bologne permirent à François de passer d'un sentiment de profonde amertume à une vision plus sereine de son avenir. Certes, il se demandait si sa vie ne serait jamais faite que de fuites d'un bout à l'autre de l'Europe. Il avait quitté Paris pour Montpellier, Montpellier pour Rome et maintenant Rome pour Vienne ! Qu'est-ce qui pouvait le pousser à se mettre régulièrement dans des situations aussi embarrassantes ? Si tel était son destin, il devait l'accepter, se disait-il avec un soupçon de découragement.

Néanmoins, il commençait à sentir poindre une certaine curiosité pour cette vie de cour qui l'attendait à Vienne. D'après ce que disait Arcimboldo, les souverains étaient affables et les fêtes somptueuses. Saurait-il y trouver sa place ? Il se sentait aujourd'hui moins d'appétit pour une vie de tumultes et de frasques.

Martin réitéra sa proposition de venir s'installer dans les montagnes du Valais. François rétorqua en riant qu'il serait capable de faire tourner le lait de ses vaches rien qu'en les approchant. Cela ne découragea pas l'Helvète qui continua à lui vanter la beauté et la tranquillité de son pays, les forêts profondes et les lacs transparents.

Par curiosité, François demanda :

– Le lac Léman, est-il loin de chez toi ?

– Pas trop près, mais pas trop loin. On le dit très beau et grand comme la mer. Je n'y suis jamais allé.

– Et le château de Ripaille, tu connais ?

– Entendu parlé. C'est dans le duché de Savoie. Pourquoi m'en parles-tu ?

– Une idée comme ça…

En fait, l'idée venait de germer. Puisqu'il s'apprêtait à commencer une nouvelle vie et que personne ne l'attendait à Vienne, pourquoi ne pas s'octroyer un petit détour ? Il serait curieux de voir ce fameux château de Ripaille où son lointain aïeul, Jacques Savoisy, avait été cuisinier du duc Amédée VIII. Il essaierait peut-être de savoir si la famille Savoisy avait fait souche dans la région. Ce serait plaisant de se trouver des cousins avec qui évoquer les origines de la famille. Peut-être en sauraient-ils plus sur le fameux livre de cuisine que Constance, la mère de Jacques, lui avait confié et qu'il s'était fait voler.

Il hésitait encore en arrivant à Bologne. C'est là qu'il devrait quitter ses compagnons s'il continuait sur Vienne. Il s'en remit au hasard. Si son vieil ami Aldrovandi était en ville, il resterait quelques jours chez lui et prendrait ensuite la route de Vienne. Aldrovandi n'était pas à Bologne, il était à Gênes chez un de ses nombreux amis botanistes. Les dés étaient jetés : il irait en Savoie. Il se rendit chez le représentant de l'imprimeur vénitien. Il lui donna le manuscrit en lui recommandant d'en prendre le plus grand soin. C'était là le dernier lien qui le rattachait à sa vie romaine et il ressentit une profonde émotion en remettant l'épaisse liasse de papier. Il ne doutait pas un seul instant que ce livre fût promis à un brillant avenir. Peut-être traverserait-il les siècles ! Il se prit à imaginer un cuisinier qui, dans cinq cents ans, découvrirait, à la lueur d'une chandelle, une des merveilleuses recettes de Scappi et se précipiterait pour raviver les braises de sa cheminée.

Martin était ravi qu'il continue avec eux. Ils chevauchèrent trois jours pour atteindre Milan et encore une journée pour arriver au pied des montagnes. Ils longèrent un bien joli lac, pailleté d'îles. Ils n'eurent guère le loisir de s'y attarder, mis à part une nuit passée à Stresa où ils mangèrent une excellente friture de petits poissons. En ce début novembre, le froid, que Martin appelait fricasse, se faisait mordant et ils durent acheter des vêtements chauds à Domodossola. Le premier à quitter le groupe fut Ulrich qui s'arrêta à Brigg, puis Thomas qui remontait vers Leukenbad. François et Martin se séparèrent à Sion. Martin insista pour l'emmener voir ses vaches. François refusa. Il avait hâte de découvrir le château de Ripaille. Après l'avoir longuement étreint, Martin lui indiqua le chemin :

– Pour le lac, c'est toujours tout droit. Après, pour la Savoie, tu prends à gauche. Que Dieu te garde !

François qui n'avait jamais vu de si hautes montagnes ne se sentait pas complètement à son aise. Peut-être aurait-il mieux fait d'aller directement à Vienne ? La campagne n'avait jamais été son fort. Il préférait les rues grouillantes de monde à l'imposante solitude de la nature. Enfin, il aperçut le lac qui lui parut bien triste. Gris, bordé de haies de roseaux, agité de méchantes vagues, il n'avait rien d'enchanteur. Même son cheval allait la tête basse. Il n'y avait pas âme qui vive et la nuit n'allait pas tarder à tomber. Il ne se souvenait plus si Martin lui avait dit de tourner à gauche ou à droite.

Il hésita longuement. La pluie mêlée de neige menaçait de transpercer ses vêtements. Il opta pour la droite, se disant qu'il demanderait son chemin au premier paysan qu'il rencontrerait.

Il n'en vit pas plus qu'il ne vit d'auberge. La route devint escarpée et bientôt, François domina le lac. À environ un mille, à travers le rideau de pluie, il discerna la lourde silhouette d'un château qui semblait flotter sur l'eau. Martin ne lui en avait pas parlé. Il trouverait sûrement du monde dans ses parages. Il descendit le chemin de terre menant à la forteresse. L'endroit était sinistre. À l'entrée du château, des petites maisons basses se groupaient comme des poussins sous l'aile de leur mère. L'une d'elles était faiblement éclairée, aussi François n'hésita pas à frapper. La porte s'entrouvrit sur une trogne rougeaude. L'homme avait les cheveux en bataille comme s'il sortait du lit. Il ne semblait nullement pressé de faire entrer le visiteur, malgré la pluie battante.

— Qu'est-ce que vous voulez à c't'heure ?

— Je dois me rendre en Savoie et je me demande si je suis sur la bonne route, répondit François de sa voix la plus aimable.

L'autre se retourna vers des compagnons invisibles et déclara :

— Il veut aller en Savoie ! Refaisant face à François, il continua : Et d'où vous venez comme ça ?

— De Rome, répondit étourdiment François.

— Il vient de Rome, s'exclama l'homme. C'est la meilleure ! Eh, vous ne seriez pas le pape, par hasard ?

Il éclata d'un rire tonitruant.

— Les gars, nous avons la visite du pape en personne qui a quitté sa putain de ville pour venir nous dire un petit bonjour !

François commençait à ressentir une légère inquiétude. Que pouvait bien signifier cet étrange accueil ? Sur un ton qu'il voulait enjoué, il demanda :

– Auriez-vous l'obligeance de me dire où je suis ?

L'homme continuait son manège.

– Notre ami le pape ne sait pas où il est ! Je vais te le dire, où tu es : au château de Chillon que nous avons repris à ce maudit duc de Savoie, il y a trente-quatre ans. Et ici, on n'aime pas le pape, je peux te l'assurer.

François recula un peu et bredouilla :

– Je vais donc rebrousser chemin. J'ai dû prendre la mauvaise direction…

L'homme, d'un geste vif, le prit par le bras et l'attira dans la maisonnette.

– Pas si vite l'étranger ! Qui nous dit que tu n'es pas un espion savoyard ? Ou un de ces salopiots de prêtre venu nous ramener dans le giron de la soi-disant sainte Église.

– Je ne suis qu'un simple voyageur, tenta d'expliquer François. Je n'ai rien à voir avec l'Église ou le duc de Savoie. Je veux juste aller au château de Ripaille.

– C'est bien ce que je disais, tu es un suppôt des diables catholiques.

Malgré le froid, François sentait perler sur son front des gouttes de sueur. Dans la pénombre, il distingua trois hommes devant la cheminée. C'était bien sa chance d'avoir mis les pieds dans un nid de protestants ! Cet incident risquait de lui faire perdre du temps et il n'avait nullement l'intention de rester au bord de cet horrible lac.

Les hommes se concertaient à voix basse. François pensa un instant leur proposer un peu d'argent, mais vu le discours de l'ébouriffé, cela ne servirait qu'à augmenter leur méfiance. Ce dernier finit par se retourner vers lui :

– Le bailli est absent du château. Il a dû se rendre à Berne. Nous ne pouvons rien décider en son absence.

François pesta intérieurement. Cela lui rappelait l'épisode des gardes-frontières à Terracina. Mais ceux-là n'allaient certainement pas lui offrir de partager leur repas. L'homme fourrageait dans son épaisse tignasse, visiblement hésitant sur le sort à réserver à François.

– Nous allons te conduire au château. Le chef des gardes aura peut-être une idée.

François pensa un moment à s'enfuir, mais les quatre hommes l'encadraient étroitement. Il entendait le bruit des vagues se brisant contre les rochers, comme un sinistre présage. Il fut conduit dans une vaste salle voûtée où se tenaient des hommes d'armes. Le chef des gardes écouta le récit embrouillé de l'ébouriffé. François espérait pouvoir s'expliquer. Peine perdue. Le garde, un colosse aux mains larges comme des poêles à frire, lui intima l'ordre de se taire quand il voulut ouvrir la bouche.

– Les ordres sont les ordres, dit-il, aucun étranger ne passe sans que l'on se soit préalablement assuré qu'il ne présente aucun danger pour notre cause. Je vais devoir vous fouiller. Apportez-moi ses bagages.

François voulut protester de son entière bonne foi quand il se souvint avec effroi qu'il avait dans ses bagages un tableau qui ne plairait pas plus aux réformés qu'il n'aurait plu à l'Inquisition. Les gardes revinrent quelques minutes plus tard avec son paquetage. François était livide. Il se mit à espérer que la pluie aurait réussi à détremper le cuir de l'étui et que le tableau ne serait plus qu'une infâme bouillie.

Le colosse commença par son sac d'où fut extrait le pourpoint de soie damassée qu'il regarda avec mépris et qu'il laissa tomber par terre. Il feuilleta les livres, demanda un couteau et lacéra les reliures pour s'assurer qu'aucun message secret n'y était caché.

– Tous sont en italien, fit-il remarquer.

François ne put qu'opiner du chef. L'homme avait saisi *Les Sonnets luxurieux* de l'Aretin. François le vit s'ébahir, tourner page après page et finalement jeter le livre dans la cheminée en s'écriant :

– Ce sont les choses les plus dégoûtantes que l'on puisse voir. Comment osez-vous ?

Les dessins de Giulio Romano étaient plus que suggestifs et ne laissaient rien ignorer des actes de fornication auxquels se livraient les personnages. Le colosse continuait à fouiller le sac en introduisant sa main comme s'il craignait d'y trouver un nœud de vipères. Il ne tarda pas à retirer le petit satyre dont l'énorme membre viril se dressait avec arrogance. Il le lança violemment contre un mur et se mit à hurler :

– C'est un licencieux, un luxurieux qui veut nous contaminer avec ses sales manies romaines. Un cougne-pet, un sodomite ….

François ferma les yeux, n'osant imaginer la réaction qu'allait provoquer le tableau.

Le colosse défit les lacets de cuir, déroula à moitié la toile peinte, la scruta et éclata de rire :

– Voilà qui est bien trouvé. Ce pape est plus vrai que nature. On y voit toutes les vilenies dont il est capable. Voilà qui change tout ! Vous auriez dû dire que vous étiez des nôtres !

François retenait sa respiration, priant pour que, par miracle, Calvin ait disparu de la toile. Il vit l'homme devenir gris, puis verdir au fur et à mesure où le reste du tableau apparaissait.

– Mais ce n'est pas possible ! Ça ne peut pas être Calvin !

N'y tenant plus, François se mit à dire précipitamment :

– Bien sûr que non, ce n'est pas Calvin. C'est un cardinal, un des pires que Rome connaisse. Laissez-moi vous expliquer…

Le colosse ne l'écoutait pas et montrait le tableau à ses compagnons, leur disant :

– Pourtant ce bonnet noir, c'est bien celui qu'avait toujours Calvin…

– Le cardinal aussi… s'égosillait François.

– Et le col de fourrure… Dans tous les portraits, Calvin en porte un…

– À Rome aussi il fait très froid, tenta d'argumenter François.

La toile passait de main en main et s'il y eut quelques gloussements, ils furent vite réprimés.

Le colosse reprit ses esprits et déclara d'une voix forte :

– L'affaire est grave. S'il s'agit bien de Calvin, votre compte est bon. Mais, je ne peux en décider.

– Il faudrait montrer le tableau à quelqu'un qui a connu Calvin et qui pourrait nous dire s'il s'agit bien de lui, proposa l'ébouriffé.

– Alors, il faut l'emmener à Genève. Là, le doute sera levé, conclut le colosse. Demain nous vous conduirons auprès des autorités genevoises. En attendant, vous passerez la nuit dans un de nos cachots.

De Charybde en Sylla ! Alors qu'il fuyait pour conserver sa liberté, il se retrouvait prisonnier. Mais quelle idée avait-il eu de vouloir retrouver les traces de ses ancêtres ?

L'ébouriffé, qui le regardait d'un drôle d'œil, le mena dans des souterrains froids et humides, lui annonçant qu'il allait avoir l'honneur de dormir dans le cachot de Bonivard, chantre de l'histoire genevoise, libéré par les troupes bernoises en 1536.

Et lui, qui allait le libérer ?

19

Les mains liées derrière le dos comme à un dangereux criminel, il grelottait, trempé jusqu'aux os sous cette pluie qui semblait ne jamais devoir cesser. Le voyage durerait toute la journée, lui avait-on dit. La route dominait le lac et il essayait, en vain, d'apercevoir l'autre rive, où il aurait dû être. Son avenir lui apparaissait aussi sombre que le ciel chargé de lourds nuages gris. Ses gardes ne lui adressaient la parole que pour annoncer le nom des bourgs traversés. Il y eut Montreux, La Tour-de-Peilz, Vevey puis toute une flopée de petits villages nichés dans les vignes. Il vit sur une hauteur la ville de Lausanne, imposante et ceinte de murailles. La route se fit moins escarpée, le lac n'était plus qu'à quelques toises, il en sentait les remugles. À Morges, il y avait une foule de bateaux amarrés dans le port, mais nulle voile n'était visible sur les flots, tant la tempête faisait rage.

Avec ce temps d'apocalypse, les rues des villages étaient désertes. Seule la fumée s'échappant des cheminées et des effluves de pommes fraîchement pressées attestait une présence humaine. Peut-être était-ce la dernière fois qu'il sentait ces odeurs de vie ?

Ses gardes l'avertirent que Genève était proche. Les abords en étaient étrangement déserts. Il apprendrait plus tard que tous les faubourgs avaient été détruits et les moindres haies rasées par peur d'une attaque savoyarde. Dans un épais brouillard, il distingua la cité aux toits de tuiles rouges, entourée de bastions et dominée par une forêt de clochetons et d'échauguettes. Le passage de la porte Cornavin prit beaucoup de temps, les gardes interrogeant minutieusement tous les voyageurs. La ville lui parut immensément triste et laide. Il leur fallut traverser un pont de bois encombré d'échoppes branlantes. Les flots tumultueux de la rivière faisaient trembler les piles, menaçant à tout moment d'emporter l'édifice. Ainsi c'était ça, la Nouvelle Jérusalem, la ville qui brillait de tous les feux de la véritable Foi ! Un trou à rats, un cloaque, plutôt ! Jamais il n'aurait dû quitter Rome, même avec Granvelle à ses trousses ! On le conduisit par des petites rues pentues jusqu'à la Maison de Ville, un grand bâtiment moderne, où lui dit-on, il serait présenté à ses juges le lendemain.

*

Quand il fut face aux vingt-cinq membres du Petit Conseil, tous la mine sévère et tous habillés de noir, il sut qu'il n'avait aucune chance d'en réchapper. Le procès serait rapide, nul ne pouvant douter qu'il s'agissait bien d'une caricature de Calvin. Il ignorait tout de la justice genevoise, mais ne s'attendait pas à beaucoup de mansuétude de sa part. On ne lui donna pas la parole, si ce n'est pour se présenter brièvement. Les hommes en noir se lancèrent dans une grande discussion sur les méfaits des images provoquant excès de vanité et d'impureté. Ils citèrent Calvin : « Toute et chaque fois qu'on représente Dieu en image, sa gloire est faussement et méchamment corrompue. Par quoi Dieu en sa Loi, après avoir déclaré que c'est à lui seul que toute majesté appartient ajoute :

tu ne feras image ou statue aucune. » Tous se déchaî-
nèrent contre l'Église catholique, cette Grande Babylone,
cette puante Ninive qui perpétuait les pires idolâtries. Ils
commentèrent abondamment le portait du pape qui leur
paraissait très ressemblant, mais aucune parole ne fut pro-
noncée sur la deuxième partie du tableau.

Au grand étonnement de François, ils arrivèrent au
terme de la journée sans prendre de décision. Pendant
trois jours, on conduisit le prisonnier à la Tour Baudet où
se tenaient les réunions du Petit Conseil. François apprit
beaucoup de choses sur les abominations papistiques,
mais aucun verdict ne fut rendu. Si un jour, il pouvait
raconter l'affaire à ses amis peintres, ces derniers seraient
terriblement vexés et furieux que la cité de Calvin n'ait
pas voulu reconnaître le portrait du grand homme. Pour
l'heure, ce déni arrangeait bien ses affaires.

Il fut décidé de présenter l'affaire devant le Consistoire. En quatre jours, François avait compris, dans les
grandes lignes, quelles étaient les règles de fonctionne-
ment du pouvoir à Genève. Le Petit Conseil appellé aussi
« la Seigneurie » ou « les Messieurs de Genève » était,
en quelque sorte, le gouvernement de la ville. Rien ne
lui échappait. À lui de rendre les sentences, prononcer
les autorisations de mariage, surveiller la conduite des
citoyens, fixer les conditions de travail, veiller à l'ap-
provisionnement, traiter avec les puissances étrangères.
Le Consistoire, quant à lui, réunissait les pasteurs ainsi
que quelques laïcs et traitait des questions de doctrine
religieuse, de moralité, bref de tous les manquements
à la discipline rigoureuse que devaient observer les
Genevois. Les deux instances entretenaient des relations
conflictuelles, chacune estimant que l'autre empiétait sur
ses prérogatives. Que le Petit Conseil veuille l'avis du

Consistoire traduisait bien leur perplexité dans l'affaire du tableau. Le Français était-il un agent provocateur, un fauteur de troubles doublé d'un licencieux et d'un libertin ou un ardent adversaire de la vermine papiste ? Le lendemain, le procès fut purement et simplement ajourné, car les autorités craignaient une attaque des Savoyards et devaient se préoccuper, au premier chef, de la défense de la ville.

Étant donné l'incertitude du sort qu'on lui réservait, on ne voulut pas le mettre en prison. Mais l'oisiveté étant considérée comme la pire des choses, on le confia à Pierre Després, imprimeur de son état. François avait déclaré avoir travaillé pour un libraire à Rome. On estima son concours utile à un autre professionnel du livre.

Français de Lyon, Després avait fui la ville en 1563, tout juste reprise par les catholiques. L'année sous domination protestante lui avait valu le surnom de « petite Genève ».

Il logeait place Bourg-du-Four, tout en haut de la ville. Contrairement à la coutume voulant que les ateliers soient installés au rez-de-chaussée, l'imprimerie était au premier étage car le travail exigeait un maximum de lumière. Il habitait avec sa famille les deux étages supérieurs et ses apprentis et certains de ses ouvriers occupaient les combles.

Pierre Després, âgé d'une cinquantaine d'années, petit, chauve et très aimable, passait pour l'un des meilleurs imprimeurs de Genève. Il montra à François la chambrette qu'il partagerait avec deux apprentis et le conduisit immédiatement à l'imprimerie. En descendant l'escalier, François fut pris de vertiges et dut s'asseoir sur les marches. Les événements de ces derniers jours l'avaient épuisé et surtout, il n'avait eu à manger que du bouillon clair et un peu de pain sec. Inquiet, Després, demanda qu'on apporte un peu d'eau. François vit alors apparaître la plus délicieuse créature qu'il ait jamais vue. Petite et menue, ses cheveux blonds retenus par un bonnet de toile blanche, elle avait dans ses yeux couleur de violette une flamme qui lui incendia le cœur. Elle portait un pichet d'eau et un gobelet qu'elle lui offrit en s'agenouillant à ses côtés. Leurs regards se croisèrent et ce fut un miracle si la maison et toute la ville de Genève ne s'embrasèrent pas sur le champ. François sut, à cette minute précise, que sa vie n'aurait de sens que s'il la consacrait à protéger et aimer cette jeune personne. Était-ce là le dessein secret de la mauvaise fortune qui l'avait attiré de ce côté-ci du lac ? Serait-ce un mal pour un immense bien ?

Se tournant vers son père, la jeune fille déclara avec un accent traînant aux pointes chantantes que François jugea d'emblée adorable :

— Père, je crois que cet homme a faim. Me permettrez-vous de lui préparer quelque chose ?

— Mais bien sûr. Je te le confie, Esther. Dès qu'il se sentira mieux, tu me l'amèneras à l'atelier.

François, le cœur battant, des étoiles dans les yeux qui n'étaient pas, cette fois, dues à son état de faiblesse, la suivit jusqu'à une cuisine d'une extrême propreté. Les quelques instruments en cuivre rutilaient, la pierre d'évier était impeccablement récurée tout comme le sol de pierres grises.

Esther fit asseoir le prisonnier. Dans une écuelle, elle mit une grosse tranche de pain bis et versa une louche d'un épais potage puisée dans la marmite reposant sur le trépied dans la cheminée. Elle coupa des tranches d'une grosse saucisse en disant :

– C'est du diot, une saucisse aux choux que je prépare moi-même. Et si vous voulez, j'ai du fromage d'alpage qui n'est pas mauvais.

François acquiesça et se jeta sur la nourriture. Esther le regardait en souriant, debout derrière la table. Elle était modestement vêtue d'une jupe de lin gris agrémentée d'un tablier de serge écrue et d'un surcot sombre sans dentelle ni fioriture.

– Je ne pourrai vous offrir qu'un petit vin blanc, un *salvagnin* de la campagne de Genève, de médiocre qualité. Nos vins ne sont pas de garde et mon père se refuse à en acheter de meilleurs comme ceux du pays de Vaud ou du Valais.

François la regarda avec étonnement. Il ne s'attendait pas à ce que cette fraîche jeune fille soit aussi attentive à la qualité des vins.

– Tout me va, répondit-il. Et je dois vous avouer que je préfère les vins blancs frais même aigrelets à des vins plus capiteux.

– Si vous le dites ! Pour ma part, j'aime beaucoup les vins de Condrieu. Quand j'étais petite, à Lyon, c'était ma boisson préférée. On en trouve parfois à Genève, tout comme les vins du Jura, qui se défendent bien.

François s'attendait à tout de ses nouveaux geôliers, sauf d'avoir à soutenir une discussion sur les vins avec une jeune personne d'à peine dix-huit ans qui avouait apprécier cette boisson depuis l'enfance.

– Il paraît que vous étiez cuisinier à Rome. Ce doit être un beau métier. J'en ai toujours rêvé. Évidemment ici, ce n'est guère possible, conclut-elle dans un gros soupir.

Ainsi, la fille qu'il aimait passionnément depuis vingt minutes, était une cuisinière en herbe ! Esther tapota son tablier, détourna les yeux et débarrassa la table.

– Je dois vous conduire auprès de mon père.

D'une voix timide, elle ajouta :

– Peut-être pourriez-vous m'apprendre quelques façons de cuisiner à la mode? Nous n'en dirions rien à mon père…

François hocha la tête, rendu muet par la passion qui le submergeait. Il lui apprendrait tout ce qu'elle voulait, les tourtes, les baisers, les rôtis, les embrasements de la chair, les entremets légers, les liqueurs enivrantes, les bouillons voluptueux…

Encore fallait-il qu'il reste en vie, se souvint-il brusquement. Il chassa cette sombre pensée pour n'imaginer que les promesses de félicité brillant dans les yeux d'Esther.

Il la suivit de nouveau, chancelant de bonheur. Genève, qu'il avait à peine entrevue et qu'il avait détestée de prime abord, lui apparut comme la ville la plus charmante, la plus belle et la plus désirable.

Un vacarme infernal régnait dans l'atelier. Quatre ouvriers s'affairaient autour de deux grandes presses à vis, quatre autres penchés sur de grands casiers inclinés choisissaient des caractères de plomb, d'autres encore rassemblaient les feuilles imprimées et les disposaient sur de grandes tables de bois. Després dut hurler pour se faire entendre :

– Je suis sur l'impression du *Thésaurus graeca linguae*, dont mon ami Henri Estienne m'a confié une partie. Il doit passer tout à l'heure pour vérifier que tout se passe bien et je n'ai pas le temps de m'occuper de vous. Je vais vous confier la relecture de l'*Institution de la religion chrétienne* de Calvin. Nous ne cessons de la rééditer. Soyez très attentif.

François promit de faire preuve de la plus grande vigilance. Il aurait d'ailleurs promis n'importe quoi pour s'attirer les bonnes grâces du père de sa bien-aimée. Il travailla vite, ne remarquant que très peu d'erreurs. La qualité de l'impression était admirable et valait bien les meilleures d'Italie. Després vérifia son travail, lui assura qu'il s'en était bien tiré et lui confia d'autres pages. Ils dînèrent rapidement, tous ensemble, dans une petite pièce annexe, servis par Esther et sa jeune sœur Sarah. À cette occasion, François apprit que leur mère était morte lors de l'épidémie de peste de 1568. Les deux filles tenaient le ménage de leur père et de ses ouvriers. François couvait des yeux Esther qui, souriante, avait apporté une toupine fumante d'un potage de viande de mouton aux navets. François le trouva tout à fait honorable.

Le travail reprit jusqu'à l'arrivée d'Henri Estienne, un fort bel homme d'une quarantaine d'années, la mine impérieuse, vêtu de noir comme tous les Genevois avec juste une petite collerette tuyautée d'un blanc éclatant. François suivit de loin la discussion entre les deux impri-meurs, au cas où il serait question de lui. Ils évoquèrent les difficultés pour trouver du papier, Després fustigeant la veuve du marchand Étienne Chapeau-Rouge qui profi-tait de la pénurie de chiffon pour augmenter sans cesse le prix des feuilles sortant de son moulin. Henri Estienne poussa un soupir et déclara :

– Ce métier nous ruine. Mais la perte de mes biens, la perte de ma jeunesse ont pour moi peu d'importance si mon travail en a pour mes lecteurs. Je regrette amèrement la défection du banquier Fugger qui m'a assuré protection et aide financière pendant plus de dix ans. J'en aurais bien besoin en ce moment ! Ce dictionnaire grec me coûte les yeux de la tête et je ne compte plus les années de travail que j'y ai consacrées. Mon père avait commencé cette

grande œuvre et je la finirais, dussé-je y laisser ma santé
et le reste de ma fortune.

Avant de se séparer, ils évoquèrent la menace
savoyarde qui se précisait. Les seize compagnies de la
milice genevoise, composée de tous les hommes en état
de combattre, allaient recevoir de nouvelles armes et
les différentes assemblées, le Petit Conseil, le Conseil
des Soixante et le Conseil des Deux-Cents travaillaient
d'arrache-pied à la protection de la population.

François exultait : vu la gravité de la situation, son procès ne reprendrait pas d'ici belle lurette. Voilà qui lui laissait tout le temps de conter fleurette à Esther.

*

Il travailla tant et si bien, qu'au fil des jours, Després lui
confia des tâches de plus en plus complexes. L'ambiance
à l'atelier était excellente. Il n'y avait ni invective, ni
menace, ni bagarre. Jurons, plaisanteries grasses ou chan-
sons paillardes n'avaient pas le droit de cité. Cela lui rappelait les propos d'Olivier de Serres qu'il avait connu à
Montpellier. Un jeune homme professant la Foi réformée,
d'une prodigieuse intelligence, travailleur infatigable et
pour qui un homme devait être courtois, non colère, en
tout raisonnable, exact payeur de ses dettes, continent,
sobre, patient, prudent, épargnant, industrieux et diligent.
Ce sens de la mesure étonnait grandement François,
témoin des pires débordements dans les cuisines et dans
d'autres lieux de travail. Calvin aurait-il réussi à faire
du loup cruel et paresseux que pouvait être l'homme,
un agneau aimable et travailleur ? Tous les ouvriers semblaient animés d'une énergie sans fin et ne ménageaient

pas leur peine. Dans les écrits de Calvin, François avait bien vu que la paresse était considérée comme un des pires maux. Pas une minute ne devait être consacrée à la rêverie et il fallait en permanence être utile à soi-même et aux autres. Voilà qui le changeait de Rome ! Éperdu d'amour comme il l'était, il n'y voyait rien à redire tant qu'il savait Esther auprès de lui.

La demande de bibles, psaumes, écrits théologiques était telle que les presses fonctionnaient même la nuit. François prit connaissance de cette fameuse bible de Genève. Pas celle en latin des catholiques, mais la traduction des Écritures, en français, à partir des textes hébreux et grecs. Des milliers d'exemplaires prenaient le chemin de la France, même si être découvert en possession d'un tel livre, valait immanquablement d'être condamné à la prison ou aux galères. À moins que l'espoir, apparu trois mois auparavant, le 8 août, avec la signature de la paix de Saint-Germain ne devienne réalité. Ce traité mettait fin à une troisième guerre de religion. Les protestants avaient été amnistiés, obtenaient la liberté de conscience et de culte ainsi que quatre villes de sûreté : La Rochelle, Cognac, Montauban, La Charité-sur-Loire. Personne n'osait véritablement s'en réjouir. En 1563, la paix d'Amboise avait, elle aussi, mis un terme à une guerre qui avait duré deux ans et les protestants eurent le droit de pratiquer leur culte dans les régions où ils étaient majoritaires. Hélas, la guerre reprit en 1567, se soldant par le traité de paix de Longjumeau, effectif quelques mois seulement. Les hostilités reprirent en septembre 1568, l'édit de Saint-Maur interdisait une fois de plus le culte protestant. La France s'embrasa de nouveau, Henri, le frère du roi, battit les protestants à Jarnac et tua leur chef, le prince de Condé. La paix, nouvellement signée, serait-elle durable[1] ? On disait les catholiques très mécontents, mais il se murmurait que Catherine de Médicis, la mère du roi Charles IX, était réellement désireuse d'une réconciliation et qu'elle pensait fiancer sa fille Marguerite de Valois à Henri de Béarn[2], le nouveau chef du parti protestant. La fin des épreuves était peut-être proche et nul n'aurait plus alors besoin, pour vivre sa foi au grand jour, de s'exiler à Genève.

Le soir, après le souper, Després réunissait toute sa maisonnée et selon l'usage des réformés, faisait une prière suivie par un psaume que tous entonnaient et donnait lecture d'un chapitre de la Bible. François avait très vite compris qu'il aurait été malséant de proposer de jouer aux dés ou aux cartes, lors de ces soirées autour du grand poêle en faïence qui montait jusqu'au plafond. Tout jeu était vu comme contraire à la parole de Dieu, pernicieux et menant à la débauche. Il était impensable d'accorder plus de confiance à la chance qu'au mérite ! François, confit en dévotion pour sa bien-aimée, l'écoutait avec ravissement participer aux calmes mais ferventes discussions sur des sujets terriblement ardus. Parfois, il se disait que ses amis seraient morts de rire s'ils le voyaient, dans cette modeste maison à l'ameublement plus qu'austère, goûter aux leçons de la morale calviniste. Ainsi était la vie et Esther valait bien l'intégrale des psaumes de David !

François n'avait pas le droit de sortir, sauf pour accompagner la famille Després au culte dominical se tenant à

---

1. 24 août 1572 : massacres de la Saint-Barthélemy.
2. Futur Henri IV.

l'ancienne cathédrale Saint-Pierre, distante de quelques centaines de toises.

Un mercredi, Esther demanda l'autorisation à son père de l'emmener au marché du Molard. Samuel, leur homme de peine s'étant cassé une jambe en sautant d'une barque, François pourrait l'aider à transporter les victuailles. Després jugea qu'il y avait peu de chances qu'il tentât de s'échapper. Le mercredi et le samedi, jours de marché, la garde était doublée aux portes et au port, dans la crainte d'une attaque des Savoyards. Toutes les charrettes chargées de foin, de tonneaux étaient fouillées pour s'assurer que nul homme armé ne s'y cachait.

Le soleil était éclatant, l'air vif et froid. François, la joie au cœur, se tenait au côté d'Esther emmitouflée dans une grande cape de laine brune. Ils dévalèrent la rue en pente menant aux rues basses. La foule se pressait, compacte. Leur progression n'était pas facile dans les rues encombrées de charrettes et d'étals, de tréteaux et de corbeilles, de vendeurs ambulants, de troupeaux de bêtes s'acheminant vers la boucherie. Écrivains publics et notaires avaient sorti leurs bancs. On trouvait de tout : pots de terre et d'étain, linge, souliers, coiffes, chapeaux, articles de mercerie, chandelles, lanternes…

François trouva très appétissants les fromages frais enveloppés de foin et de feuilles de noyer. Esther lui nomma les tommes de Savoie, les fromages de Gex et du Jura. Il resta sans voix devant de grosses meules blondes. Il n'avait jamais rien vu de tel. Esther lui expliqua que ce fromage était fabriqué dans des chalets d'alpage du Val de Charmey, en pays de Gruyère. Elle demanda au marchand d'en donner un petit morceau à François. Il le trouva excellent.

Il s'extasia sur les poissons dont le lac était un très généreux pourvoyeur. Sur les étals, il n'y avait pas trace de poissons de mer, à part quelques tristes harengs, mais brochets, carpes, ombles-chevaliers, chevennes, goujons, féras, perches et surtout truites abondaient. Esther, le voyant regarder avec convoitise une belle truite aux couleurs de l'arc-en-ciel, chercha dans sa bourse et l'acheta.

– Je dirai à mon père qu'on nous en a fait cadeau, dit-elle avec un petit sourire contrit. Comment pensez-vous la préparer?

François savait à quel point mentir à son père allait lui coûter. Il fallait qu'elle en ait aussi terriblement envie, de cette truite! Il la regarda avec amour et après quelques instants, lui dit :

– Nous pourrions la faire à la manière de Milan comme me l'a enseigné mon maître Scappi : on la coupe en tronçons, on la met dans une marmite de cuivre, on la recouvre de vin blanc et on fait cuire jusqu'à ce que les morceaux se courbent en une sorte de boucle semblable aux cils des femmes. Je la servirais froide avec du persil dessus, mais en voyant toutes les noix que vous avez, il m'est venu une idée. Je ferai un mélange avec des noix broyées, de l'échalote et du persil, j'ajouterai un jus de citron, j'en farcirai la truite et je la ferai cuire doucement à la poêle.

– Oui, oui, nous essaierons dès ce soir, s'exclama Esther en battant des mains.

Cette jeune fille le ravissait. Affèteries et minauderies lui étaient inconnues. Elle allait dans la vie avec grâce et droiture, bienveillance et franchise. Sa candeur était contrebalancée par un sens aigu des réalités. François adorait la faire rire et elle s'y prêtait volontiers, surtout quand il lui racontait sa vie de cuisinier. Il passait soigneusement sous silence les événements les plus scabreux. Ce n'était pas le moment d'effaroucher la donzelle ni de prêter le flanc à d'autres accusations de turpitudes diverses et variées. La rigueur morale de Genève ne lui agréait pas plus que la simonie romaine. Mais, au moins, ici, se sentait-il débordant d'amour.

Son cœur s'était serré en évoquant Scappi. Que devenait le vieux bonhomme ? Il aurait tant aimé avoir de ses nouvelles, mais envoyer ou recevoir du courrier de Rome aurait été un risque trop grand. Il l'imaginait se morfondant, tout seul, dans son cabinet de travail et ses cuisines désertes. Qu'avait-il pensé de la défection subite de François ? Ce dernier avait demandé à Passeroti de passer voir de temps en temps le maître-queux et même, de l'inviter à des réunions de l'*Academia*. Faire des petits plats pour une troupe de gaillards et gaillardes gourmands et curieux lui redonnerait peut-être un peu de joie de vivre. Pour l'instant, l'horizon de François était limité à la place du Molard, grouillante de monde. Il proposa à Esther de s'arrêter quelques instants dans une des auberges, l'*Écu de Bourgogne*, la *Croix-Verte* ou le *Logis de la Rose* pour boire un gobelet de clairet. La jeune fille le regarda avec des yeux ronds et déclara :

– Mais c'est interdit ! Les tavernes et cabarets n'ont pas le droit de servir à manger ou à boire aux habitants de la ville. Seuls les étrangers le peuvent. On risque soixante sols d'amende !

François en resta bouche bée. La lutte contre l'oisiveté et le gaspillage n'était pas un vain mot à Genève ! Il ne pouvait croire que tout le monde se plie à un règlement aussi draconien. Il devait bien y avoir quelques manquements !

Ils quittèrent le grand bâtiment des halles, nouvellement construit, pour aller du côté de Longemalle où se tenait le marché des bouchers. En chemin, ils s'arrêtèrent pour manger une soupe achetée à une femme de la campagne. Dans son barot, sorte de grosse brouette, elle avait du beurre dans une toupine de grès, des œufs, des châtaignes et de très beaux cardons.

— Ils sont de Plainpalais, les meilleurs qui soient, poussés avec la bonne eau de l'Arve, annonça la marchande.

Esther en acheta, disant à François que des réfugiés Français avaient installé des cultures maraîchères aux alentours de la ville et que les cardons de Genève étaient excellents. Elle en savait quelque chose, elle qui était née à Lyon où ce légume était très prisé. À ce moment, François entendit un homme qui, en italien, s'extasiait sur la blancheur des dits cardons.

François s'adressa à lui, aussi en italien. Son interlocuteur se présenta aussitôt :

— Giacomo Castelvetro de Modène. Vous aussi vous vous intéressez aux cardons ? Vous n'êtes pas italien, vous avez un petit accent…

Prudemment, François dit qu'il était français mais qu'il avait travaillé quatorze ans en Italie comme cuisinier.

— Alors vous devez tout autant que moi regretter les excellents légumes italiens. Je me languis des artichauts, des asperges, des petits pois. Savez-vous qu'ici, les artichauts sont si rares qu'on les mange comme une friandise tout comme les olives, d'ailleurs.

Le jeune homme ne devait pas avoir plus de vingt-cinq ans. Il était volubile comme peut l'être un Italien et cela fit plaisir à François de retrouver un peu de cette chaleur d'expression qui manquait singulièrement à Genève. Castelvetro lui raconta sa fuite d'Italie pour retrouver son oncle Ludovico avec qui il partageait la foi réformée. Il lui proposa de se revoir ce qu'accepta bien volontiers François. Il lui donna l'adresse de l'atelier des Després, omettant de préciser qu'il n'avait pas le droit d'en sortir, du moins sans l'intercession d'Esther.

Ils continuèrent leurs achats : du pain d'épeautre, car le froment manquait et la famille Després n'avait pas les moyens d'acheter du pain de miche, ce pain blanc qui coûtait un sol, de l'huile de noix qu'on trouvait en abondance alors que l'huile d'olive était quasiment inconnue. Esther expliqua que l'afflux de réfugiés de France était une des causes de la cherté du blé.

Ils firent aussi provision de bougies. L'atelier en consommait beaucoup et de plus, il était interdit de sortir le soir, après huit heures, sans chandelle. Esther préféra celles de suif de chèvre, bien meilleures quoique plus chères que celles de suif de bœuf ou de vache.

François, toujours aussi ravi de se promener avec sa belle, essayait de se faire une idée de Genève. La ville n'avait, certes, pas la beauté de Rome, mais tout en ce jour, lui paraissait délectable. Il trouva très astucieux les grands avant-toits qui surplombaient les hautes maisons de la rue principale, protégeant ainsi les passants de la pluie, du vent et de la neige. Il resta un long moment devant un atelier où l'on fabriquait des reloges portatifs[1], qui permettaient d'emporter l'heure partout avec soi. Il n'était pas le seul à regarder ces petites merveilles. Le succès était tel qu'on venait de Lyon, de Turin pour acheter la fameuse « heure de Genève ».

---

1. Premières montres qui vont faire la renommée de Genève.

Quand il découvrit le lac, depuis le port de Longemalle, il n'en crut pas ses yeux. On n'en voyait pas la fin ! C'était une mer, un océan ! Ses eaux claires et transparentes se confondaient avec le bleu du ciel. Rien à voir avec le lac en colère qu'il avait détesté entre Chillon et Genève. Il était si paisible, si accueillant, si doux qu'il ne pouvait en détacher son regard. Et comme il était tombé amoureux d'Esther, il tomba amoureux du lac.

20

« Je n'ai jamais vu un prisonnier aussi content de son sort », s'étonna un jour Pierre Després, surpris de le voir ardent au travail, courtois et bon compagnon. Si vous n'étiez dans cette fâcheuse situation, je vous offrirais bien de travailler avec moi. Mais sans doute, n'attendez-vous qu'une chose : être fixé sur votre sort et partir aussitôt, si vous êtes reconnu non-coupable, ce qui pour moi ne fait aucun doute. Hélas, vos juges ne l'entendent peut-être pas de la même oreille, toujours à l'affût du moindre blasphème.

François ne se sentait pas blasphémateur pour un sou et n'avait aucun goût pour les débats théologiques qui lui passaient bien au-dessus de la tête. À Montpellier, il avait vu son ami Laurent Catalan accusé injustement de crime d'empoisonnement parce qu'il était d'origine juive. À Rome, l'Inquisition pourchassant la moindre trace d'hérésie lui avait fait horreur. Que les autorités de Genève soient tout aussi féroces ne l'étonnait pas. Il ne fallait pas se trouver au mauvais endroit au mauvais moment, ce qu'il n'avait su éviter.

À vrai dire, son procès lui était presque sorti de l'esprit, tellement il était heureux. Soudain, il s'imagina conduit au supplice de l'estrapade[1] puis au bûcher, Esther quelque part dans la foule, folle de douleur, le regardant marcher vers la mort. Il ressentit alors l'impérieuse nécessité d'aller tout lui confesser de sa vie passée. Il dut attendre le soir, qu'elle lui demande de l'aider à puiser de l'eau. Petit à petit, il avait été admis que jusqu'au retour de Samuel, François lui servirait d'homme de peine.

– Il faut que je vous avoue ne pas avoir eu une vie exemplaire…

– Comment aurait-il pu en être autrement, à la cour du pape ? lui rétorqua placidement Esther.

– Mais croyez bien que tout ceci est derrière moi…

– Je ne vous demande rien, François, sur votre passé. Ce que je sais de vous me suffit. Vous êtes un homme bon, même si vous n'avez guère de cervelle. J'ai confiance en vous et je veux à tout prix lier mon destin au vôtre.

François n'en revenait pas. Cette petite ne manquait pas d'audace. Voilà qu'elle était tout bonnement en train de le demander en mariage tout en le traitant, grosso modo, de crétin. Au moins les choses étaient claires !

– D'ailleurs je m'inquiète fort, continua-t-elle d'une voix tranquille. Vous êtes accusé de blasphème, d'actes séditieux et pernicieux et vous ne vous préoccupez pas le moins du monde de votre défense. Vous devez être encore plus inconscient que je ne le croyais. Malgré ce que dit mon père, qui vous apprécie beaucoup et qui n'est guère plus réaliste que vous, vous risquez la mort. Si notre religion nous interdit quelque dévotion que ce soit à un homme, le plus grand soit-il, toucher à Calvin

---

1. Torture consistant à attacher les bras de la victime à une corde puis à la hisser en haut d'une potence et la relâcher brutalement ce qui provoquait la dislocation des membres.

est un crime très grave. Mon père pourra témoigner en votre faveur, Henri Estienne aussi, mais ils ne font partie d'aucun des Conseils et Estienne est un peu en délicatesse avec les autorités, ces temps-ci. Croyez-vous que vous allez éternellement m'accompagner au marché du Molard, porter mes paniers, comme un grand benêt? Nous devons nous marier. Vous êtes le père de mes futurs enfants, il faut vous bouger François.

Il était sans voix. Elle était maintenant en train de le mettre dans son lit et n'attendait qu'une chose : qu'il la besogne pour l'engrosser. Tout cela dit du ton le plus calme !

Voilà bien une manière de penser à la mode réformée ! Si le mariage avait perdu tout caractère religieux, il était vu comme le fondement d'une société en bonne santé où l'on pouvait évoquer en toute simplicité l'honnête volupté et les plaisirs de la chair. François n'avait aucun souci à se faire, il aurait une parfaite épouse, franche, directe, cultivée, faisant preuve d'esprit critique et sachant chrétiennement élever ses enfants, selon les vœux de Messieurs Luther et Calvin. Il était fou de joie, mais ne pouvait nier qu'elle n'avait pas tort quant aux risques qu'il encourait. Elle le regardait avec son petit air angélique, attendant sa réaction.

– Que faudrait-il pour me sortir de là? demanda-t-il.

– Le témoignage de quelqu'un au-dessus de tout soupçon se portant garant de vous pourrait grandement aider.

Un éclair d'illumination traversa le cerveau amoureux de François.

– Félix! s'exclama-t-il. Je crois savoir qu'il est devenu un grand personnage à Bâle où il exerce la médecine. Nous avons fait nos études à Montpellier. Il est comme un frère pour moi.

– Félix comment ?

– Félix Platter.

– J'ai entendu parler de lui. Il est très respecté. Il pourrait faire l'affaire. Je vais en parler immédiatement à mon père.

Deux heures plus tard, un messager prenait la route de Bâle porteur d'une lettre pour le docteur Félix Platter. François y faisait état de ses ennuis et enjoignait son ami de lui venir en aide. Il ne restait plus qu'à souhaiter que Félix ne soit pas absent de Bâle et reçoive la lettre à temps.

*

Després avait entendu dire que le procès de François allait reprendre. Les membres du Petit Conseil et du Consistoire, après les menaces de l'attaque savoyarde, étaient particulièrement nerveux et décidés à infliger des châtiments exemplaires à tout fauteur de troubles, histoire de rappeler que le courroux de Dieu se déchaîne si les fidèles ne respectent pas ses lois. L'imprimeur lui laissa beaucoup de temps malgré le travail urgent. François comprit que cette liberté nouvelle n'augurait rien de bon et il vécut les jours suivants comme s'ils étaient les derniers. Il ne quittait pas Esther d'une semelle. La jeune fille invoquait de plus en plus d'emplettes indispensables et pondéreuses pour entraîner à sa suite le prisonnier plus que consentant. Després n'était pas dupe, mais il avait toute confiance dans le sens des convenances de sa fille. Avec un petit sourire, il lui fit remarquer que l'appentis dans la cour débordait de bûches, qu'on ne savait plus où mettre le cuir pour les reliures, qu'ils avaient assez de chandelles pour les trois mois à venir et qu'elle devait ralentir le rythme de ses achats de farine à moins qu'elle ne veuille qu'il se reconvertisse dans la boulange.

*

Un jour, Esther emmena François aux Pâquis, hors des portes de la ville. Ils se promenèrent au bord des rives du lac où paissaient des vaches. François fit des ricochets dans l'eau et ils restèrent aussi longtemps qu'ils purent, jusqu'à la fermeture des portes de la ville, pour regarder le coucher du soleil qui embrasait le ciel et le lac. Dans le lointain, se détachait cette grande montagne appelée le Mont-Blanc, car il était en toutes saisons couronné de neige. C'est là qu'ils échangèrent leur premier baiser. Esther entrouvrit doucement les lèvres. François ferma les yeux et sut qu'il vivait le premier matin du monde. Il lui jura un amour éternel. Elle sourit et l'entraîna vers la ville.

Le lac, François l'aimait de plus en plus, même les jours de bise noire, où il se couvrait de crêtes d'écume rageuses. Depuis plusieurs jours, des milliers d'oiseaux en avaient pris possession : des blancs, des noirs, des noirs et blancs, des petits et des grands, des rayés, des bariolés. Esther lui dit que c'était ainsi deux fois par an. On ne savait pas où les oiseaux allaient, mais ils revenaient toujours. François émit le vœu qu'il serait là pour les accueillir à leur retour. Lui qui détestait la campagne, se voyait dans une petite maison des Pâquis donnant sur le lac, quelques paisibles vaches dans le pré d'à côté, entouré de sa douce et tendre et de leurs nombreux marmots.

Cette vie ne pouvait s'arrêter. C'était impossible. Elle lui était trop précieuse. Il avait encore tant de choses à découvrir, tant de gens à aimer. Secrètement, il adressait des prières à son ange gardien. Ses nouveaux amis genevois le regardaient, parfois, avec un air de profonde pitié, voyant en lui un futur condamné à mort. Il les prenait alors par le bras et leur demandait de lui raconter leurs joies et leurs espoirs, comme si s'entourer de paroles d'avenir et de vie allait le protéger du mauvais sort.

C'est avec Henri Estienne qu'il passait les meilleurs moments. L'imprimeur l'avait pris en amitié. Il évoquait avec François les deux années passées en Italie à parfaire ses connaissances en typographie et chercher des manuscrits à publier. Il vouait un grand amour à son père Robert, mort onze ans auparavant et il raconta à François comment toute la famille s'était retrouvée à Genève :

– En 1539, mon père fut nommé imprimeur du roi François Ier pour le latin et l'hébreu. Il était le seul à pouvoir rivaliser avec l'atelier d'Alde Manuce de Venise. Après la publication en 1550 de son *Nouveau Testament*, la Sorbonne se déchaîna contre lui et il dut fuir Paris pour échapper au supplice du feu promis aux hérétiques. Il nous fit passer secrètement en Suisse, mes sept frères et sœurs et moi-même. C'était un grand lettré et un imprimeur hors pair. Sais-tu que, de peur que des erreurs subsistent dans ses textes, il les faisait afficher et promettait une récompense à qui débusquerait des fautes ?

François aimait beaucoup ce personnage toujours en mouvement, ne cessant de s'intéresser aux choses de l'esprit. Il retrouvait en lui la fougue et l'immense érudition de son ami Aldrovandi. Sa langue acérée, son esprit caustique ne lui valaient pas que des alliés parmi ces Messieurs de Genève qui surveillaient tout ce qui paraissait et lui avaient, à maintes reprises, fait des remontrances sur ses livres. Henri Estienne n'en avait cure.

Un soir où il avait invité la famille Després à partager une brisolée, repas de châtaignes grillées, fromage, beurre, pommes et poires, accompagné de moût de raisin et de vin blanc, il raconta :

– Robert, mon père, avait réuni chez lui une dizaine d'étrangers d'un grand savoir remplissant les fonctions de correcteurs. Originaires de diverses contrées, et ne pouvant parler la même langue, ils se servaient entre eux du latin comme d'un commun interprète… Ma mère, à l'exception de quelques mots peu usités, entendait tout ce qui se disait en latin presque aussi facilement que si c'eût été du français. Les domestiques, les servantes même, qui entendaient tous les jours converser à table sur des sujets divers, plus ou moins à leur portée, s'accoutumaient tellement à ce langage, qu'ils comprenaient presque tout et finissaient par s'exprimer en latin. Mais ce qui contribuait encore à habituer toute la maison à parler la langue latine, c'est que mon frère Robert et moi, jamais nous n'aurions osé nous servir d'un autre langage en présence de notre père ou de l'un de ses dix correcteurs.

Cette ambiance studieuse plaisait de plus en plus à François. Certes, la fantaisie, la drôlerie des réunions de l'*Academia* lui manquait, mais il était en passe de faire sienne la devise que portait la marque typographique des Estienne : on y voyait un olivier dont un homme détache les branches à sa portée et les mots *noli altum sapere*, auxquels s'ajoutait quelquefois *sed time*[1].

Pendant ses derniers jours d'insouciance, François passa aussi beaucoup de temps avec Castelvetro. Ensemble, ils commencèrent à traduire en français ce qu'écrivait l'Ita-

---

1. Ne recherchez pas l'élévation, mais redoutez-la.

lien sur les légumes et les salades. Ils firent le projet de donner un titre à l'ouvrage *Petite histoire de toutes les racines, herbes et fruits, crus et cuits qui se mangent en Italie*, et de le faire imprimer. Ce ne serait certainement pas une priorité pour les imprimeurs genevois, mais cela valait la peine d'essayer. Là encore, François voyait bien que son ami restait parfois silencieux devant son enthousiasme. Cette belle entreprise pouvait, hélas, partir en fumée avec lui dans un avenir très proche. Esther, avec le calme et la volonté qui la caractérisaient, ne laissait rien paraître de son angoisse. Les regards qu'elle échangeait avec son amoureux étaient juste un peu plus chargés de douceur et de tendresse. Elle se passionnait pour leur travail et transcrivait au fur et à mesure ce que François et Castelvetro traduisaient. C'est ainsi que Després et ses ouvriers virent arriver sur leur table des mets qu'ils n'avaient jamais mangés. Quand l'imprimeur s'aperçut que les repas avaient tendance à durer de plus en plus longtemps, tant les convives prenaient plaisir à déguster ce qu'ils avaient dans leur assiette, il crut nécessaire de sermonner sa fille. Il lui rappela que la nourriture devait rester simple et sans apprêt, sinon c'était faire preuve d'ostentation, gaspillage et offense à Dieu. François n'en revenait pas : les plats lui semblaient bien modestes et l'apparat fort limité à côté de ce qu'il avait connu. C'est la seule fois où il vit Esther perdre patience et prête à répondre vertement à son père.

François restait perplexe devant l'attitude des réformés face à la nourriture. La différence entre jours gras et jours maigres où il était interdit de manger de la viande avait été supprimée, l'homme ne gagnant aucune vertu aux yeux de Dieu en s'infligeant des privations ou des punitions. Abstinence et ascétisme n'étaient que fumisteries

papistes, utilisées par les soi-disant saints dans leurs sima-
grées mystiques. On pouvait donc manger de tout quand
on voulait. Seul l'excès était condamné. On était autorisé
à « banqueter plusieurs jours pourvu que l'insolence n'y
règne, mais que Dieu y soit reconnu et loué comme le
chef et auteur de la liesse ». Hélas, ces banquets étaient
régis par des lois réduisant singulièrement le nombre de
services et de plats autorisés. Autant décréter la mort des
cuisiniers !

Depuis les Romains, tous les pays, à un moment de leur
histoire, avaient édicté des lois dites somptuaires interdi-
sant le luxe trop effréné. Même Rome et Venise !

À Genève, Calvin et ses amis n'y étaient pas allés de
main morte pour détourner les croyants de toutes ces futi-
lités et maintenir le fragile équilibre financier de la ville.
Ils s'étaient déchaînés contre les entortillements des cheveux, les robes montrant la chair, les faces ornées comme
pour quelque maquerellage… Si ce n'est qu'au vu des
nombreux procès qui leur étaient intentés, les Genevois
et Genevoises semblaient éprouver quelques réticences à
ne se parer que des biens de l'âme.

Quant à la cuisine, François sentait bien que les
plus grandes pages de son histoire ne s'écriraient pas à
Genève. Cela lui était égal. Si Dieu lui prêtait vie, il aurait
à demeure une convive pour qui il était prêt à inventer les
mets les plus délicieux et les plus délicats. Faire la cuisine pour Esther, faire la cuisine avec Esther, mêler leurs
mains dans un puits de farine et leurs lèvres au bord d'une
coupe de malvoisie vaudrait tous les banquets du monde.

Et s'il y avait bien une chose que François appréciait
dans la cuisine genevoise, c'était le peu de cas qu'elle faisait des épices, trop chères et jugées trop luxueuses. Avec
Castelvetro, ils incitaient Esther à utiliser toutes sortes

d'herbes aromatiques et les résultats étaient de plus en plus intéressants.

*

Les expérimentations culinaires s'arrêtèrent à l'annonce de la reprise du procès. François voulut aller se jeter aux pieds de ses juges et leur déclarer qu'il était prêt à se convertir puisque être Genevois c'était « vivre en la sainte loi évangélique et parole de Dieu ». S'il n'avait pas été un très bon catholique, il ferait peut-être un réformé acceptable. Tutoyer Dieu, ne pas se découvrir au Temple, se passer de confesseur, ne plus avoir à transiter par le Purgatoire, il s'y ferait sans problème. Ne plus pouvoir adresser des prières aux saints l'ennuyait un peu, mais il s'en arrangerait. Que la Bible seule fasse autorité, il trouvait ça très bien. Que les pasteurs soient choisis par le peuple, mariés et pères de famille, voilà qui le changerait agréablement des mœurs romaines. Il refuserait de croire que le corps du Christ est présent dans le pain et le vin de l'eucharistie. De toute manière, il n'aurait à s'en préoccuper que quatre fois par an : à Noël, à Pâques, à la Pentecôte et le premier dimanche de septembre. Il n'avait pas percé tous les secrets de la prédestination, chère à Calvin, mais comptait sur Esther pour lui expliquer.

Castelvetro, à qui il s'en était ouvert, ne trouva pas l'idée excellente.

– Ils vont douter de ta sincérité et croire que tu fais cela pour les amadouer. Le résultat serait pire, tu peux me croire. Les réformés ont en horreur l'hypocrisie.

Esther avait perdu sa bonne humeur et sa sérénité. Elle ne cessait de demander à son père de se renseigner sur l'arrivée d'une missive de Bâle. Rien ne perçait des réunions des juges qui n'avaient pas souhaité la présence de François.

Le jour du verdict arriva. François se rendit à la Maison de Ville, accompagné de ses amis.

Théodore de Bèze, successeur de Calvin et modérateur de la Vénérable compagnie des pasteurs prit la parole :

— Les faits qui vous sont reprochés sont très graves. Nous n'avons pas réussi à déterminer votre part de responsabilité, mais nous ne pouvons risquer une contamination des esprits. Seule la mort nous est apparue comme châtiment possible. Pierre Després et Henri Estienne ont plaidé en votre faveur, assurant que vous vous comportiez honnêtement. Cette bonne conduite est de trop courte durée pour nous permettre d'en juger la sincérité. Le tableau incriminé sera remis à Pierre Després qui pourra à sa convenance utiliser l'image du pape et détruira l'autre partie.

Ainsi, c'était la fin de l'histoire. François ne pourrait accompagner sa bien-aimée au long de sa vie. Il allait lui falloir un courage dont il se savait dénué. Il n'osait regarder Esther.

Théodore de Bèze reprit la parole.

— Néanmoins, nous avons reçu une lettre très éloquente de Félix Platter, notre éminent compatriote. Il assure que vous êtes inoffensif et accepte de répondre de vous. Nous avons décidé de vous rendre votre liberté à condition de partir immédiatement pour Bâle et de rester sous la garde de Félix Platter aussi longtemps qu'il le jugera nécessaire.

— Non, cria François. Je veux rester.

Les hommes en noir se regardèrent sidérés.

– Je vous en supplie. J'aime Genève, j'aime le lac, j'aime les Després. Je ne veux plus bouger d'ici. Vous n'aurez rien à craindre de moi. Je serai sage comme une image…

Pierre Després qui était à ses côtés, lui donna un grand coup de pied dans les tibias. François se tut.

Théodore de Bèze interrogea du regard ses collègues et reprit la parole :

– C'est bien la première fois qu'un prisonnier ne prend pas ses jambes à son cou pour fuir sa geôle et demande à rester. Votre requête est étrange. Vous savez que nos mœurs sont austères et exigeantes. Nous acceptons que vous restiez à Genève, mais sachez que nous vous aurons à l'œil. À Toi Éternel Dieu, soient louange et gloire. Amen.

*

François abjura la foi catholique devant le Vénérable Consistoire. Il fut accueilli dans la communauté des fidèles et obtint le statut d'habitant lui permettant de se marier au temple.

François et Esther durent patienter trois mois, ces Messieurs de Genève ayant décidé de soumettre le nouveau converti à une période d'observation. Ils se marièrent le 22 février 1571. Le lac était plus lumineux que jamais. Ils respectèrent scrupuleusement les lois somptuaires édictées par Calvin. Pour chaque table de dix personnes, il n'y eut qu'un seul service de viande et de poisson comportant cinq plats raisonnables et honnêtes, des menues entrées et huit plats de dessert dont une seule pièce de pâtisserie.

Ils auraient tout le temps de se rattraper.

LES PERSONNAGES

François et Esther vécurent heureux et eurent beaucoup d'enfants que nous retrouverons bientôt dans un nouvel épisode de cette saga familiale et culinaire.

Bartolomeo Scappi (vers 1500-vers 1570)

On sait très peu de chose sur lui. Certains le font naître en Lombardie, d'autres à Venise. La date de sa mort nous est inconnue. Nous ne savons même pas s'il est toujours en vie lors de la parution de l'*Opera* en 1570. Dans son livre, il dit avoir été au service du cardinal Grimani à Venise en 1527. Nous le retrouvons neuf ans plus tard, à Rome, auprès du cardinal Campeggi. C'est alors qu'il préparera le banquet en l'honneur de Charles Quint. Il sera l'un des cuisiniers du conclave qui verra l'élection du pape Jules III. Il servira ensuite le cardinal Carpi, puis, à partir de 1564, deux papes : Pie IV et Pie V.

LA CUISINE DE SCAPPI

Au XVIe siècle, la cuisine, comme la plupart des arts, est italienne ! Plus de cinquante livres de cuisine vont être publiés alors qu'il n'y en aura aucun en France jusqu'à la moitié du XVIIe siècle. Parmi ces livres, celui de Scappi est le plus éminent et le plus abouti. Il connaît un tel succès qu'il sera réédité huit fois. S'il ne fut jamais traduit, il fut allégrement pillé par Max Rumpolt en Allemagne et Diego Granado en Espagne. Outre ses mille recettes, la présence de vingt-sept planches de dessins (qui ne sont pas l'œuvre de Passeroti) n'est pas pour rien dans ce succès. L'*Opera* donne une image très fidèle de la cuisine italienne à travers les produits et les modes de préparation utilisés du nord au sud de la péninsule, même si les recettes à la mode lombarde, vénitienne et romaine sont en majorité.

Principales caractéristiques

– Une omniprésence des épices et du sucre. Dans la plupart des recettes, qu'elles soient de viandes, de poissons, de pâtes, de légumes, de fruits, on trouve le quintette infernal : cannelle, girofle, gingembre, muscade, safran. Quant au sucre, non content de l'indiquer dans le corps de la recette, Scappi éprouve régulièrement le besoin d'en rajouter au dernier moment avec la mention : « Et si nécessaire… » ;

– une prédilection pour le veau qui représente un quart des recettes de viande. Scappi en utilise toutes les parties de la tête aux pieds, y compris les yeux et les abats ;

– l'abondance des légumes. Une grande nouveauté due au goût des Italiens pour les productions maraîchères et le savoir-faire de leurs jardiniers. Montaigne, lors de son voyage en Italie en 1581, s'étonnera de voir qu'on pouvait manger des fèves crues, des petits pois et des artichauts presque crus ;

– l'apparition de la *pasta* à grande échelle. Faites de fleur de farine, d'eau, de sel et d'œufs, elles peuvent être farcies de mille manières. Maccaroni, lasagnes, tortelli et ravioli commencent leur carrière !

– l'utilisation du fromage. Qu'il soit de Parme (parmesan), Marzolino (de brebis) ou provatura (sorte de mozzarella), il est présent dans un maximum de recettes. On trouve également de nombreuses recettes à base de laitage. Le beurre fait timidement son apparition.

ORIGINALITÉS

La cuisine de Scappi n'est pas révolutionnaire. À bien des égards, elle est encore très proche de celle du Moyen Âge, notamment avec :

– l'abondance des épices,

– le goût pour l'aigre-doux et le sucré-salé. Ainsi, presque toutes les sauces allient l'acidité du verjus (jus du raisin vert) et des agrumes à la douceur des fruits secs : pruneaux, dattes, raisins secs.

Ces deux grands principes vont être battus en brèche par les cuisiniers français qui, au milieu du XVIIe siècle, vont enfin sortir de leur léthargie. Nous le verrons dans le prochain épisode des aventures de la famille Savoisy.

Là où Scappi fait merveille, c'est dans l'abondance et la variété des produits utilisés ainsi que dans la subtilité des préparations. Il nous est arrivé à plusieurs reprises, mon traducteur attitré Stefano Bory et moi-même de penser qu'une recette était la redite de la précédente et tout d'un coup de découvrir le petit détail qui changeait tout. C'était alors une course aux fourneaux pour expérimenter la nouvelle formulation, avec, à la clé, des découvertes extraordinaires. Entrer dans l'univers de Scappi, c'est aussi découvrir un grand professionnel, méticuleux jusqu'à l'obsession dans le choix des produits, de la découpe, du matériel de cuisine, des modes de préparation et de cuisson. Un vrai chef !

On peut noter deux innovations : la recette de la pâte feuilletée et celle du couscous. Inutile de chercher la tomate, elle est toujours jugée non comestible. Le seul produit d'origine américaine qui fait l'objet de nombreuses recettes est la poule d'Inde. Vous n'en trouverez pas dans le cahier de recettes. Ne m'en veuillez pas, je déteste la dinde ! Quant à la pizza, elle n'a rien à voir avec celle que nous connaissons qui n'apparaîtra qu'au XIXe siècle.

Au terme d'une année passée dans les cuisines de Scappi, je me réjouis de pouvoir lui rendre cet hommage et comme nous sommes loin d'avoir tout traduit, il nous reste encore de belles découvertes en perspective !

Giuseppe Arcimboldo (1527-1593)

D'origine milanaise, il passera vingt-six années au service de trois empereurs du Saint Empire romain germanique : Ferdinand Ier, Maximilien II et Rodolphe II. Quand il part pour Prague en 1562, il est déjà un peintre célèbre. En 1563, il peint la première série des quatre saisons : *Le Printemps, L'Été, L'Automne, L'Hiver*, qui lui valent un beau succès. En 1566, suivent les quatre éléments : *L'Eau, L'Air, La Terre, Le Feu*. Tout au long de sa vie, il fera de nombreuses versions de ces différents tableaux. Il peint également un tableau intitulé *Le Juriste* où certains ont vu une caricature de Calvin, mais rien n'est moins sûr. Les trois empereurs lui témoignent admiration et affection. On dit que Maximilien lui accordait une si grande confiance qu'il lui demandait son avis sur tout. Arcimboldo suivra les empereurs dans les cours de Vienne et de Prague où Rodolphe II, d'un naturel mélancolique mais grand amateur d'art et esprit curieux, s'entoure d'artistes, scientifiques et intellectuels. Prague deviendra ainsi un des hauts lieux de la culture européenne.

Rodolphe, qui, au cours des années, constituera un extraordinaire cabinet de curiosités, entretenait un peu partout des agents chargés de traquer les objets les plus curieux. Arcimboldo participera à cette chasse aux trésors, tout comme il agira en tant qu'acheteur d'art.

Il occupa aussi les fonctions d'organisateur des fêtes, tournois, cérémonies de mariage et créera, pour ces occasions, des décors, des costumes et des mises en scène. Il fut également un excellent ingénieur hydraulicien mettant au point des jeux d'eau aux mécanismes sophistiqués ainsi qu'un système de notation musicale lié aux couleurs. En 1587, il obtient de Rodolphe la permission de retourner définitivement à Milan tout en promettant de continuer à travailler pour lui. C'est ainsi qu'en 1591, il envoie à Prague la célèbre *Flora* et le non moins célèbre *Vertumme*. Rodolphe en est si content qu'il le fait comte palatin. Arcimboldo meurt à Milan le 11 juillet 1593.

De son vivant, il fut célébré pour sa maîtrise artistique, son esprit inventif et sa grande érudition. Après sa mort, *ses* œuvres jugées extravagantes tombèrent dans l'oubli et ne furent redécouvertes qu'au début du XXe siècle par les surréalistes qui voyaient en lui un précurseur.

Réjouissons-nous qu'une exposition lui soit enfin consacrée (musée du Luxembourg, à Paris, du 12 septembre 2007 au 27 janvier 2008) qui permettra de découvrir les facéties et les inventions de ce peintre hors du commun.

Bartolomeo Passeroti (1529-1592)

Il est avec Vincenzo Campi et Annibale Carraci le créateur d'un nouveau genre pictural représentant des scènes de marché, de cuisine et de repas qui connaîtra un grand succès.

En 1570, à Bologne dont il est originaire, il est à la tête d'un atelier très florissant produisant des portraits et des peintures religieuses pour la noblesse locale. Il continue à se rendre à Rome afin de réaliser des portraits de papes et de cardinaux. Il avait commencé à y travailler, dans les années 1550 sous les ordres de Vasari, puis avec Taddeo Zuccari. À partir de 1575, il espace ses séjours romains pour se consacrer à ses commandes locales. Il aura pour élèves Annibale et Ludovico Carraci. Ses fils Tiburzio, Passeroto et Aurélio travaillent au sein de son atelier. Très ami avec Ulisse Aldrovandi, il assiste régulièrement aux dissections anatomiques que le médecin-botaniste organise chez lui. Il est reconnu comme appartenant à la troisième génération du maniérisme marquée par Michel-Ange. Ses principaux tableaux : *Les Bouchers, Les Poissonniers, Les Volaillers, La Compagnie allègre.*

Torquato Tasso (1544-1595)

Né à Sorrente (50 km de Naples), son enfance et son adolescence furent mouvementées, suivant son père de cour princière en cour princière. À 18 ans, il publia un premier poème épique qui lui valut de grands éloges. Il commença sa grande œuvre *La Jérusalem libérée* qu'il termina en 1575. Jeune homme charmant et très doué, il était malheureusement atteint d'un grave déséquilibre mental qui lui valut sept années d'internement dans un asile. Ses délires de persécution, ses angoisses religieuses le poursuivirent toute sa vie. Reconnu comme très grand poète, il mourut à Rome la veille du jour où il devait recevoir des mains du pape Clément VIII, la couronne poétique.

Cardinal Antoine Perrenot de Granvelle (1517-1586)

L'enlèvement d'Arcimboldo par Granvelle est pure invention de ma part. En revanche, les exactions qu'il commit de 1559 à 1564 en tant que conseiller de la gouvernante des Pays-Bas – Marguerite de Parme – sont hélas bien réelles. Si je force également le trait en en faisant un collectionneur forcené, il n'en reste pas moins, et c'est tout à son honneur, un grand amateur d'art. Il réunit une importante collection de tableaux et de livres dont une partie est conservée à Besançon, la ville dont il était originaire. Il passa cinq ans à Naples (1571-1575) en tant que vice-roi, puis il partit à Madrid, à la cour de Philippe II, où il mourut en 1586.

Pie V (1504-1572)

Antoine Ghislieri naît le 15 janvier 1504 dans une famille noble mais très pauvre du Piemont. À quinze ans, il prononce ses premiers vœux et entre dans l'ordre des dominicains. Ordonné prêtre, il enseigne pendant une quinzaine d'années puis, est nommé en 1545 Inquisiteur pour la région de Côme. En 1558, Paul IV l'institue Grand Inquisiteur Souverain de la Chrétienté. En 1565, il est élu pape. Austère et ardent défenseur des valeurs morales, il créera les séminaires pour lutter contre l'ignorance et les conduites répréhensibles des prêtres. Il s'attaque à une grande réforme liturgique, en imposant, notamment, l'usage du missel romain. Il est le principal artisan de l'alliance qui vaincra les Turcs à Lépante le 7 octobre 1571. L'expansion musulmane est stoppée pour un temps. Il meurt le 1er mai 1572.

Giordano Bruno (1548-1600)

Né en 1548 à côté de Naples, il entre chez les dominicains en 1568 et sera ordonné prêtre en 1573. Adepte de la culture humaniste – notamment des écrits d'Erasme, considéré comme hérétique depuis 1559 – il s'éloigne du dogme catholique en refusant le culte de la Vierge Marie et en niant le principe de la Trinité. Il quitte les ordres en 1576 alors que l'Inquisition s'apprête à intenter une action contre lui. Pendant les quinze années suivantes, il va parcourir l'Europe, suscitant partout admiration pour son exceptionnelle vigueur intellectuelle mais aussi scandale à cause de ses prises de position religieuses critiquant tout autant catholiques que protestants. Après avoir parcouru l'Italie, il partira pour Genève où il sera excommunié en 1578. Il s'enfuit en France où Henri III l'accueille. On le retrouve à Londres et Oxford, puis en Allemagne, à Wittemberg, haut lieu du luthérianisme. En 1588, il est de nouveau excommunié. En 1591, il accepte l'invitation de se rendre à Venise. C'est là qu'il sera livré à l'Inquisition. Son procès va durer huit ans et le 17 février 1600, il est brûlé vif au Campo dei Fiori. Il laisse derrière lui une trentaine d'ouvrages où l'on retrouve son intérêt pour la magie et les arts divinatoires mais aussi la philosophie. Il a surtout des intuitions fulgurantes : sur la base des travaux de Copernic, il défend l'existence d'un univers infini peuplé d'innombrables mondes semblables au nôtre.

Giambattista Della Porta (1535-1615)

Chimie, alchimie, magie, philosophie, optique, botanique, horticulture, astrologie, astronomie, météorologie, mathématiques, distillation, aucune facette de la connaissance humaine ne resta étrangère à Della Porta. Il fait partie de ces esprits curieux de tout qui ont illuminé le XVIe siècle et jeté les bases de la recherche scientifique. Né aux environs de Naples, il fait partie d'une famille de la petite noblesse opposée à la présence espagnole. Son père, qui avait aussi le goût d'apprendre, laissa toute latitude à ses enfants de transformer le palais familial en laboratoire de toutes sciences et arts. Son frère aîné se passionnait pour l'astrologie, son cadet pour la géologie. Il fonda l'Académie des secrets et publia de nombreux ouvrages. Le premier, *De la magie naturelle*, fut très remarqué, le deuxième sur la cryptographie connut également un grand succès. Della Porta voyagea en France, en Allemagne et en Espagne. Son livre sur la physiognomonie eut un immense retentissement qui dura jusqu'au XVIIIe siècle. Il rencontra Galilée, fut invité à Prague par Rodolphe II, fit partie de la fameuse *Academia dei Lincei* à Rome. Bref, il fut un homme comme on les aimait à l'époque.

Pirro Ligorio (1513-1583)

Encore un Napolitain qui fut un des plus illustres artistes de l'époque et dont on peut admirer de nombreuses œuvres : la cour du Belvédère au Vatican, le nymphée de la villa Julia, les jardins de Bomarzo et de la villa d'Este. Pendant son enfance et son adolescence à Naples, il bénéficia de la protection de la puissante famille Caraffa. Ses talents de dessinateur, peintre, architecte, paysagiste, hydraulicien lui valent de nombreuses commandes. Passionné par le monde antique, il publie en 1553 *Le Livre des Antiquités* et en 1561 un plan de la Rome antique. À la mort de Michel-Ange, en 1564, il est nommé architecte de Saint-Pierre, mais il est licencié en 1568 pour avoir voulu modifier les plans de son illustre prédécesseur. À l'invitation d'Alphonse d'Este il quitte Rome pour Ferrare ou, notamment, il sera chargé de la mise en scène des fêtes en l'honneur du roi de France, Henri II.

Giacomo Castelvetro (1546-1616)

Né à Modène, il fuit l'Inquisition et rejoint son oncle Lodovico à Genève en 1564 où il restera six ans. Puis, il part pour l'Angleterre où il sera précepteur de jeunes nobles. En Écosse, il devient professeur d'italien du roi Jacques VI. Il travaille avec des imprimeurs spécialisés dans l'édition des textes italiens et sera un des principaux propagateurs de la langue italienne en Angleterre. Il retourne en Italie en 1599 qu'il doit de nouveau fuir à cause de l'Inquisition et revient en Angleterre. Son frère Lelio sera condamné au bûcher à Mantoue en 1609. Dans la froide et humide Angleterre, il se désole du manque de légumes et publie en 1614 son *Brieve racconto di tutte le radici*.

Henri Estienne (1528-1598)

Henri fait partie de la troisième génération d'une dynastie d'imprimeurs, qui, apparue au début du XVIᵉ siècle, se poursuivit jusqu'au milieu du XVIIᵉ siècle. Après des réprimandes du Petit Conseil, il préfère quitter Genève en 1578. Tout en continuant son œuvre, il s'installe à Paris, revient à Genève, part pour Francfort, puis Montpellier. Une vie d'errance, presque miséreuse, qui se termine à Lyon en 1598.

LES LIEUX

Bomarzo

Un lieu énigmatique, à nul autre pareil, symbole du goût des intellectuels et artistes du xvie siècle pour l'étrange, le merveilleux et les allégories mythologiques. Après la mort de Vicino Orsini en 1584, le jardin sombre dans l'oubli. Il ne sera redécouvert qu'au xxe siècle par Salvador Dalí et André Pieyre de Mandiargues. À 100 km au nord de Rome et à 40 km au sud d'Orvieto. Ce jardin magique attend votre visite.

S'il vous venait l'idée de retrouver les héros sur les lieux de leurs aventures, je vous conseille de partir le nez au vent. Si vous voulez en explorer toutes les richesses gastronomiques, munissez-vous de l'indispensable guide slowfood *Osterie d'Italia*. Né en Italie il y a vingt ans, slowfood est un mouvement de préservation de la biodiversité alimentaire présent dans cinquante pays, du Japon au Brésil en passant par l'Arménie. Plusieurs milliers de produits menacés de disparition ont été repérés et plus de cinq cents font l'objet d'un soutien attentif et gastronomique ! En France, vous pouvez rejoindre un des trente-cinq convivium pour partir à la découverte des produits rares, http://www.slowfood.fr

En prime, je vous livre mes adresses préférées :

À Rome

À deux pas du Colisée, *La Casa di Giulia*, le plus sympathique des *B&B*, deux grandes chambres meublées avec goût pour un prix défiant toute concurrence et surtout l'accueil délicieux de Francesca et Silvio. http://www.acasadigiulia.com

À côté du palais Orsini, aujourd'hui palais Taverna, le *bar del Fico*, sous le magnifique figuier, un havre de paix et de bonne humeur avec au déjeuner un réjouissant buffet d'antipasti en compagnie des joueurs d'échecs. Piazza del Fico 26-28.

Pour manger des artichauts à la juive : *Gigetto*, via del Portico d'Ottavia 21/a.

Pour prendre un café : le *cloître de Bramante*, via della Pace, V.

À Naples

Un petit hôtel parfait, pas cher et accueillant, en face de l'Université et à 50 mètres de la piazza San Domenico : *Hotel Europeo*, via Mezzocannone 109/c. Sur la piazza San Domenico, le café *Aragonese* et la pâtisserie *Scartuchio* pour les *sfogliatelle* et les babas.

À Gaeta

Hôtel Gajeta, vue sur la mer et friture du golfe ! Lungomare G.Caboto, 624. http://www.gajeta.com

Faites comme les héros : n'allez pas à Ischia, piège à touristes par excellence.

À Genève

Les bains des Pâquis : un lieu idyllique où l'on découvre d'un côté la vieille ville et de l'autre l'immensité du lac. Beau, sympathique et drôle, on peut s'y baigner, y boire un café, y manger pour pas cher du tout (une performance à Genève !). Géré par l'association qui, en 1987, s'est élevée contre le projet de destruction et a obtenu un référendum où 72 % des citoyens genevois se sont prononcés contre la disparition des bains. http://www.bains-des-paquis.ch

Les Cinq Portes, un café sympathique avec un gros poêle à bois, un divan et des fauteuils confortables, 8, rue de Zurich.

QUELQUES LIVRES RÉCENTS SUR LA PÉRIODE

Arcimboldo, de Werner Kriegeskorte, Le Monde, 2005.

Le Maniérisme, une avant-garde au XVIe siècle, de Patricia Falguières Gallimard, coll. « Découvertes », 2004.

La Gastronomie à la Renaissance, de Françoise Sabban et Silvano Serventi, Stock, 1997.

Les pâtes, histoire d'une culture universelle, de Françoise Sabban et Silvano Serventi, Actes Sud, 2001.

La Cuisine italienne, histoire d'une culture, d'Alberto Capati et Massimo Montanari, Seuil, 2002.

Les Baumes de l'amour, de Piero Camporesi, Hachette littératures, 1990.

Boire et manger, traditions et symboles, de Silvia Malaguzzi, Hazan, 2006.

Rome au XVIe siècle, de Jean Delumeau, Hachette littératures, coll. « Pluriel », 1994.

La Civilisation de l'Europe à la Renaissance, de John Hale, Perrin, 2003.

L'Homme de la Renaissance, de Eugenio Garin (sous la direction de), Points Seuil, 2002.

La Villa d'Este à Tivoli ou le songe d'Hippolyte, de Gérard Desnoyers, Myrobolan Éditions, 2002.

La Vie de Benvenuto Cellini écrite par lui-même, de Benvenuto Cellini, La Table Ronde, 2002.

Les Réformes, Luther, Calvin et les protestants, d'Olivier Christin, Découvertes Gallimard, 1995.

L'Homme protestant, de Janine Garrisson, Éditions Complexe, 2000.

Vivre à Genève autour de 1600, I- La Vie de tous les jours, II- Ordres et désordres, de Liliane Mottu-Weber, Anne-Marie Piuz et Bernard Lescaze, Slatkine, 2002 et 2006.

Carnet de recettes
de Bartolomeo Scappi

Sommaire

POTAGE DE COURGE

Pour 4 personnes

1 potimarron bio de 2 kg – 1 c. à soupe d'huile d'olive – 100 g de jambon cru – 50 cl de bouillon de volaille – 1,5 litre d'eau – 4 c. à soupe de verjus – 1 c. à soupe de persil haché – 1 c. à soupe de coriandre hachée – 1/2 c. à café de cannelle en poudre – 10 filaments de safran – sel et poivre

Couper le potimarron en deux sans l'éplucher, puis ôter ses graines et le couper en morceaux. Faire revenir le potimarron avec l'huile d'olive dans un faitout. Saler et poivrer. Y verser le bouillon et l'eau. Laisser cuire pendant 20 mn et passer au mixeur. Avant de servir, ajouter les épices, les herbes, le verjus et le jambon coupé en lamelles.

PURÉE DE CAROTTES ET DE COINGS

Pour 6 personnes

1 kg de carottes – 500 g de coings – 1 c. à café de cannelle – 1/2 c. à café de muscade – 1 pincée de girofle – 5 cl de vinaigre de cidre – sel et poivre.

Faire cuire à l'eau les carottes et les coings coupés en morceaux. Les égoutter et les passer au mixeur. Ajouter le vinaigre, les épices, le sel et le poivre.

TOURTE AUX PETITS POIS

Pour 6 personnes

2 fonds de pâte brisée – 750 g de petits pois – 125 g de mozzarella – 30 g de parmesan – 2 œufs – 10 feuilles de

menthe – 20 tiges de persil – 1/2 c. à café de cannelle – 1 pincée de muscade – 1 pincée de girofle – 1 cube de bouillon de légumes – 1 c. à soupe de vinaigre de cidre – sel et poivre

Faire cuire les petits pois 10 mn dans le bouillon de légumes. Les égoutter et mélanger avec la mozzarella, le parmesan, les herbes, les épices, les œufs battus et le vinaigre. Garnir le premier fond de tarte avec ce mélange et fermer avec le second. Faire une petite cheminée dans la pâte. Laisser cuire à 180 °C/th. 6 pendant 35 à 40 mn.

TOURTE D'ASPERGES

Pour 6 personnes
1 fond de tarte brisée – 1,5 kg d'asperges vertes et blanches – 125 g de mozzarella – 50 g de parmesan – 25 g de beurre – 2 c. à soupe de persil et de menthe hachés – 40 g de raisins secs – poivre et sel

Éplucher les asperges et les faire cuire dans de l'eau bouillante salée pendant 10 mn. Les égoutter soigneusement, les couper en tronçons de 2 cm puis les faire revenir à la poêle avec le beurre pendant 8 mn. Laisser refroidir quelques minutes. Dans un saladier mélanger la mozzarella coupée en petits morceaux, les herbes, les asperges, les raisins et le parmesan. Saler et poivrer. Verser le mélange sur la pâte à tarte et faire cuire à 180 °C/th. 6 pendant 35 à 40 mn.

TOURTE D'ENDIVES

Pour 6 personnes
1 fond de tarte brisée – 1 kg d'endives – 25 g de beurre
– 80 g de parmesan râpé – 125 g de mozzarella – 2 œufs
– 1 morceau de 1 cm de gingembre – sel et poivre

Couper les endives en deux après avoir ôté leurs premières feuilles. Les faire cuire 10 mn dans de l'eau bouillante salée. Mélanger le parmesan râpé et la mozzarella coupée en morceaux, les œufs, le poivre et le gingembre écrasé au mortier. Égoutter soigneusement les endives et les hacher finement. Dans une poêle, faire sauter les endives dans le beurre jusqu'à ce qu'elles aient perdu leur eau. Les ajouter au mélange œufs-fromages-épices. Poivrer et saler. Garnir le fond de tarte de ce mélange et laisser cuire 30 mn au four.

HUÎTRES AU BEURRE D'ORANGE

Pour 4 personnes
24 huîtres – 1 orange – 1 citron – 30 g de beurre – 1 c. à soupe d'huile d'olive – sel et poivre

Ouvrir les huîtres en conservant une coquille par huître. Mettre les huîtres dans une casserole avec leur eau et les faire pocher pendant 1 mn. Les remettre dans leur coquille. Dans une casserole, chauffer à feu doux le beurre, l'huile, les jus du citron et de l'orange, le sel et le poivre. Laisser réduire 5 mn. Napper les huîtres avec cette sauce et servir.

CALAMARS FARCIS

Pour 4 personnes
8 petits calamars vidés – la mie de 1/2 baguette – 4 jaunes
d'œufs – 100 g de raisins secs – 1 c. à café de cannelle
– 10 filaments de safran – 1 tasse d'herbes aromatiques
hachées (persil, menthe, coriandre) – 100 g d'amandes
– 50 g de noix – 50 g de noisettes – 2 citrons – 1 verre de
vin blanc – 25 cl d'eau – sel et poivre

Faire tremper la mie de pain dans le jus d'un citron. Broyer
les noix, les noisettes et la moitié des amandes. Les ajouter à la mie de pain ainsi que les jaunes d'œufs, les épices,
les herbes, les raisins, le sel et le poivre. Farcir les calamars avec ce mélange. Les mettre dans une cocotte, arroser avec le jus du second citron, l'huile d'olive, le vin
blanc et l'eau. Laisser cuire à feu doux pendant 1 h en
ajoutant éventuellement un peu d'eau en cours de cuisson. Ajouter le reste des amandes broyées 15 mn avant la
fin de la cuisson.

RÔTI DE THON FARCI AU THON

Pour 4 personnes
1 morceau de thon de 800 g de forme rectangulaire –
2 jaunes d'œufs – 1 tasse d'herbes hachées (menthe, persil, aneth, coriandre) – 1 gousse d'ail – 1/2 c. à café de
cannelle – 1 pincée de muscade – 5 filaments de safran
– 1 c. à café de graines de fenouil – 2 citrons – 3 c. à soupe
d'huile d'olive – sel et poivre

Couper le thon en trois tranches. En réserver deux. Couper la troisième en petits morceaux et la passer au mixeur avec les herbes, les épices, une gousse d'ail et les jaunes d'œufs. Répartir cette farce entre les deux tranches de thon. Disposer dans un plat allant au four, arroser avec le jus des citrons, l'huile d'olive et parsemer de graines de fenouil. Laisser cuire 15 mn à 210 °C/th. 7.

DAURADE À L'ÉTUVÉE

Pour 4 personnes
4 petites daurades vidées – 2 c. à soupe d'huile d'olive – 15 cl de vin blanc sec – 15 cl de verjus (ou de vinaigre de cidre) – 1/2 c. à café de cannelle – 10 filaments de safran – 4 c. à soupe d'herbes hachées (menthe, persil, aneth) – sel et poivre – en été, 300 g de petits oignons – en hiver, 400 g de pruneaux

Faire cuire les daurades avec l'huile, le vin, le verjus, les épices, les oignons ou les pruneaux (selon la saison) dans une cocotte pendant 15 mn. Saler et poivrer. Ajouter les herbes hachées au moment de servir.

SARDINES À LA VÉNITIENNE

Pour 6 personnes
1 kg de sardines vidées et étêtées – 1 kg d'oignons doux – 150 g de raisins secs – 2 citrons – 30 cl d'huile d'olive – 4 branches de thym – sel et poivre

Découper les oignons en fines rondelles. Les faire frire dans une poêle avec un peu d'huile. Réserver. Faire frire les sardines dans la même poêle pendant 3 à 5 mn selon la grosseur. Réserver. Couper les citrons en tranches fines. Dans un bol, mélanger l'huile, le thym, le sel et le poivre. Disposer dans une terrine, une couche de sardines, puis une couche d'oignons. Parsemer de rondelles de citron et de raisins secs. Verser un tiers de la marinade. Recommencer l'opération jusqu'à épuisement des ingrédients. Mettre au réfrigérateur et laisser reposer 48 h minimum. Sortir 2 h avant de servir.

TRUITES À LA MODE DE MILAN

Pour 4 personnes
4 truites vidées – 25 cl de vin blanc sec – 15 cl de vinaigre de vin blanc – 1/2 c. à café de gingembre – 1/2 c. à café de cannelle – 1/4 de c. à café de muscade – 1 clou de girofle – 20 brins de persil – sel et poivre

Dans un grand plat allant sur le feu, mettre les truites avec le vin et le vinaigre. Saler et poivrer. Porter à ébullition pendant 15 mn et enlever l'écume. Réduire le feu et ajouter les épices. Retirer du feu après 1 mn. Mettre au frais et servir le lendemain en parsemant du persil haché.

FONDS D'ARTICHAUTS FARCIS

Pour 4 personnes
16 fonds d'artichauts – 150 g de viande de veau – 150 g de jambon cru – 125 g de mozzarella – 1 œuf – 2 c. à soupe d'herbes hachées (persil, menthe, sauge, romarin, thym) – 1 gousse d'ail – 1/4 de c. à café de muscade – 1 c. à café de gingembre en poudre – 1 c. à soupe d'huile

d'olive – 1 tablette de bouillon de volaille – 40 cl d'eau – sel et poivre

Hacher finement la viande de veau et le jambon cru. Les mélanger. Ajouter la mozzarella, l'œuf, l'ail haché, les herbes, le gingembre, la muscade, le sel et le poivre. Garnir chaque fond d'artichaut de ce mélange. Faire dissoudre la tablette de bouillon de volaille dans l'eau. Mettre l'huile dans un plat allant au four, y placer les fonds d'artichauts et recouvrir de bouillon. Laisser cuire 30 mn en arrosant régulièrement avec le bouillon.

GÂTEAU D'AUBERGINES

Pour 4 personnes
4 grosses aubergines – 3 c. à soupe d'huile d'olive – 1 tasse d'herbes aromatiques hachées (menthe, marjolaine, persil, barbe de fenouil, pimprenelle) – 2 gousses d'ail – 2 boules de mozarella – 1 pointe de clou de girofle – 1/2 c. à café de cannelle – 3 c. à soupe de vinaigre de cidre

Faire cuire les aubergines 30 mn dans le four à 180 °C/th. 6. Les laisser refroidir, enlever la peau et les couper en lanières. Mélanger les herbes et l'ail hachés et les épices. Huiler un plat allant au four, y placer une couche de lanières d'aubergines. Répartir la moitié du mélange d'herbes et d'épices ainsi que la moitié de la mozzarella coupée en tranches. Disposer une seconde couche d'aubergines, d'herbes et de mozzarella. Répartir le reste de l'huile et le vinaigre. Laisser cuire 30 mn à 180 °C/th. 6.

FÈVES AU SAFRAN

Pour 4 personnes
2 kg de fèves à écosser – 1 pincée de filaments de safran
– 2 c. à soupe d'huile d'olive – 25 cl d'eau – 5 brins de
persil – 5 brins de menthe – 3 brins de marjolaine –
2 feuilles de sauge – sel et poivre

Écosser les fèves et les plonger dans l'eau bouillante pendant 1 mn. Enlever la peau des fèves.
Mettre l'huile dans une cocotte, ajouter les fèves, puis l'eau
et le safran. Bien mélanger, saler, poivrer et faire cuire
5 mn. Hacher les herbes. En fin de cuisson, prélever la
moitié des fèves et la passer au mixeur. Ajouter aux fèves
entières, faire réchauffer quelques secondes. Verser dans
un plat de service et parsemer avec les herbes hachées.

CRÈME DE FENOUIL

Pour 4 personnes
2 gros fenouils – 50 g de parmesan râpé – 30 cl d'eau –
1 pincée de muscade – 1 pincée de cannelle – sel et poivre

Laver les fenouils et les couper en rondelles. Les faire
cuire dans l'eau salée pendant 15 à 20 mn, les égoutter et
ajouter les épices. Passer au mixeur. Ajouter le parmesan
avant de servir.

PIGEONS À LA SAUGE

Pour 4 personnes
2 pigeons de 400 g – 150 g de lard – 250 g de pruneaux
– 70 g de raisins secs – 10 feuilles de sauge – 1 tablette

de bouillon de volaille – 30 cl d'eau – 1/2 c. à café de cannelle – 1/2 c. à café de muscade – sel et poivre

Couper le lard en petits morceaux et le faire revenir 15 mn dans une cocotte avec les pigeons. Diluer le cube de bouillon dans l'eau, l'ajouter dans la cocotte avec les raisins, les pruneaux, les épices, la sauge hachée, le sel et le poivre. Mettre au four et laisser cuire 40 mn.

LAPIN FARCI

Pour 6 personnes
1 lapin avec son foie – 100 g de lard – 125 g de mascarpone – 2 jaunes d'œufs – 1 poire – 1 c. à café de cannelle – 1/2 c. à café de muscade – 1 pincée de girofle en poudre – sel et poivre.

Couper la poire en petits morceaux. Mélanger le mascarpone, les œufs, les épices, le sel et le poivre. Ajouter les morceaux de poire. Farcir le lapin avec ce mélange. Le recoudre avec de la ficelle de cuisine. Le mettre au four 210 °C/th. 7 pendant 45 mn.

PAUPIETTES DE VEAU

Pour 4 personnes
4 escalopes de veau aplaties par le boucher – 300 g de chair de veau hachée – 150 g de lard frais haché – 1 c. à café de graines de fenouil pilées – 2 c. à soupe de vinaigre – 2 jaunes d'œufs – 50 g de raisins secs – 1 tasse d'herbes hachées (persil, menthe, sauge, marjolaine, thym) – 1 gousse d'ail hachée – 1/2 c. à café de cannelle en poudre

– 10 filaments de safran – 1 orange – 1 citron – 10 cl de verjus (ou de vinaigre de cidre) – sel et poivre – cure-dents

Dans un bol, mélanger les graines de fenouil et le vinaigre.
Enduire les escalopes de cette préparation. Mélanger le
veau et le lard hachés, les jaunes d'œufs, les herbes, la
cannelle et l'ail.
Poivrer. Façonner des petits rouleaux avec cette farce.
Couper les escalopes en deux. Poser un rouleau de farce
sur chacune des huit paupiettes. Rouler et fermer avec un
cure-dent. Dans une cocotte, les faire dorer sur toutes les
faces. Ajouter les jus de l'orange et du citron, le verjus,
les raisins secs et le safran. Faire cuire à feu très doux
environ 45 mn. Verser éventuellement un peu d'eau.

CANARD BRAISÉ AUX PRUNEAUX

Pour 5 personnes
1 canard de 2 kg – 10 gousses d'ail – 1 c. à café de graines
de fenouil – 1 cube de bouillon de volaille – 75 cl d'eau
– 1/2 c. à café de cannelle – 1/2 c. à café de noix de muscade – 300 g de pruneaux – sel et poivre

Introduire dans le canard la moitié des gousses d'ail
et un peu de graines de fenouil. Mettre le canard dans
une cocotte allant au four, parsemer de sel et du reste de
graines de fenouil. Faire fondre le cube de bouillon dans
l'eau. Verser 25 cl dans la cocotte avec les épices. Mettre
à cuire à 240 °C/th. 8 pendant 1 h. Toutes les 15 mn, verser petit à petit le reste de l'eau. Ajouter les pruneaux et
laisser cuire encore 30 mn.

SAUCE VERTE

100 g de feuilles d'épinards – 50 g de feuilles d'oseille – 100 g de roquette – 1 petit bouquet de persil – 1 petit bouquet de menthe – 40 g d'amandes – 20 g de noisettes – 4 tranches de pain – 5 cl de vinaigre de cidre – poivre et sel

Hacher les feuilles et les herbes puis les broyer au mortier. Ajouter les tranches de pain grillé et broyer de nouveau. Passer les amandes et les noisettes au mixeur. Les ajouter au mélange ainsi que le vinaigre. Bien mélanger. Servir avec de la viande ou du poisson.

AILLÉE AUX NOIX

100 g de noix – 60 g d'amandes – 4 gousses d'ail – 50 g de mie de pain – 1 morceau de gingembre d'1 cm – fumet de poisson ou bouillon de volaille selon l'usage prévu – 20 cl d'eau

Faire tremper la mie de pain dans le bouillon. Faire bouillir les gousses d'ail 10 mn. Les broyer au mortier avec le gingembre. Passer les noix, les amandes et la mie de pain au mixeur. Ajouter cette préparation au mélange ail-gingembre. Bien mélanger. Servir avec du poisson ou de la viande.

TARTE ROYALE

Pour 6 personnes
1 fond de tarte brisée – 250 g de ricotta – 250 g de mascarpone – 80 g de pignons – 75 g de sucre – 4 blancs

d'œufs – 1 morceau de 0,5 cm de gingembre frais – 1 c. à soupe d'eau de rose

Passer les pignons à la poêle pendant 2 mn. Mélanger la ricotta, le mascarpone et le gingembre écrasé au mortier. Incorporer le sucre, les pignons grillés et l'eau de rose puis les blancs d'œufs battus en neige. Garnir le fond de tarte avec ce mélange. Faire cuire 40 mn à 180 °C/th. 6.

TARTE AUX FRAISES

Pour 6 personnes
1 fond de tarte sablée – 750 g de fraises – 250 g de ricotta – 100 g de sucre – 2 œufs – 1/4 de c. à café de cannelle – 1 noix de beurre

Faire fondre le beurre dans une poêle. Y mettre les fraises coupées en deux, les faire cuire à feu doux pendant 10 mn. Battre les œufs au fouet dans un saladier. Incorporer le sucre, la ricotta et la cannelle. Bien mélanger avant d'ajouter les fraises. Garnir le fond de tarte avec ce mélange. Faire cuire à 180 °C/th. 6 pendant 25 mn.

TARTE AU MELON

Pour 6 personnes
1 fond de tarte brisée – 1 gros melon – 1 poire – 50 g de beurre – 4 œufs – 50 g de biscuits à la cuiller – 100 g d'amandes en poudre – 80 g de sucre – 1 c. à soupe d'eau de rose

Éplucher et couper en morceaux le melon et la poire. Les faire cuire doucement à la poêle avec le beurre pendant 30 mn jusqu'à obtention d'une purée épaisse. Passer au mixeur les biscuits. Battre les œufs en omelette. Mélanger les biscuits, les œufs, le sucre, l'eau de rose, la purée de melon et de poire et la poudre d'amandes. Garnir le fond de tarte avec ce mélange. Faire cuire à 180 °C/th. 6 pendant 40 mn.

TARTE DE FRUITS SECS DITE PIZZA À NAPLES

Pour 6 personnes
1 fond de tarte brisée – 4 jaunes d'œufs – 50 g de beurre – 80 g de sucre – 100 g d'amandes – 50 g de pignons – 50 g de dattes dénoyautées – 50 g de figues sèches – 50 g de raisins secs – 2 biscuits à la cuiller – 1/2 c. à café de cannelle en poudre – 2 c. à soupe d'eau de rose

Passer au mixeur les biscuits et les fruits secs. Incorporer le sucre, les jaunes d'œufs, la cannelle, l'eau de rose et le beurre fondu. Garnir le fond de tarte avec ce mélange. Faire cuire à 180 °C/th. 6 pendant 40 mn.

FLAN À LA HONGROISE

Pour 6 personnes
30 cl de lait – 5 jaunes d'œufs – 80 g de sucre – 1/2 orange – 1 citron – 2 c. à soupe d'eau de rose – 1 c. à café de cannelle en poudre – 1 c. à café de gingembre en poudre – 1 noisette de beurre

Mélanger au fouet tous les ingrédients. Les verser dans un moule préalablement beurré. Faire cuire au bain-marie au four préchauffé à 180 °C/th. 6 pendant 40 mn.

PASTIERA (recette napolitaine traditionnelle)

Pour 6 personnes
1 fond de tarte sablée – 400 g de blé (Ébly) – 1 litre d'eau – 50 cl de lait – 600 g de ricotta – 3 œufs – 150 g de sucre – 1 c. à café d'eau de fleur d'oranger – 1/2 citron – 100 g de cédrat (ou de citron) confit – 1 c. à café de cannelle – 1/2 c. à café d'arôme de vanille – 1 noix de beurre

Faire bouillir le blé 10 mn dans de l'eau bouillante. L'égoutter et le mettre dans une casserole avec le lait, la noix de beurre et une cuillerée de sucre. Faire cuire jusqu'à évaporation du lait. Mélanger la ricotta avec les fruits confits, le sucre, le zeste du demi-citron, la cannelle et l'eau de fleur d'oranger. Incorporer les jaunes d'œufs puis le blé. Battre les blancs en neige et les ajouter. Mettre la pâte sablée dans un moule beurré. Verser la préparation. Disposer des croisillons de pâte. Laisser cuire pendant 1h30 à 150 °C/th. 5.

Composition réalisée par DATAGRAFIX

Achevé d'imprimer en février 2012 en Espagne par
BLACK PRINT CPI IBERICA, S.L.
08740 Sant Andreu de la Barca (Barcelona)
Dépôt légal 1re publication : septembre 2009
Édition 04 – février 2012
LIBRAIRIE GÉNÉRALE FRANÇAISE – 31, rue de Fleurus – 75278 Paris Cedex 06

31/2516/8